HEYNE

LUIS SELLANO

Portugiesische Sünde

EIN LISSABON-KRIMI

WILHELM HEYNE VERLAG
MÜNCHEN

Sollte diese Publikation Links auf Webseiten Dritter enthalten, so übernehmen wir für deren Inhalte keine Haftung, da wir uns diese nicht zu eigen machen, sondern lediglich auf deren Stand zum Zeitpunkt der Erstveröffentlichung verweisen.

FSC www.fsc.org
MIX
Papier | Fördert gute Waldnutzung
FSC® C083411

Penguin Random House Verlagsgruppe FSC® N001967

Originalausgabe 04/2023

Umschlaggestaltung und -motiv: Johannes Wiebel | punchdesign, München, unter Verwendung der Motive von shutterstock.com (eskystudio, xpixel, Mykola Mazuryk, Tetiana Chernykova)
Karten U2/U3: Johannes Wiebel | punchdesign, unter Verwendung von OpenStreetMap.org (Data CC BY-SA)
Satz: Satzwerk Huber, Germering
Redaktion: Joscha Faralisch
Druck und Bindung: CPI books GmbH, Leck
Printed in the Czech Republic
ISBN: 978-3-453-44177-4

www.heyne.de

Für Liam

1
Henrik

Henrik Falkner wusste nicht, ob das aufdringliche Fiepen Teil des Traums war, in dem er sich immer noch wähnte, oder ob es von außen in seinen benebelten Verstand drang und ihn zu wecken versuchte. Vielleicht beides? Immerhin hatte er vor nicht allzu langer Zeit einige Tage umgeben von diesem Geräusch verbracht. Gefangen zwischen Bewusstsein und Ohnmacht, hatte Krankenhauselektronik seine Körperfunktionen überwacht und Alarm geschlagen, wenn diese besorgniserregende Werte erreichten. Aber er war nicht mehr im Hospital. Glaubte er jedenfalls. Ganz sicher war er sich nicht. Zumindest nicht, solange ihn seine wirren Schlaffantasien festhielten.

Normalerweise endeten seine selten gewordenen Ruhephasen damit, dass er daraus hochschreckte, sobald *sie* auf ihn schoss. Wobei es nicht der Knall war, der den Schlaf jäh beendete. An den Mündungsknall hatte er ohnehin keine Erinnerung mehr. In seinen schweißtreibenden Träumen konnte er die Flugbahn der Kugel sehen, die auf ihn zusteuerte, und er wurde immer genau in der Millisekunde wach, bevor sie in seinen Brustkorb eindrang. Es war nicht die Wirklichkeit, die sich da im Unterbewusstsein widerspiegelte. Das menschliche Auge war nicht dazu fähig, den Flug eines Projektils aus einer Handfeuerwaffe zu verfolgen. Auch das war ihm klar. Außerdem wusste er nichts mehr von dem, was sich damals abgespielt und ihn dem Tod so nahe gebracht hatte. Der Vorfall war aus seinem Gedächtnis gelöscht. Aus Selbstschutz, um nicht völlig durchzudrehen. Später, nach der

Operation, als er wieder bei Sinnen war, berichtete man ihm, was sich zugetragen hatte. Warum er in einem Krankenhausbett lag und eine Bandage um den Brustkorb ihm das Atmen erschwerte. Und seither plagte ihn die Wahnvorstellung des langsam auf ihn zufliegenden Geschosses, dem er dennoch nicht ausweichen konnte, egal wie er sich wand und mühte.

Knapp war es gewesen. *Wie nah habe ich an der Schwelle gestanden?* Wenige Millimeter, hatte ihm der Chirurg erklärt. Gelegentlich befiel ihn der Gedanke, dass er besser damit zurechtkommen würde, wenn diese wenigen Millimeter nicht gefehlt hätten. Dass es leichter wäre, in einem Sarg zu liegen und nie wieder zu erwachen.

Henrik öffnete die Augen. Draußen war es schon hell, auch wenn sich die Sonne noch nicht über den Horizont geschoben hatte. Doch mittlerweile kannte er alle Nuancen des morgendlichen Lichts, mit dem die Stadt an klaren Tagen nach und nach geflutet wurde. Zum einen, weil er die Vorhänge nie zuzog, bevor er zu Bett ging, und daher den zaghaften Beginn eines jeden neuen Tages miterlebte. Weswegen er auch genau wusste, auf welche Weise das Licht die Schatten im Raum zurückdrängte und wie viel Zeit es benötigte, um das Fußende seines Bettes zu erreichen. Jetzt, im Frühsommer, war dies schon weit vor sechs Uhr der Fall. Das alles wusste er zum anderen aber auch nur, weil er schlecht schlief, seit die Kugel ihn getroffen hatte. Schlecht schlief und in der Folge sehr leicht erwachte. Selbst ohne ein penetrantes Geräusch, das sich in seine Empfindungen hineinmengte.

Letztlich genügte ein weiterer Atemzug, um zu wissen, was er da hörte. Hin und wieder war sein Verstand noch zu gebrauchen, auch wenn sein Körper sich schneller von der Verletzung erholt hatte als seine Seele. Der Klingelton brach abrupt ab. Entweder hatte der Anrufer aufgegeben oder sie hatte das Gespräch doch noch entgegengenommen. Seit er wieder zu Hause war, schlief sie drüben im Gästezimmer. Zusammen mit ihrer Tochter. Sie hatte bislang nicht darüber gesprochen, er akzeptierte dieses Arrangement stillschweigend. Immerhin raubte er ihr damit nicht ständig den Schlaf, wenn er aus seinen quälenden Träumen hochschreckte. Was mehrmals pro Nacht vorkommen konnte.

Henrik hörte sie leise sprechen, während sie rüber ins Bad ging. Lauschte, wie sie eine gefühlte Minute später spülte und dann das Wasser in der Dusche aufdrehte. Er wollte aufstehen, in die Küche gehen und Kaffee machen, denn es lag auf der Hand, warum sie vor der Zeit aufgestanden war. Doch so wie die Schlaflosigkeit seinen Geist davon abhielt, zur Ruhe zu kommen, so war es die Antriebslosigkeit, die ihn bleibeschwert in die Matratze drückte. Wie lange würde sie das noch mitmachen? Seine Nutzlosigkeit erdulden?

Sie trödelte nicht, das konnte er hören. Der Anruf war dringlich gewesen. Vermutlich war sie keine fünf Minuten im Bad, ehe sie die Tür zu seinem Schlafzimmer öffnete. Keinesfalls leise, weil sie davon ausging, dass er ohnehin bereits wach lag. Helena blieb im Türrahmen stehen. Sie war schon angezogen. Im Zwielicht versuchte er ihren Blick zu erkennen. Vielleicht ein zartes Lächeln zu erhaschen.

»Ich muss zu einem Einsatz«, sagte sie. »Kannst du Sara in den Kindergarten bringen?«

2
Helena

Mit der aufgehenden Sonne im Rücken fuhr sie am Fluss entlang. Entgegen dem morgendlichen Verkehrsstrom war sie schneller als erwartet raus aus der Innenstadt. Und das war gut so. Zu viel Zeit im Auto bedeutete zu viel Zeit zum Nachdenken. Nicht, dass sie sich wegen Sara Sorgen machte. Vielmehr war es Henrik, der das Problem darstellte. Sie würde gerne daran glauben, dass es ihm bald besser ging, aber es mangelte ihr immer mehr an der Zuversicht. Nicht nur, was dieses eine, schwerwiegende Problem anging; auch was die einfachen Dinge des Lebens betraf, fragte sie sich immer häufiger, ob er hinbekam, was sie ihm auftrug. Henrik hatte sich eine Seuche eingefangen, die nicht seinen Körper, sondern seinen Geist in Mitleidenschaft zog. Leider akzeptierte er immer noch nicht, dass er diese Krankheit ohne medizinische Hilfe nicht einfach so wieder loswurde. Andererseits, wenn es um Sara ging, war er immer noch am verlässlichsten. Sein Umgang mit ihrer Tochter war so ziemlich das Einzige, was noch normal funktionierte. Außerdem hatte sie die Gewissheit, dass ihre Sara es in der Zwischenzeit durchaus auch allein in den Kindergarten schaffte. Immerhin wurde sie in vier Monaten eingeschult. Henrik damit zu beauftragen, sie zu begleiten, war eher zu einer therapeutischen Maßnahme geworden, um ihn wenigstens für kurze Zeit aus dem Haus zu locken. Helena wünschte sich nichts mehr, als dass sich bei ihm bald eine Besserung abzeichnete … *Merda!* Genau damit wollte sie sich jetzt nicht befassen. Nicht, wenn sie unterwegs zu einem Tatort war.

Unbekannte Tote am Strand. So lautete die Meldung der Ortspolizei. Hatte sie so einen Fall schon mal? Jedenfalls nicht draußen in Cascais, dem einstigen Fischerort, der schon vor Jahrzehnten zu einem beliebten Ferienziel geworden war. Zudem ausgerechnet der Ort, in dem sich ihre Eltern nach ihrem Ruhestand niedergelassen hatten. Kurz hatte sie mit dem Gedanken gespielt, ihnen Bescheid zu geben, dass sie auf dem Weg nach Cascais war. Doch es war zu früh, um bei ihnen anzurufen. Jetzt konnte sie nur darauf hoffen, dass ihre Eltern nicht plötzlich am Absperrband standen und nach ihr riefen, während sie eine Leiche inspizierte.

Helena war in dem altersschwachen Peugeot unterwegs, den sie schon fuhr, seit sie ihren Führerschein hatte. Natürlich hätte sie auch einen Dienstwagen nehmen und zusammen mit ihrem Kollegen Lui Simões rausfahren können. Aber so war es einfacher und irgendwie entspannter für sie. Auch wenn sie fortwährend Gefahr lief, dass ihr fahrbarer Untersatz hinter der nächsten Kurve den Geist aufgab. Doch sie hing an der verbeulten Kiste mit ihren ausgeschlagenen Lagern und den knirschenden Stoßdämpfern. Und irgendwie brauchte sie wohl auch den Kick, den ihr das ungesunde Scharren im Getriebe und die immer heftiger werdenden Vibrationen der Reifen bescherten. Abgesehen davon, dass das Getöse, das ihr Auto verursachte, immer noch besser war als das Gelaber von Lui. Nachdem ihr Anruf erfolglos blieb, hatte sie ihm eine Nachricht geschickt, bevor sie losgefahren war. Doch auch darauf war bisher keine Antwort eingegangen. Lui war ein seltsamer Kauz, und auch wenn er schon seit fünf Jahren ihr Partner bei sämtlichen Ermittlungen war, waren sie nie sonderlich warm miteinander geworden. Was vorrangig daran lag, dass sie ihm nicht vertraute.

Auch wenn sie über die Autobahn vielleicht zehn Minuten schneller gewesen wäre, blieb sie dennoch auf der Küstenstraße

N6. Auf den Blick hinaus aufs Meer wollte sie nicht verzichten. Er war Balsam für die Seele. Und das konnte nicht schaden, wenn man auf dem Weg war, um sich einen toten Menschen anzusehen. Das frühe Sonnenlicht glitzerte auf den Wellen, und die Luft, die durch das halb geöffnete Fenster strömte, war frisch und belebend. Für die nächsten paar Kilometer schaffte sie es, den Moment einzufangen und einfach nur zu fahren. Der Fahrtwind blies ihre Gedanken fort, was selten genug vorkam. Sie war immer schon ein Kopfmensch gewesen, eine Skeptikerin, die nichts unhinterfragt stehen lassen konnte.

In Cascais angekommen, folgte sie der Straße hinein in den Ortskern, die sie auch nahm, wenn sie ihre Eltern besuchte. Bald sah sie die Blaulichter. Ein Streifenpolizist wies sie an, bis runter zur Bucht zu fahren, die sich östlich des ursprünglichen Dorfs erstreckte. Trotz der frühen Stunden hatten sich schon einige Schaulustige angesammelt, die das Durchkommen bis zum von der Polizei gesicherten Bereich erschwerten.

Helena stieg aus dem Wagen, zeigte dem dort abgestellten Uniformierten ihre Dienstmarke und schlüpfte unter dem gelben Plastikband hindurch. Die Bucht war überschaubar. An der Wasserkante gemessen, erstreckte sie sich knapp über zweihundert Meter, auf beiden Seiten durch schroffe Felsen begrenzt. Helena kannte den Strand nur zu gut. Wenn sie mit Sara bei ihren Eltern war, war es unvermeidlich, mit ihrer Tochter hierherzukommen, egal bei welchem Wetter. Heute waren alle Zugänge zum Praia da Duquesa gesperrt. Im Westen thronte auf den vom Atlantik geformten Klippen das Hotel Albatroz. Daran vorbei verlief die Promenade, die der Küstenlinie folgte und auf der es sich bis nach Estoril flanieren ließ. Entlang des Strandabschnitts reihten sich Eisbuden, Imbissstände und zwischendrin die Verleihshops für Surfbretter und anderweitige Wassersportarten und

Strandrestaurants. In der östlichen Ecke das hellen Sandstreifens ragte das Casa Palmela in den morgendlichen Himmel. Vormals befand sich dort die Bastion De Nossa Senhora da Conceição, ein strategisch günstiger Verteidigungsposten, zu einer Zeit, als Portugal noch eine stolze Seemacht war. Im Schatten der alten Wehrmauern hatte die Ortspolizei eine tennisplatzgroße Fläche abgesteckt. Uniformierte Kollegen sicherten den Abschnitt. Schon von der Promenade aus erblickte Helena den leblosen Körper auf einer dort ausgebreiteten Plane. Ein Mediziner in grellrot leuchtender Rettungsweste kniete neben der Toten. Unverkennbar wegen seiner Größe stand dort auch Lui, der dem Arzt über die Schulter blickte. Er war also tatsächlich vor ihr eingetroffen. Das passte gar nicht zu dem Langschläfer, der sonst immer als Letzter im Büro auftauchte.

Warum hat er mir nicht Bescheid gegeben?

Von jeher missfiel Helena seine anbiedernde Art gegenüber Vorgesetzten, aber hin und wieder setzte er noch einen drauf. Mit was wollte er sich diesmal wieder vor ihr profilieren? Die Meeresbrise zerzauste Luis schwarze Locken und ließ die Hosenbeine seines cremefarbenen Leinenanzugs flattern. Mit einem Mal drehte er sich zu ihr um, als bemerkte er ihren Blick auf seinen gekrümmten Rücken. Sie nickte ihm zu und stieg die Betonstufen runter. Lui ging ihr entgegen, und genau wie sie versank auch er mit jedem Schritt tief im weichen Sand.

»Ertrunken«, sagte er, als er sicher war, nahe genug zu sein, um den Wind zu übertönen. Obwohl der Strandbereich noch immer im Schatten lag, saß auf seiner schiefen Nase eine klobige Sonnenbrille, die es unmöglich machte, ihm in die Augen zu sehen.

Wir kommen also gleich zur Sache. »Deswegen lotsen sie uns hier heraus?«, fragte Helena zurück, kaum dass sie ihn erreicht hatte.

»Die Kollegen der Guarda Nacional, die man nach dem Auffinden der Leiche gerufen hat, waren nicht sicher, ob es ein Unfall war. Vielleicht wollten sie sich auch nur die Schreibarbeit sparen. Jedenfalls haben sie entschieden, die Sache der Kripo aufs Auge zu drücken.«

»Was spricht gegen einen Unfall?«, hakte Helena nach.

Lui sah über seine Schulter runter zum Meer. »In der Bucht war heute Nacht nur mäßiger Wellengang. Schwer, da so einfach zu ertrinken. Und wenn sie weiter als über die Sicherungsleine hinausgeschwommen wäre, hätte sie die Strömung erwischt. Dann wäre sie kaum wieder hier angespült worden«, erklärte er. Offenbar hatte er auch schon mit der Küstenwache gesprochen, so gut wie er informiert war.

»Das setzt voraus, dass sie vom Strand aus ins Wasser gegangen ist. Vielleicht ist sie aber auch von einem Boot gefallen?«

Lui schüttelte den Kopf. »Ein Kreuzfahrtschiff kommt nicht in Frage, denn da wäre kaum mehr so viel von ihr übrig. Außerdem wäre sie auch in diesem Fall so nahe am Delta aufs offene Meer rausgetrieben worden. Abgesehen davon, dass die Küstenwache keine Meldung von einer vermissten Passagierin erhalten hat. Die Guarda geht davon aus, dass sie von diesem Strandabschnitt aus zu ihrem nächtlichen Bad aufgebrochen ist.«

»Weiß man schon, wer sie ist?«

»Sieht nach einer Touristin aus«, mutmaßte er. »Sie hatte keine Papiere in ihrem Badeanzug. Und nein, bevor du fragst, im Bereich das Strandes wurden weder Klamotten noch eine Tasche gefunden, die sie dort abgelegt hat, bevor sie … na ja, du weißt schon …«

»Nimmt dich das mit?«

Lui schüttelte schnell den Kopf. »Nein! Wie kommst du darauf?«

Helena schwieg, weil sie keine Erklärung dafür hatte, was an Lui heute anders war. Sie tippte darauf, dass er mal wieder einen ziemlichen Kater mit sich herumschleppte. Zumindest würde das erklären, warum er seine Augen hinter dunklen Gläsern versteckte.

»Wieso hat der Comandante uns für diese Untersuchung eingeteilt?«

Lui sah aufs Meer hinaus, als stünde dort die Antwort. »Weil unsere vorangegangene Ermittlung abgeschlossen ist«, mutmaßte er, ohne sie anzusehen. Eigentlich hatten sie den Papierkram für die Anklageerhebung zu ihrem letzten Fall noch nicht zusammen. Es waren noch ein paar Aussagen zu prüfen, um für die Staatsanwaltschaft alles hieb- und stichfest zu machen. Andererseits zwang der fortwährende Personalmangel im Polizeikorps sie selbst in der Abteilung für Gewaltverbrechen immer wieder dazu, mehrere Delikte gleichzeitig zu untersuchen.

»Trägt sie einen Ehering?«

»Nimmt man den nicht auch ab, bevor man sich in die Fluten wirft?«, fragte er in herablassendem Unterton, wohl wissend, dass Helena noch nie einen Trauring getragen hatte. Endlich eine bissige Bemerkung. Sie war von Lui kaum etwas anderes gewöhnt, und offenbar taute der Zyniker in ihm so langsam auf. Doch genug von Lui, besann sie sich und sah rüber zu dem Hotel am westlichen Ende des Praia da Duquesa, dessen Gästen ein extra abgetrennter Strandbereich zur Verfügung stand. »Vermissen die jemanden?«

»Hat noch keiner nachgefragt, kannst du aber gerne gleich übernehmen!«

»Ich will sie zuerst sehen!«, sagte Helena bestimmt. »Und mit der Person reden, die sie gefunden hat!«

3

Die Brandung hatte die Leiche gegen einen aus dem Sand ragenden Felsen gespült. Der zerklüftete und von Algen überwachsene Stein hatte den leblosen Körper an Ort und Stelle gehalten, sodass er von der Dünung nicht wieder zurück ins Wasser gezogen werden konnte. Das erklärte ihr fünf Minuten später die zuständige Kriminaltechnikerin, die zusammen mit ihrem Team ebenfalls aus Lissabon angefordert worden war. Mittlerweile hatte man die tote Frau ein Stück weiter von der Wasserkante entfernt, um zu verhindern, dass eventuell noch vorhandene Indizien vom Atlantik fortgewaschen wurden. Auch wenn die Aussicht gering war, überhaupt noch etwas zu finden. Immerhin ging man nach der momentanen Sachlage davon aus, dass sie etwa sieben Stunden im Wasser gelegen hatte, ehe sie entdeckt worden war. Helena sah auf die Uhr und rechnete nach. Die Frau war demnach gegen Mitternacht im Meer gelandet und nicht mehr lebend daraus zurückgekehrt.

Ihre Haut war blass, was nicht allein vom stundenlangen Bad im Salzwasser kam. Wenn sie hier Urlaub gemacht hatte, dann vermutlich erst seit Kurzem. Der Badeanzug, in dem ihr schlanker Körper steckte, war ein schlichtes, sportliches Modell, so wie es in der Regel nur geübte Schwimmerinnen trugen. Das lange Haar war von den Wellen zerzaust, klebte nass an ihrem Kopf und war mit Seegras verwoben. Die Nässe ließ es dunkler erscheinen, als es vermutlich in trockenem Zustand war. Helena vermutete, dass sie es zusammengebunden hatte, bevor sie schwimmen gegangen war, und die stete Brandung, die über sie weggerollt war, das Haargummi irgendwann gelöst hatte. In der ersten Meldung, die vor gut zwei Stunden bei ihnen im Dezernat eingegangen war, hatten die Kollegen von einer jungen Frau gesprochen. Jung, weil ihre feingliederige Statur diesen Anschein erweckte. Doch jetzt, da Helena die Tote genauer in Augenschein nahm, kam sie zu dem Schluss, dass die Frau vermutlich in ihrem Alter sein musste. Um die vierzig also, wenn sie die deutlichen Fältchen um die leblos in den klaren Morgenhimmel starrenden Augen richtig interpretierte.

»Ist sie ertrunken?«, richtete sie ihr Wort an den Mediziner von den örtlichen Rettungskräften. Der Notarzt, der schon nahe am Rentenalter sein musste, betrachtete sie durch seine runden Brillengläser. »Und Sie sind?«

»Inspetora Gomes, Divisão de Investigação Criminal.«

»Dr. Cesar«, stellte er sich seinerseits vor und betrachtete dann wieder die Leiche. »Äußerlich deutet alles darauf hin, aber … Ordnen Sie eine Obduktion an?«, fragte er verhalten, als wollte er sicherstellen, dass man ihn wegen seiner Aussage später nicht belangen konnte.

»Irgendwelche sichtbaren Verletzungen?«, hakte sie nach.

»Es gibt Abschürfungen, die vermutlich entstanden sind, als die Wellen sie gegen den Felsen gespült haben. Da war sie wohl schon nicht mehr am Leben. Aber auch das ist nur eine Mutmaßung, basierend auf meiner Erfahrung als Ersthelfer. Falls es entgegen meiner Einschätzung zu Blutungen kam, nachdem sie zurück an Land geschwemmt wurde, ist jedenfalls alles vom Meer wieder weggewaschen worden«, erklärte er.

»Anzeichen dafür, dass sie gewaltsam unter Wasser getaucht worden war?«

Dr. Cesar schüttelte den Kopf. »Dazu kann ich nun wirklich keine Aussage machen. Wie gesagt, man hat mich hierhergeholt, um den Tod der Senhora festzustellen. Alle weiteren

Untersuchungen überlasse ich den Kollegen aus der Pathologie. Und damit wäre ich hier dann auch fertig«, ließ er sie wissen und griff nach seinem Arztkoffer.

»Wie schätzen Sie ihr Alter ein?«, wollte Helena wissen.

Der Mediziner rückte die Brille auf seiner Nase zurecht. »Mitte dreißig bis Mitte vierzig, genauer kann ich auch hier nicht werden, Inspetora.«

Helena nickte, und er trottete davon. Oben auf der Promenade warteten bereits zwei Männer mit einem Zinksarg. Lui trat neben sie. »Wo ist derjenige, der die Leiche gefunden hat?«, fragte Helena. Er deutete hoch zu der schmalen Zufahrtsstraße, die von den Einsatzfahrzeugen blockiert war. Selbst aus der Entfernung konnte Helena sehen, dass der Mann kaum mehr die Geduld aufbrachte, noch länger zu warten.

Es schien zu den unerklärlichen Gesetzbarkeiten zu gehören, dass es oftmals Rentner mit Hunden sein mussten, die auf ihren frühmorgendlichen Gassirunden über Leichen stolperten. Pedro Augusto, wie er sich vorstellte, nachdem sich Helena zu ihm auf die Strandpromenade gesellt hatte, passte exakt in diese Kategorie. Ebenso wie der Hund, ein unterarmlanger Mischling, der unbeirrt an Helenas Knöchel schnüffelte, während sie mit seinem Herrchen sprach. Augusto hatte nichts zu erzählen, was ihr bei der Klärung der Umstände weiterhalf. Er war dem betonierten Weg entlang des Strandabschnitts gefolgt, so wie er es um diese Uhrzeit immer zu tun pflegte, seit er vor elf Jahren aus Malveira hierher nach Cascais gezogen war, wo er sich mittels der Pensionsansprüche aus seiner vierzigjährigen Dienstzeit als Verwaltungsbeamter beim Gesundheitsamt eine kleine Wohnung mit Meerblick leisten konnte. Und bei seiner heutigen Runde war ihm der reglose Frauenkörper in der schäumenden Brandung aufgefallen. Er habe dann sofort die Rettungskräfte und die Polizei informiert, weitere Personen in der Umgebung der Leiche habe er nach seiner Entdeckung nicht ausgemacht, gab er an, wobei er versicherte, dass er trotz seiner zweiundsiebzig Jahre noch immer keine Brille auf die Ferne benötigte.

Helena und Lui entließen Pedro Augusto und dessen Hund Figo sichtlich erleichtert. »Wir haben nicht viel«, stellte Lui fest, wandte sich ab und streckte sein Gesicht der Sonne entgegen. »Wird ein heißer Tag werden«, kündigte er an. Sie kam nicht umhin, erneut festzustellen, dass er sich heute noch eigenwilliger benahm als sonst.

4
Henrik

»Aufwachen!«

Sara! Himmelherrgott! War er noch mal eingeschlafen? Er musste dagegen ankämpfen, nicht wieder zurück in diesen süßen, seltenen und daher so ersehnten Schlaf zu fallen, obwohl Sara an der Zudecke rüttelte. »Ja, ich komme«, nuschelte er, und dann entsann er sich wieder, was Helena ihm vorhin zwischen Tür und Angel aufgetragen hatte. *Kannst du Sara in den Kindergarten bringen?!*

Kann ich das?

Sein psychisches Problem, das er nach seiner Entlassung aus dem Krankenhaus bis zu einem gewissen Zeitpunkt hatte ignorieren können, schien nun mit jedem Tag gewaltiger zu werden. Es wuchs. In seinem Kopf. Dort hatte es sich eingenistet und war nicht bereit, den Schädel wieder zu verlassen. Aus dem *Problem* war eine Krankheit geworden. Agoraphobie. Oder was in der Art. Jedenfalls war ihm vollumfänglich bewusst, dass er darunter litt, und dennoch redete er sich nach wie vor ein, dass dem nicht so war. Er fühlte sich durchaus in der Lage, seine vier Wände zu verlassen. Das bewies er doch jeden Tag aufs Neue. Wenn er sich nur genug zusammennahm, gelang es ihm, die Furcht in seinem Kopf zu bezwingen.

Belüg dich nur weiterhin selbst!

Nach seiner Entlassung aus der Klinik hatte man ihm angeraten, umgehend einen Psychologen zu konsultieren, um zu lernen, sich im Bedarfsfall mit dem auftretenden Trauma auseinanderzusetzen. Noch am Krankenbett hatte eine Therapeutin erste Gespräche mit ihm geführt und dabei quasi vorausgesagt, dass er, auch aufgrund seiner Vorgeschichte, genau in dieses Dilemma hineinsteuern würde. Doch er war der Aufforderung, sich auch danach eine psychologische Beratung zu suchen, nie gefolgt. Vermutlich, weil er die Therapie, die er nach dem Unfalltod seiner Frau auf dienstliche Anweisung hin auf sich nehmen musste, als wenig hilfreich empfunden hatte. Es war ihm damals nicht möglich gewesen, sich darauf einzulassen, also ging er wie selbstverständlich davon aus, dass es diesmal nicht anders sein würde. Und dass er es allein hinkriegen würde. *Dumme Ausrede!*

»Henrik, wir müssen los!«, ermahnte ihn Sara und zog dabei erneut an der Bettdecke. Er blinzelte den trüben Schleier aus seinen Augen. Sie war schon fertig angezogen. Selbst ihr dunkles Haar sah manierlich gekämmt aus. Sofort schämte er sich, von einer Sechsjährigen vorgehalten zu bekommen, nicht bereit zu sein. Dass er sich überwinden musste aufzustehen, lag nicht an dem von der Wundheilung übrig gebliebenen körperlichen Schmerz. Und doch fühlte er ihn in jeder Faser. Der Rücken rebellierte, die Beinmuskulatur verkrampfte. *Wenn Sie sich nicht behandeln lassen, müssen Sie mit problematischen Folgeerkrankungen rechnen.* Die Worte der Krankenhauspsychologin hallten erneut durch seinen Kopf. »Gib mir fünf Minuten«, sagte er zu Sara, biss die Zähne zusammen und schleppte sich ins Bad.

5
Helena

Helena gab die Leiche zum Abtransport in die Pathologie frei. Die Kriminaltechniker dehnten mit ihrer Suche nach Spuren den Radius um den Fundort aus, hatten aber noch nichts Auffälliges zu melden. Man würde Lui und sie umgehend informieren, falls noch etwas auftauchte, versicherte man ihnen. Was so viel hieß wie, sie brauchten hier nicht unnötig im Weg herumstehen. Also teilten sie sich auf. Helena und zwei Kollegen der Polícia Municipal würden sich die Hotels direkt am Meer vornehmen, während Lui und weitere drei Uniformierte die Beherbergungsbetriebe abklapperten, die nördlich der Avenida Valbom lagen, welche den alten Ortskern von Ost nach West zerteilte. Die Beamten der Guarda waren indessen dazu abgestellt, die Anwohner und Gewerbetreibenden in der unmittelbaren Strandumgebung zu befragen. Cascais war zu dieser Jahreszeit voll mit Touristen. Es war nahezu unmöglich, dass niemand etwas gesehen hatte, auch wenn sich der Unglücksfall spätnachts ereignet hatte.

Helena folgte der Küstenlinie, wich dabei immer mal wieder heranrollenden Wellen aus und stieg schließlich die Treppen hinauf zum Hotel Albatroz. Unter den weißen Sonnenschirmen auf der Hotelterrasse hatten sich trotz der noch frühen Stunde bereits auffällig viele Gäste zum Frühstück niedergelassen. Kurzzeitig erlosch das Klappern von Geschirr und die Gespräche der Urlauber verstummten. Sie bemerkte die Blicke, die ihr auf ihrem Weg zur Rezeption folgten.

Die schmalgesichtige Frau am Empfang wirkte schon aufgeregt, noch bevor Helena ihr den Dienstausweis zeigte. Sie ging davon aus, dass die junge Hotelangestellte bereits wusste, was auf sie zukam. Mittlerweile dürfte sich der Vorfall in Cascais herumgesprochen haben, und was ein Ferienort am wenigsten brauchen konnte, war eine Leiche am Strand. Und in der Folge eine Horde von Polizisten, die ausschwärmten und unangenehme Fragen stellten. Was, wie sich jeder denken konnte, dennoch nicht ausblieb, weshalb Helena gleich zur Sache kam. »Vermissen Sie einen Gast, weiblich, um die vierzig Jahre, schlank, etwa eins siebzig groß. Langes, hellbraunes Haar?«

Die Rezeptionistin sah kurz über ihre Schulter, hin zur Bürotür, die hinterm Empfangstresen in die Holzwand eingelassen war, doch von dort war keine Hilfe zu erwarten. »Ich denke nicht. Jedenfalls ist von den Gästen bisher niemand abgängig. Aber wir sind ausgebucht, ich kann also nicht mit Gewissheit sagen …«

Vorhin hatte Helena sich gescheut, ein Foto von der Toten zu machen, das sie zur Identifizierung hätte herzeigen können. Vor allem, da der Anblick einer Leiche die Leute in der Regel so sehr verschreckte, dass sie ohnehin keine brauchbaren Antworten lieferten. Trotzdem bereute sie jetzt, es nicht getan zu haben. »Bitte drucken Sie mir ihr Gästeverzeichnis aus!«, verlangte Helena.

»Aber …«

»Ja, Sie dürfen das, ohne zuvor bei ihrem Vorgesetzten um Erlaubnis zu fragen. Seien Sie versichert, wir behandeln das vertraulich.«

Die Hotelangestellte, die vermutlich noch in der Ausbildung war, nickte und begann dann nervös auf der Computertastatur herumzutippen. Helena hegte wenig Hoffnung, dass es in allen Hotels so reibungslos ablaufen würde. Der Drucker neben dem Bildschirm warf ein einzelnes Blatt aus, das ihr sogleich über die

Empfangstheke gereicht wurde. Im selben Moment vibrierte ihr Handy in der Innentasche ihres Blousons. Die Nachricht kam von Lui und umfasste nur ein Wort: *Sucesso!*

6

Sie benötigte nicht einmal zwei Minuten bis zu dem exquisiten Boutique Hotel *Pequeno Paraíso*, das inmitten eines üppigen Gartens zentral in der historischen Innenstadt von Cascais lag. Helena war schon oft daran vorbeigegangen und dabei nicht umhingekommen, das prachtvoll restaurierte Gebäude zu bewundern. Das einstige Herrenhaus verfügte über zwei Stockwerke. Sämtliche Fenster waren mit verschnörkelten Elementen verziert. Über und durch die steinernen Balkonbalustraden rankten sich Glyzinien, Kletterrosen und Jasmin, mit einer Fülle an roten, rosafarbenen und weißen Blüten. Die Morgensonne ließ die nachtblauen, glasierten Dachziegel erstrahlen. Für Helena war es das schönste Hotel im Ort, und hin und wieder bedauerte sie, dass sie niemals dort nächtigen würde. Natürlich war sie auf der Website des Etablissements gewesen, um sich die geschmackvolle Ausstattung der Zimmer anzusehen, ebenso wie die Bilder, die Details des mannigfaltigen Gartens zeigten. Doch all dieser Komfort schlug sich selbstverständlich auf die Preise der feudalen Unterkunft nieder. Preise, die sie niemals bereit wäre zu zahlen. Die Vorstellung, dort unterzukommen, einfach so zum Vergnügen, war ohnehin abwegig. Sofern sie Lust und Laune auf Sonne und Meer verspürte, konnte sie ihre Eltern besuchen.

Lui wartete an der von der Avenida Valbom abzweigenden Zufahrt, die mit einem schweren, schmiedeeisernen Tor gesichert war. Das *Pequeno Paraíso* war das erste Hotel, bei dem er nachgefragt hatte. Ein derart rascher Ermittlungserfolg stieg ihm für gewöhnlich sogleich zu Kopf, und sie erwartete eine bissige Bemerkung. Doch heute schien ihn irgendetwas davon abzuhalten, sein sonst so überhebliches Gehabe abzuziehen. Er streckte ihr lediglich einen deutschen Reisepass entgegen. »Lag noch an der Rezeption«, kommentierte er.

Helena klappte das Dokument auf und betrachtete das biometrische Bild darin.

»Das ist sie doch?«, hakte Lui ein, und sie stimmte ihm zu. Nadine Weimer, geboren 1984. Was das Alter des Opfers anging, war sie ziemlich gut mit ihrer Schätzung. »Seit wann wohnt sie in dem Hotel?«

»Vor drei Tagen angekommen.«

»Allein?«

»Zumindest, was die Zimmerbelegung angeht. Allerdings scheint sie mit Bekannten hier zu sein, wie der Hotelmanager meint.«

Helena steckte den Reisepass der Toten ein. »Ich will mit ihm sprechen. Und natürlich mit der Reisebegleitung.«

»Natürlich willst du das«, kommentierte Lui und klang beinahe schon wieder gehässig. Helena sah ihn stirnrunzelnd an und ging dann an ihm vorbei in den Hotelgarten. Es war das erste Mal, dass sie die Anlage betrat, und sie kam nicht umhin, das üppige und dennoch ausgewogene Pflanzenarrangement zu bewundern. Sie schüttele den Kopf ... Eigentlich war sie doch sonst nicht der Typ, der für ein derart romantisches Ambiente empfänglich war.

Der Mann, der sie am Eingang abfing, trug ein marineblaues Sakko, sandfarbene Hosen und statt einer Krawatte ein farblich abgestimmtes Seidentuch um den Hals. In der Manier eines Türstehers, baute er sich vor ihnen auf, allerdings überragte ihn Lui locker um zwei Köpfe. Und auch sonst fehlte es ihm an eindrucksvoller Körperlichkeit. Er war von schmächtiger Gestalt und hatte ein Mäusegesicht unter seinem akkurat gescheitelten, aschbraunen Haar. Trotz der klobigen Hornbrille auf seiner langen, spitz zulaufenden Nase entging Helena nicht der vor Selbstbewusstsein strotzende Blick aus den schmutzbraunen Augen, der jegliche Unscheinbarkeit hinsichtlich seiner Statur aufwog.

»Meine Kollegin Inspetora Gomes«, stellte Lui sie vor.

»Henrique Rebocho, ich bin der Inhaber. In Rücksichtnahme auf die Gäste werden wir die Unterhaltung hier draußen führen«, sagte er und zeigte auf einen Tisch mit Gartenstühlen, die unter einem Palisanderbaum arrangiert waren, dessen violett leuchtende Blütezeit sich jedoch schon dem Ende zuneigte. Helena widerstand vorerst einer Bemerkung hinsichtlich des Befehlstons, nickte knapp, und dem Hotelier folgend begaben sie sich in den Schatten des Baumes. Die Gartenmöbel waren mit einer leichten Feuchte überzogen, verursacht vom verborgenen Bewässerungssystem des Gartens. Rebocho ignorierte diesen Umstand und setzte sich unerschrocken auf den nassen Stuhl. Offenbar um zu demonstrieren, dass er sie um keinen Preis der Welt im Haus haben wollte. Lui wischte mit dem Ärmel seines Sakkos über die Sitzfläche, ließ sich ebenfalls nieder und verschränkte seine langen Beine. Helena blieb stehen. »Es führt kein Weg daran vorbei. Wir werden uns mit Ihren Gästen unterhalten, Senhor Rebocho. Außerdem müssen wir uns im Zimmer von Nadine Weimer umsehen«, erklärte sie.

Rebocho sah auf die Uhr. »Spätestens in zwei Stunden sind alle mit dem Frühstück fertig und die meisten Urlauber aus dem Haus, um ihre Tagesausflüge zu machen. Ich bitte Sie, sich bis dahin zu gedulden!«, verlangte der Hotelier. Trotz seiner schmalen Brust verfügte er über eine kraftvolle, tiefe Stimme.

Sie legte ihre Hände auf die Stuhllehne vor ihr. »Nur unter der Bedingung, dass Sie mir die Bekannten der Toten herausschicken, die Sie gegenüber meinem Kollegen erwähnten. Ansonsten gibt es keine Kompromisse.«

»Inspetora, ich bitte Sie!«

»Die Spurensicherung steht bereit, wir können sofort anfangen, das Hotelzimmer der Toten zu durchsuchen und auch alles andere auf den Kopf zu stellen, wenn wir es für ermittlungsrelevant halten«, machte Helena deutlich.

Henrique Rebocho erhob sich, um zu unterbinden, dass sie weiter auf ihn hinabblickte. Auch wenn er äußerlich die Fassung wahrte, erkannte sie, wie es innerlich in ihm zu brodeln begann. »Zwingen Sie mich nicht dazu, meinen Kontakt im Wirtschaftsministerium anzurufen!«

Mit so einer Drohung kam er ihr gerade recht. Helena hielt seinem Blick ohne Probleme stand. Wenn sie etwas wirklich gut konnte, dann war es, in solch angespannten Situationen äußerlich keine Gefühlsregung zuzulassen. Auch wenn es in ihr mindestens ebenso sehr zu kochen begann wie in ihrem Gegenüber. »Lui, ruf die Kollegen der Forensik an und sag ihnen, wo wir sie brauchen!«, sagte sie, ohne Rebocho aus den Augen zu lassen. Lui stieß einen Seufzer aus, faltete seine Beine auseinander und erhob sich. Sie war froh, dass er mitspielte. Er kam fünf Schritte weit, dann lenkte der Hotelier ein. »Halt, warten Sie, ich hole Ihnen das Ehepaar aus Deutschland.«

7

Das *Pequeno Paraíso* verfügte lediglich über neun Zimmer, was ihm einen familiären Charakter verlieh. Es war eine wahre Wohlfühloase, was Ausstattung, Lage, Verpflegung und natürlich auch den Service betraf. Dem Gast sollte alles abgenommen werden, damit er in völliger Unbeschwertheit seinen Urlaub verbringen konnte. Dies schloss selbstredend ein, dass jegliche Form der Störung von ihm ferngehalten wurde. Eine Philosophie, die am heutigen Tag aus den Fugen geriet, sehr zum Unwillen von Henrique Rebocho. Selbst von ihrem Platz unter dem Palisanderbaum konnte sie hören, wie er beim Betreten des Foyers sein Personal anblaffte.

Man ließ sie warten. Nach nahezu zehn Minuten konnte Helena ihre Ungeduld kaum mehr in Zaum halten, während sich Lui, ausgestreckt auf dem Stuhl und mit verschränkten Armen, scheinbar unberührt hinter seiner Sonnenbrille versteckte. Nur das stete Zucken seines rechten Beines verriet, dass er nicht eingeschlafen war. Eigentlich eine Marotte, die Helena nur von ihm kannte, wenn er überreizt war. Wobei sich dieses nervöse Muskelspiel selten während einer Ermittlung beobachten ließ, sondern eher, wenn sie zum Comandante zitiert wurden und darauf warteten, vorgelassen zu werden. Immer dann also, wenn es aus Luis Sicht um etwas für ihn wirklich Wichtiges ging, das seiner Karriere förderlich war.

Das Paar, das schließlich aus dem Hotel trat und sich mit deutlicher Zurückhaltung in ihre Richtung bewegte, versprengte Helenas Gedanken hinsichtlich Luis Benehmen und seiner verschrobenen Ansichten. Die beiden waren deutlich älter als die Ertrunkene, könnten nach ihrer ersten Einschätzung gar ihre Eltern sein. Obwohl sich beide äußerlich sportlich jung präsentierten, ging Helena davon aus, dass sie über sechzig Jahre alt waren. Offenbar gehörten sie in die Kategorie der unerschrockenen Sonnenanbeter, denen der Gedanke an Hautkrebs keine Angst bereitete, denn beide trugen eine kräftige Bräune zur Schau. Die Frau steckte in einem knallgelben Top mit Spaghettiträgern Ihr kastanienbraun gefärbtes Haar reichte ihr bis kurz unter die Ohren. Ebenso wie ihr knappes Oberteil, war auch der Rock ihrem Alter nicht mehr unbedingt angemessen. Sie war auffällig schlank. Vielleicht steckte sie im Fitnesswahn oder war gefangen in einem Strudel von Dauerdiäten. Außerdem kam die Frau ihr für einen Strandtag übertrieben geschminkt vor. Es sah beinahe aus, als wollte sie sich hinter all dem Make-up verbergen.

Ihr Gatte, der groß und kraftstrotzend neben ihr hermarschierte, trat diesem Sommertag in zartrosafarbenen Bermudashorts entgegen. Das leinenfarbene Hemd, das sich über seinen nicht unerheblichen Bauch spannte, war für Helenas Geschmack zwei Knöpfe zu weit offen. Sein lichtblondes Haar hatte er akkurat nach links gescheitelt. Trotz allem Urlaubsflair, der sie umgab, verriet ihr Mienenspiel Betroffenheit. Rebocho hatte sie demnach darüber informiert, was vorgefallen war.

»Entschuldigen Sie die Unannehmlichkeit«, sagte Helena, nachdem sie Lui und sich vorgestellt hatte. »Wir werden es kurz machen. Darf ich Sie nach Ihren Namen fragen!«

»Eichberger«, sagte der Mann, »Axel Eichberger. Das ist meine Frau Mona.«

Mona nickte. Auch sie versteckte sich hinter einer Sonnenbrille. »Ist es war, was man uns erzählt hat? Ist Nadine ...?«

»Wollen Sie sich setzen?«, fragte Lui entgegen seiner Gepflogenheit, Zeugen gegenüber keinerlei Empathie zu zeigen. Beide schüttelten den Kopf. Trotz der Hiobsbotschaft hatten sie nicht vor, sich länger als nötig von der Polizei aufhalten zu lassen, wie es schien.

»Wie standen Sie zu Frau Weimer?«, wollte Helena wissen und beantwortete damit indirekt die Frage von Mona Eichberger. Diese tauschte einen Blick mit ihrem Mann.

»Wir waren befreundet.«

»Nadine hat uns bei ein paar Dingen geholfen, geschäftlich«, führte Axel Eichberger näher aus.

»Was jetzt? War sie eine private oder geschäftliche Bekanntschaft?«, hakte Helena ein.

»Beides!«, sagte Mona. Axel Eichberger legte die Hand auf den Oberarm seiner Gattin. »Ich importiere Möbel. Unter anderem aus Portugal. Und Nadine spricht, ich meine *sprach* Portugiesisch. Sie hat mich bei Verhandlungen mit hiesigen Herstellern unterstützt, deshalb haben wir sie zu diesem Urlaub eingeladen. Also, wir tragen die Kosten …«

»Und Sie sind gemeinsam angereist?«

Mona suchte den Blick ihres Mannes und überließ es ihm zu antworten. »Nadine und meine Frau kamen im gleichen Flieger. Ich bin schon ein paar Tage länger hier.«

»Wegen Ihrer Geschäfte?«, wollte Helena wissen, was Eichberger bestätigte.

»War Nadine in einer Beziehung? Wissen Sie, wen wir in Deutschland verständigen können?«

»Also, sie war nicht verheiratet, wenn Sie das meinen«, sagte Mona. »Und ihre Eltern? Weißt du da was?«, fragte sie ihren Mann.

»Nicht aus dem Gedächtnis. Sie ist irgendwo in Niedersachsen aufgewachsen, lebte aber schon seit einigen Jahren in München.«

»Sie können mir also niemanden nennen, kennen keine Angehörigen?«

Mona und Axel Eichberger schüttelten synchron die Köpfe. Sie waren nervös, das war ihnen anzusehen. Was Helena allerdings vermisste, war echte Trauer. Es könnte sein, dass den beiden doch noch nicht so recht bewusst war, was sich in der vergangenen Nacht mit ihrer Bekannten ereignet hatte. Verdrängung als Reaktion auf das Überbringen einer Todesnachricht war Helena nicht fremd. Oder aber, die Verstorbene hatte dem Ehepaar nicht sonderlich nahegestanden. »Wann haben Sie Frau Weimer zuletzt gesehen?«

»Gestern Abend, wir haben zusammen gegessen, bei einem Italiener ein Stück die Straße hoch.« Eichberger zeigte Richtung Hafen. »Sie wollte danach noch nicht zurück ins Hotel. Also haben wir uns getrennt.«

»Wie spät war es da?«

Mona zuckte mir den Schultern. »Zehn, vielleicht viertel nach«, sagte ihr Mann.

»Hatte sie Ihnen gesagt, wo sie noch hinwollte?«

»Nicht direkt. Ich nehme an, rüber zum Largo Camões, dort wo die ganzen Bars sind. Kann sein, dass Sie noch mit jemandem verabredet war.«

»Wie sicher wissen Sie das?«

Eichberger verzog den Mund. »Nadine hat es nicht direkt gesagt, aber ich glaube, dass sie tags zuvor jemanden kennengelernt hat. Jedenfalls machte sie gestern beim Frühstück so eine Andeutung.«

»Was genau hat sie gesagt?«, fragte Lui, der sich bislang zurückgehalten hatte. Offensichtlich litt er tatsächlich an den Folgen eines feuchtfröhlichen Abends, so wenig, wie er bei der Sache war. Das deutsche Ehepaar tauschte einen erneuten Blick. »Ich bin mir nicht sicher, aber ich meine, sie sprach von einem Engländer«, verriet Mona Eichberger, was ihr Gatte mit einem knappen Nicken kommentierte.

»Ein Engländer also«, wiederholte Helena und sah zu Lui, der diese Antwort mit einem kaum wahrnehmbaren Nicken kommentierte. Cascais war ein beliebtes Urlaubsziel der Briten.

»Nach dem Abendessen – sind Sie da direkt zurück ins Hotel?«, fragte Helena.

»Das sagte ich bereits«, erinnerte sie Axel Eichberger. »Und nein, wir haben Nadine nicht mehr gesehen, auch später nicht.«

»Hatte Nadine eine Handtasche bei sich, als Sie zum Essen gingen?«

»Selbstverständlich«, sagte Mona. Helena bat um eine genauere Beschreibung, was der Frau nicht schwerfiel. Helena sagte die Marke nichts, und es war ihr fast peinlich, dass sie nachfragen musste, ob die Tasche groß genug war, um darin auch ein Badetuch zu verstauen. »Definitiv nicht«, führte Mona auf. »Sie war im Übrigen ein Geschenk von uns«, führte sie schnell noch an, was sich anhörte, als hätten sie die Handtasche gerne zurück, falls sie je wieder auftauchen sollte.

»Lag Nadines Zimmer neben dem Ihren?«

»Schräg über den Gang«, erklärte Mona.

»Auch nichts gehört«, ergänzte ihr Mann. »Wir hatten keine Ahnung, haben Nadine nicht vermisst, wenn Sie das noch wissen möchten. Erst, als wir vorhin beim Frühstück aufgeschnappt haben, dass … Also nicht, dass wir dann sofort an Nadine gedacht hätten. Sie hat ja immer etwas länger geschlafen. Nur, nachdem der Hotelmanager an unseren Tisch kam … schlimm ist das, wirklich …«

8

»Was hältst du von den beiden?«, fragte sie Lui, nachdem sie die Personalien aufgenommen und das Ehepaar Eichberger entlassen hatten. Entlassen mit der Auflage, weiterhin zur Verfügung zu stehen. In fünf Tagen wollten sie abreisen, wie sie betonten. Ansonsten hatten sie keine Ausflüge geplant, abgesehen davon, nach Lissabon hineinzufahren. Zum Shoppen, wie Mona Eichberger zu verstehen gegeben hatte, in einem leicht trotzigen Tonfall, der vermitteln sollte, dass sie sich dieses Vergnügen nicht nehmen lassen würde. Auch nicht von den Ermittlungsbehörden.

»Typische Deutsche«, sagte Lui und grinste schmal. Er wusste von Helenas Beziehung zu Henrik und ließ keine Gelegenheit aus, dagegen zu sticheln.

»Mehr hast du nicht zu sagen?«, fauchte sie.

»Leute, die nichts wissen, nichts gehört und gesehen haben, sind mir immer verdächtig«, gab er zurück und hörte sich dabei wieder leidend an. Ihr lag auf den Lippen zu fragen, was er gestern nach Dienstschluss getrieben hatte, doch sie ahnte, dass sie darauf keine Antwort erhalten würde. Üblicherweise war Lui darum bestrebt, ihren Vorgesetzten ein Ergebnis zu präsentieren, bevor sie dies tat. Er sah in Helena immerzu eine Konkurrentin, die er übertrumpfen wollte. Ein echtes *Zusammen* gab es nie. Ein Problem, von dem die Dezernatsleitung aber nichts hören wollte. Hätte Helena um einen anderen Kollegen gebeten, wäre dies ausschließlich ihr als Schwäche ausgelegt worden. Man hätte sie als diejenige hingestellt, die nicht teamfähig war. Im Gegensatz zu ihr, wurden Lui Fehler verziehen. Sie hatte schnell erkannt, dass sie lernen musste, mit dieser Ungerechtigkeit klarzukommen, bevor die Situation sie zu brechen drohte. Was ihr irgendwie gelungen war. Dennoch zerrte dieses Missverhältnis fortwährend an ihren Nerven. Es war jetzt aber nicht die Zeit, sich über die Probleme zwischen Lui und ihr aufzuregen. Es wartete eine Menge Arbeit auf sie. Helena würde die letzten Tage der Toten rekonstruieren müssen. Ihre Routinen und Abläufe durchleuchten, wobei diese sich vermutlich deutlich von ihrem Alltag in Deutschland unterschieden. Immerhin hatte Nadine Weimer hier Urlaub gemacht, da verhielt man sich nicht wie zu Hause. Und das würde die Ermittlungen nicht unbedingt einfacher machen. »Sehen wir uns Nadines Zimmer an und reden danach mit den Hotelangestellten«, entschied sie und machte sich auf den Weg zur Rezeption, ohne darauf zu achten, ob Lui ihr folgte. Rebocho kam sofort angelaufen, als er sie durch die Glastür seines Büros hindurch ins Foyer kommen sah. Im Empfangsbereich zierte das klassisch blau-weiße Fliesendekor die Wände bis etwa auf Brusthöhe. Darüber hingen, am weiß getünchten Mauerwerk, Gemälde vergangener Epochen in schweren Holzrahmen. Ein ausladender Lüster schmückte die hohe Decke, die nach hinten mit einer Galerie abschloss, von der die Gänge zu den Gästezimmern abzweigten. Trotz des Prunks, war alles sehr geschmackvoll arrangiert, und sie hätte erneut Zeit damit verbringen können, sich in der Betrachtung der Details zu verlieren. Vermutlich waren es aber nicht nur die visuellen Reize, die sie verleiteten. Es hing auch ein besonderer Duft in der Luft der Lobby. Helena glaubte eine Mischung aus Eukalyptus, Lavendel und Minze zu riechen. Sie hatte von diesen verlockenden Aromen gehört, die man in Hotels einsetzte, um den Gästen auch auf diese Weise zu schmeicheln, wobei deren Wahrnehmung meist nur unterbewusst erfolgte. Was das *Pequeno Paraíso* anging, funktionierte dieser psychologische Kniff bei ihr. Weshalb sie sich erst recht vergegenwärtigen musste, dass sie sich nicht wegen der offensichtlichen Schönheit und des olfaktorischen Wohlgefühls in dieser Herberge aufhielt. Es war angebracht, sich auf die Ermittlung zu konzentrieren und alles andere ausblenden.

»Hatten wir nicht vereinbart, Sie halten sich bedeckt, bis alle Gäste ihr Frühstück eingenommen haben?«, redete Rebocho auf sie ein und versuchte seine schmale Statur so zu platzieren, dass er damit den Durchblick zum Frühstücksraum versperrte. Eine aussichtslose Bemühung.

»Hatten wir nicht«, berichtigte Helena. »Würden Sie nicht so einen Zinnober veranstalten, bekämen Ihre Gäste gar nichts von uns mit. Wir sehen uns jetzt Senhora Weimers Zimmer an.« Vorerst schien der Widerstand des Hoteliers gebrochen. Mit zerknirschter Miene ging Rebocho voran, führte sie hinauf in den ersten Stock und den Gang entlang bis vor die Tür mit der Nummer sieben. Er holte eine Plastikkarte aus seiner Jacketttasche und entriegelte das elektronische Türschloss. Helena hielt ihn davon ab, den Raum zu betreten.

»War heute schon jemand dort drin?«

»Zu früh fürs Housekeeping, also definitiv nein«, sagte Rebocho.

Helena streifte sich Latexhandschuhe über. »Sie brauchen nicht zu warten!«, erklärte sie Rebocho und schlüpfte in das Zimmer. Lui folgte ihr und zog hinter sich die Tür zu. Die Klimaanlage lief, die Vorhänge waren geöffnet und zeigten einen Blick auf den Hotelgarten. Sonne flutete den Raum. Das Bett war unbenutzt, allerdings lagen diverse Anziehsachen darauf verstreut. Nadine hatte sich eine Auswahl fürs Abendessen und den vermutlich bereits geplanten Barbesuch danach zurechtgelegt. Das Outfit, für das sie sich letztlich entschieden hatte, war verschwunden, genau wie die Handtasche. Was war mit dem Badeanzug, den sie trug, als man sie heute bei Tagesanbruch gefunden hatte?

Helena stellte die Vermutung an, dass sie diesen bereits unter ihrer Abendgarderobe getragen hatte, sofern die Aussage der Eichbergers zutraf und Nadine nach dem Restaurantbesuch nicht noch mal in ihr Zimmer zurückgekehrt war. Demzufolge hatte Nadine Weimer den Plan, noch einen Abstecher runter ans Meer zu machen, schon davor gefasst. Das nächtliche Rendezvous am Strand stand damit sehr wahrscheinlich auch schon fest, bevor sie mit den Eichbergers zum Abendessen aufbrach. Helena fand aktuell keine Alternative zu dieser Annahme. Wo waren die luxuriöse Designerhandtasche und ihre Kleidung abgeblieben? Sie mussten unbedingt diese Urlaubsbekanntschaft finden, von der das Ehepaar Eichberger gesprochen hatte. *Diesen Engländer.* Oder zumindest zeitnah irgendwelche Zeugen, die etwas beobachtet hatten.

Lui spähte in den Schrank. Helena beobachtet, wie er über die Kleider der Toten strich. Dann klopfte er gegen den Zimmersafe. »Wir brauchen noch mal deinen Freund«, sagte er, und Helena rümpfte die Nase. Sie war an den antiken Schreibtisch getreten. Nadine Weimer hatte darauf ein paar lose Zettel abgelegt. Ausdrucke ihrer Reiseunterlagen. Daneben ein Paar Ohrhänger, golden, die jeweils einen milchigen Stein einfassten. Dazu eine Armbanduhr, ebenfalls goldfarben, die teuer aussah, auch wenn die Marke Helena nichts sagte. Das Ladekabel fürs Handy hing aus der über der Schreibunterlage angebrachten Steckerleiste, die nicht mit dem sonst so stilvollen Inventar korrespondierte.

»Wir lassen den Safe öffnen. Und die Kollegen sollen sich das Zimmer ansehen, auch wenn ich wenig Hoffnung habe, hier was Brauchbares zu finden«, sagte Helena. Hotelzimmer waren stets ein Gräuel für Kriminaltechniker, da die ständig wechselnden Gäste Unmengen von forensischen Spuren hinterließen, deren Auswertung nervenaufreibend lange Zeit bedurfte. Lui nickte und verließ den Raum, während Helena noch das durch eine Schiebetür abgetrennte Badezimmer inspizierte. Sie fand, was sie erwartete. Schminkutensilien auf den Ablagen rund um das Waschbecken, Zahnbürste im Porzellanbecher, Einwegrasierer in der Dusche. Eine Blisterpackung Aspirin, aus der zwei Tabletten herausgedrückt worden waren. Es herrschte eine gewisse Unordnung, und alles lag und stand so bereit, als würde Nadine Weimer es jeden Moment erneut benutzen. Helena ging in die Hocke und leerte das, was sich noch im Kulturbeutel befand, auf den Badezimmerteppich, fand aber auch darunter nichts, was ihre Aufmerksamkeit auf sich zog. Dass die Sachen der Verstorbenen allesamt derart alltäglich waren, hielt sie beinahe schon wieder für verdächtig. Aber so, wie es bisher aussah, war die Frau bei einem nächtlichen Badeausflug ins Meer ertrunken. Einfach ertrunken, was ohne Frage schrecklich genug war. Was also hatte sie gehofft, hier zu finden?

9
Henrik

»Ich stecke noch bis spätabends in Cascais fest«, erklärte Helena am Telefon. »Hat alles geklappt?«

»Hab Sara wohlbehalten im Kindergarten abgeliefert«, antwortete er knurrig. »Und ich deute deinen Anruf so, dass ich sie auch wieder abholen soll.« Ihm lag auf den Lippen, dass sie sich nicht weiter darum bemühen brauchte, ihn zu beschäftigen. Oder vielmehr, ihn aus dem Haus zu locken. Doch im selben Atemzug bedauerte er seinen schroffen Tonfall. Er sollte am besten wissen, wie unberechenbar ihr Job manchmal war.

»Das würde mir helfen«, sagte Helena, und ihre Nachsicht wühlte ihn noch mehr auf. Seitdem er nur knapp dem Tod entronnen war, brachte sie ihm eine ähnliche Geduld entgegen wie ihrer Tochter. Doch was er am allerwenigsten wollte, war, wie ein Kleinkind behandelt zu werden. Was musste es sie kosten, sich wider ihres zumeist spröden Charakters so zu verhalten. Henrik wollte nicht, dass sie sich verstellte, nur weil sie meinte, ihn schonen zu müssen.

Ihr Anruf hatte ihn im Badezimmer erwischt, wo er alles dafür vorbereitet hatte, sich endlich mal wieder zu rasieren. Was er bereits als eine Art Lichtblick deutete. Mit dem Handy in den nassen Fingern betrachtete er sein Spiegelbild. Diesem Spiegelbild in die Augen zu sehen fiel ihm in seinem jetzigen Zustand nicht leicht. Er mochte diesen von Resignation abgestumpften Blick absolut nicht. Außerdem fand er, dass er schrecklich grau geworden war in den letzten Monaten. Zu früh, seiner Ansicht nach, aber war es denn ein Wunder? Noch letztes Jahr waren da nur vereinzelte Strähnen gewesen, doch das, was ihn jüngst quälte, schien ihn mehr und mehr auszubleichen. Vielleicht fielen die melierten Haare aber auch nur stärker auf, weil er sie eine Weile sehr kurz getragen hatte. Jetzt, da ihm seit Wochen die Kraft fehlte, zum Friseur zu gehen, waren sie wieder ordentlich gewachsen. Wollte er etwas Positives aus seiner Rekonvaleszenz ziehen, dann, dass er einiges an Gewicht verloren hatte. Eine anhaltende Appetitlosigkeit hielt ihn davon ab, sich wie früher von den zahllosen kulinarischen Genüssen seiner neuen Heimat verführen zu lassen.

»Hast du einen neuen Fall?«, fragte er, um von seinem Äußeren und auch von dem Konflikt abzulenken, der wegen seiner Unzulänglichkeit zwischen ihnen schwelte.

»Wir sind noch dabei, uns ein Bild davon zu machen, was gestern Nacht hier vorgefallen ist. Wie es aussieht, gibt's jetzt wenigstens einen Anhaltspunkt. Wir sind mitten in den Befragungen möglicher Zeugen.«

»Im Radio berichteten sie von einer Toten am Strand.«

»Kein Kommentar!«

»Hast du das auch zu den Journalisten vor Ort gesagt?«

Er hörte sie scharf einatmen.

»War das Opfer eine Touristin?«, bohrte er dennoch weiter, weil der Polizist, der er einmal gewesen war, trotz seines angeschlagenen Zustands noch immer in ihm steckte. Es war wie ein Reflex, den er nicht mehr loswurde, egal wie schlecht es gesundheitlich um ihn stand.

»Henrik, du weißt ... wie immer gilt, ich darf dir nichts sagen ...«

»Dann hast du nur wegen Sara angerufen?«, fragte er einer unerwarteten Eingebung folgend. Da war etwas in ihrer Stimme. Eine leichte Gereiztheit, die er mit einem Mal nicht mehr nur allein ihrem schwierigen Beziehungsstatus zuschrieb. Sie hatte sich über jemanden oder etwas geärgert. Womöglich hielt sie irgendeine Vorschrift oder der Befehl ihres Vorgesetzten ein weiteres Mal davon ab, eine ordentliche Ermittlung führen zu können.

»Natürlich«, sprach sie in seine Überlegung hinein. »Was soll sonst sein?«

»Komm schon Helena, ich kenne dich.«

Es verstrich ein Moment der Stille, und er dachte schon, sie hätte einfach aufgelegt.

»Ich habe einen Namen«, hörte er sie mit einem Mal sagen, und augenblicklich verspürte er ein leichtes Kribbeln im Nacken. »Vielleicht hat Martin etwas darüber …«

»… archiviert«, vollendete er ihren Satz. Er konnte es kaum fassen, dass sie so aus heiterem Himmel um seine Hilfe bat.

»Es ist nur so ein Gefühl. Und sehr wahrscheinlich hat es nichts mit diesem Fall zu tun. Weißt du was, vergiss es einfach!«

»Nein, nein, schon gut. Um wen geht es?«, fragte Henrik, dessen Puls sich durch ihre letzten Worte beschleunigt hatte. Wieder entstand eine Pause. Ihm war, als könnte er selbst über die digitale Verbindung förmlich spüren, wie sie mit sich rang. Wie sie abwog, ob sie so weit gehen konnte. Hoffentlich zögerte sie nicht zu lang, denn sobald der Ärger, der sie gerade piesackte, verflog, besann sie sich womöglich ihrer Pflichten und ruderte zurück. »Henrique Rebocho«, teilte sie ihm schließlich mit. »Schon mal gehört?«

Sein Namensgedächtnis war nicht schlecht, aber er glaubte nicht, dass er im Antiquariat schon mal auf einen Rebocho gestoßen war. »Tut mir leid«, sagte er.

»Kein Problem. Vermutlich ist ohnehin nichts dran. Denk bitte an Sara!« Ohne seine Zusicherung abzuwarten, trennte sie die Verbindung. »Als könnte ich Sara vergessen«, murrte er und legte das Telefon auf den Waschbeckenrand. Er stellte fest, dass ihm immer noch Reste von Rasierschaum im Gesicht klebten. Schnell machte er sich sauber, denn plötzlich hatte er es eilig, nach unten in den Laden zu kommen, dessen Öffnungszeiten er trotz seines gesundheitlichen Zustandes so gut es ging einhielt. Die Tätigkeit im Antiquariat lenkte ihn ab, und er musste dazu nicht einmal die schützenden Wände seines Wohnhauses verlassen. Sein Polizistenverstand jonglierte bereits mit dem, was Helena ihm anvertraut hatte. Eine tote Frau am Strand von Cascais. Eine Touristin? Das hatte Helena zwar nicht direkt bestätigt, aber er glaubte, dass genau das zutraf. Und so wie sie sich angehört hatte, wusste Helena schon, um wen es sich handelte. Wenn sie die Tote bereits identifiziert hatte, kannte sie vermutlich auch den Aufenthaltsort der Frau. Das Hotel, in dem sie gewohnt hatte. Die Ermittlungen schienen zügig zu laufen. Was also hatte dieser Mann damit zu tun, dieser *Henrique Rebocho*? Nein wirklich, bei dem Namen regte sich nichts, abgesehen davon, dass der Typ ein Namensvetter von ihm war.

Er verließ seine Wohnung und nahm schnellen Schritts die Holzstiege runter ins Erdgeschoss. Die Tür, über die er vom Treppenhaus ins Antiquariat gelangte, war nicht abgeschlossen. Das passierte ihm in letzter Zeit häufiger, was ihn allerdings nicht weiter beunruhigte. Die Leute, die noch mit ihm im Haus wohnten, wussten, dass es im Antiquariat für sie nichts zu holen gab. Er stolperte über einen Stapel Bücher, den er vormittags gleich hinter der Tür abgestellt und dann vergessen hatte. Antiquarische Wälzer, die er noch irgendwo in den ohnehin übervollen Regalen im Laden hatte unterbringen wollen, ehe ihn die mentale Trägheit, die ihn in letzter Zeit unvermittelt überfiel, dazu nötigte, sich zurück in seine Wohnung zu mühen. Immerhin hatte er sich in der Pause, die er auf seinem Sofa verbrachte, so weit erholt, dass er danach die Motivation für eine Rasur gefunden hatte.

Und jetzt, nach dem Telefonat mit Helena fühlte er sich nahezu befremdlich erfrischt. Henrik türmte die umgestoßenen Bücher wieder aufeinander. Es handelte sich um durchaus wertvolle Exemplare. In schweres Leder gebundene Erstausgaben portugiesischer Literaten, von denen er hoffte, dass sich früher oder später ein Sammler dafür interessierte, weswegen er sie auch gleich im Eingangsbereich platzieren wollte. Seit er das Antiquariat von seinem Onkel Martin Falkner geerbt hatte, hatte er mehr und mehr ein Gespür dafür entwickelt, mit welchen Büchern sich noch Geld verdienen ließ. Aufgrund von Renovierungsarbeiten, die gerade im Keller durchgeführt wurden, war er gezwungen, viele dort unten lagernde Druckwerke zu entsorgen. Ein Großteil davon hatte ohnehin kurz vor der Zersetzung gestanden, nachdem die Feuchtigkeit aus lecken Rohrleitungen über Jahre in die Kartons und Kisten gedrungen war, in denen Martin die Bücher verwahrt hatte. Die, die er retten konnte, Wasserflecken hin oder her, hatte er nun weitgehend im Laden untergebracht.

Nachdem man ihn aus dem Krankenhaus entlassen hatte, waren das *Herumwerkeln* im Antiquariat und das Neuordnen der Bestände in den Regalen, zu einem probaten Mittel der Ablenkung geworden. Nach Helenas Andeutungen hinsichtlich ihres neuen Falls war er allerdings nicht mehr in der Stimmung, Bücher zu sortieren und deren Verkaufswert festzulegen. Er fühlte sich so positiv angespannt wie schon seit Langem nicht mehr.

Helena hatte ihm diesen Namen nicht ohne Grund genannt. Sie wollte ihn beschäftigen. Und zwar mit dem, was ihn bis vor drei Monaten deutlich mehr vereinnahmte als das Veräußern antiquarischer Bücher. Sein Nebengewerbe, wenn man so wollte. Private Ermittlungen, die seit seinem Umzug nach Lissabon ein Äquivalent zu dem geworden waren, womit er davor in Deutschland seinen Lebensunterhalt verdient hatte. Damals, als er noch im Dienst der Kriminalpolizei Verbrecher überführt hatte. Und das nicht unerfolgreich. Bis zu dem Tag, an dem seine Frau Nina tödlich verunglückte. Dieser Verlust hatte ihn völlig aus der Bahn geworfen, und in dieser schweren Lebensphase kam er aus heiterem Himmel zu seinem Erbe in Lissabon. Das Vermächtnis seines Onkels Martin Falkner, den er selbst nie kennengelernt hatte. Martin hinterließ ihm das zweihundert Jahre alte Haus in der Rua do Almada, zusammen mit dem sich darin befindlichen Antiquariat. Und das war lange noch nicht alles, wie er bald darauf erkannte.

Martin, der Bruder seiner Mutter, war in den 1980er-Jahren nach Portugal ausgewandert und verzichtete mit diesem Entschluss in Deutschland auf eine Karriere als Staatsanwalt. Trotz dieses radikalen Lebenswandels hatte er jedoch nicht davon ablassen können, der Gerechtigkeit Genüge zu tun. Im Rahmen der Möglichkeiten, die ihm blieben, folgte er einer fragwürdigen Obsession und untersuchte über drei Jahrzehnte hinweg ungeklärte Verbrechen, die in Lissabon verübt worden waren. Und alles, was er zu diesen Untaten zusammentragen konnte, archivierte er auf unkonventionelle Weise in seinem Antiquariat. Oder vielmehr, er versteckte es, wie Henrik schnell herausfand. Und weil er ebenso wenig aus seiner Haut konnte wie sein Onkel, begann Henrik diesen ungeklärten Verbrechen nachzugehen, deren Hinweise er im Antiquariat aufspürte. Was in der Regel durch Zufall geschah, denn es gab kein durchschaubares Konzept, nach dem Martin sein Verbrecherarchiv angelegt hatte.

Oftmals erfolgte der Beginn einer neuen Ermittlung durch einen Impuls von außen. So wie heute durch Helena. Bevor er sich über das verstaubte Inventar im Antiquariat hermachte, tippte er nun den Namen *Henrique Rebocho* in die Suchleiste des Internetbrowsers auf seinem Handy ein. Nachdem er auf zu viele

Treffer kam, fügte er *Cascais* hinzu und einer Eingebung folgend noch *Hotel*. Danach brauchte er keine dreißig Sekunden mehr, bis er das fand, von dem er bis dahin nicht wusste, dass er es suchte. Er landete auf der Website des Hotels *Pequeno Paraíso*. Eine noble Bleibe inmitten von Cascais, eine Minute Fußmarsch zum Praia da Duquesa entfernt. Eine Minute also zu dem Strand, an dem laut der Nachrichten am frühen Morgen eine tote Frau angespült worden war. *Helenas Tatort.*

Nachdem er auf den Websites gelesen hatte, was er meinte, wissen zu müssen, kam der nun deutlich schwierigere Teil. Nun galt es herauszufinden, ob Martin ihm irgendwo in seinem kuriosen Sammelsurium einen Hinweis über Henrique Rebocho hinterlassen hatte. Eine Botschaft, die er nun finden musste. Darin lag die wahre Herausforderung, die das Archiv der ungeklärten Verbrechen ihm immer wieder aufs Neue stellte.

Vorher widmete er sich jedoch noch *Falkners Liste*, wie er sie halb im Scherz zu nennen pflegte. Damit hatte er angefangen, als er sich nach der Operation wieder einigermaßen schmerzfrei durchs Haus und den Laden bewegen konnte. Es war etwas, das er in all der Zeit, seitdem er sich dem *speziellen* Teil seines Erbes widmete, bis dahin sträflich vernachlässigt hatte. Doch dann, im Zuge seiner beginnenden Rekonvaleszenz, in einer Phase, in der er durchaus noch zuversichtlich gewesen war, wieder an seine Arbeit als Privatermittler anknüpfen zu können, hatte er sich darangemacht, besagte Liste zu erstellen.

Sie war noch nicht sonderlich umfangreich. Dennoch existierte anhand von *Falkners Liste* nun eine Art Buchführung, was Namen und anderweitige personenbezogene Daten anging, die Martin im Zeitraum von drei Jahrzehnten innerhalb dieser Mauern angesammelt hatte. Henrik wusste sehr wohl, dass dieses Vorgehen der Philosophie seines Onkels widerstrebte, was den Umgang mit derart prekären Informationen betraf. Andererseits war ihm irgendwann bewusst geworden, dass er ohne jegliche Strukturierung nicht weiterkam. Deshalb hatte er begonnen, alle Namen und die dazugehörigen Fakten, auf die er während seines Suchens und Stöberns im Antiquariat stieß, zu katalogisieren. Oder besser gesagt, sie digital zu erfassen und mit entsprechenden Querverweisen und Fundorten zu ergänzen.

Diese Liste zog er jetzt zurate. Henrique Rebocho tauchte darin nicht auf, das wusste er bereits. Und auch der Hotelname nicht. Was noch nichts bedeutete. Wahrscheinlich hatte er die Namen des Beherbergungsbetriebs und dessen Besitzers nur noch nicht entdeckt. Henrik war nicht enttäuscht, denn er hatte trotz allem das Gefühl, dass seine Suche im Antiquariat nicht umsonst sein würde. Und dieses bloße Gefühl reichte ihm vorerst als Ansporn.

10

Immer wieder hatte er Anläufe unternommen, um die Unordnung zu beseitigen. Doch was das Sortieren des Inventars anging, schien das Antiquariat seinen eigenen Willen zu haben. Immerhin war es ihm zwischenzeitlich gelungen, einen Teil des alten Mobiliars aus dem Verkaufsladen zu schaffen. Sperrige Dinge, die sein Onkel, als Antiquitäten deklariert, zum Erwerb angeboten hatte. Allem voran die klobigen Schränke und Kommoden, die es bis dahin unmöglich gemacht hatten, sich ohne Verrenkungen durch die Bücherregale zu bewegen. Dazu hatte sich über die Jahrzehnte allerlei Trödel angesammelt, der die Gänge noch schmäler machte und den er weitgehend entsorgt hatte. Dennoch und obwohl er schon Unmengen von Tand und Talmi aus dem Antiquariat befördert hatte, behielt es seine mystische Atmosphäre. Das Verstaubte, Undurchsichtige. Das Sediment der Jahrhunderte, das sich auch durch stetes Lüften nicht beseitigen ließ. Als stießen die Millionen brüchiger Bücherseiten ihren Atem unter die dunkle Kassettendecke, die den Raum an manchen Tagen mehr als an anderen zu erdrücken schien. Zu seinem Erstaunen hatte es auch wenig genutzt, die Glühbirnen in den Lampen unter der Decke durch lichtstarke LED-Leuchten zu ersetzen. Es blieb dennoch immer eine Spur zu düster.

Sobald der Keller trocken und wieder nutzbar war, wollte er für noch mehr Bewegungsfreiheit und Luft sorgen. Ganz entgegen den Bedenken, die Catia zu diesen Plänen fortwährend äußerte, als sie noch für ihn gearbeitet hatte. Diese Maßnahmen würden dem Antiquariat seinen Charme rauben, davon war sie überzeugt. Doch er glaubte nicht daran, dass es ausschließlich der Charme war, der die paar wenigen Kunden in den Laden lockte. Und falls er sich doch irrte, konnte er ihn ja wieder mit Gerümpel vollstellen.

Die Umstände dieses eigenwilligen Universums, in dem bisweilen noch unentdeckte, physikalische Kräfte zu herrschen schienen, machten es ihm auch diesmal nicht einfach. Er bereitete sich darauf vor, dass er lange herumstöbern musste. Nach wie vor fehlte ihm nämlich der magische Kompass, der ihm half, sich in der Undurchschaubarkeit des Antiquariats besser zurechtzufinden. Trotzdem arbeitete er nicht ohne Plan. Wollte ihn Martin postum auf Orte in der Stadt hinweisen, die einst zu Tatorten geworden waren, hatte er dies häufig mithilfe von altem Kartenmaterial getan, das entweder immer noch die wenigen freien Wände zierte oder in gerollter Form in alten Weidenkörben verwahrt wurde. Henrik suchte daher zuerst nach Land- und Stadtkarten der Region, auf denen auch Cascais abgebildet war. Die Kunst bei diesen spröden Pergamenten lag vor allem darin, diese zu entrollen, ohne dass sie auseinanderbrachen. Eine derart vorsichtige Handhabe war nicht förderlich für seine wachsende Ungeduld. Ausreichend Licht für seine Begutachtung der Karten spendete nur die Schreibtischlampe im Büro, weshalb er alles dorthin schaffte, was er unter die Lupe nehmen wollte.

Er war keineswegs undankbar, wenn sich Kundschaft einfand. Doch ausgerechnet heute, da er seine Gedanken schwer von der jüngsten Aufgabe weglenken konnte, die Helena ihm, wenn auch nur indirekt, aufgetragen hatte, wurde er immer wieder von Leuten unterbrochen, die ins Antiquariat kamen. Zu allem Überdruss handelte es sich dabei mal wieder vornehmlich um Touristen, die ohnehin nichts kauften. Bei der ungewöhnlich hohen Frequenz an Besuchern war davon auszugehen, dass heute mindestens zwei Kreuzfahrtschiffe angelandet waren. Die schiere Masse an Passagieren führte grundsätzlich dazu, dass die Innenstadt regelrecht überschwemmt wurde. Und wenn die Bugwelle an Urlaubern besonders hoch war, schwappte sie bisweilen sogar bis zu ihm in die Rua do Almada herauf. Entdeckten Touristen das Antiquariat, wurden einige unter ihnen schnell dazu animiert, das kuriose Geschäft als Kulisse für Urlaubsfotos zu verwenden. Auch daran hatte er sich gewöhnt, selbst wenn es ihn nervte. Und heute ganz besonders. Immer wieder bimmelten die Schellen über der Eingangstür und riefen ihn damit vom Büro in den Laden, wo er stoisch mitansehen musste, wie Leute Selfies zwischen den Regalen machten. Ein Geduldsspiel, ausgerechnet jetzt, da der unverhofft erwachte Enthusiasmus ihn wegen dieser neuen Ermittlung gepackt hatte. Die Mechanismen, die er einst erlernte und die ihm während seiner Tätigkeit als Kriminalkommissar in Fleisch und Blut übergegangen waren, hatten sich endlich wieder in Bewegung gesetzt. Deshalb wollte er dranbleiben, den Apparat am Laufen halten, weil er merkte, dass deutlich mehr daran hing, als zur Lösung eines Falls beizutragen. Es war, als hatte Helena vorausgesehen, dass er genau diese Form der Beschäftigungstherapie benötigte, um sich aus seinem seelischen Loch zu befreien.

Nur einmal an diesem Tag kaufte jemand tatsächlich ein Buch, alle anderen Male harrte er hinter der Verkaufstheke aus, bis der Laden sich wieder leerte. Zwischendurch kehrte er zu den alten Karten zurück, fokussierte erneut seine Konzentration und forschte nach Hinweisen, die Martin eventuell für ihn hinterlassen hatte. Nachdem er über die Zeit gelernt hatte, wonach er Ausschau halten musste, entdeckte er bald weitere von Martins chiffrierten Botschaften. Zeichen, Zahlen, Anmerkungen, bisweilen so dezent angebracht, dass sie nur seinem, mittlerweile geschulten Blick auffielen. Doch egal welchen Hinweis er auch aufstöberte, immer fehlte der Bezug zu Cascais, zu dem Hotel oder dessen Besitzer.

Nach drei Stunden unterließ es Henrik, sich weiter mit dem Kartenmaterial zu befassen. Auch wenn die Informationsquellen nahezu unerschöpflich waren, was gleichbedeutend damit war, dass dies auch für die Möglichkeiten der Verstecke galt, hatte er nicht vor, schon aufzugeben. Er hatte bereits eine Idee, wo er weitermachen wollte. In einem abseitigen Regal in der hintersten Ecke des Geschäfts reihten sich alte, aus der Zeit gefallene Reisebeschreibungen und Stadtführer, die allenfalls für Nostalgiker noch ihren Reiz hatten. Er entschied, dass es einen Versuch wert war, sich diese genauer anzusehen, solang seine Motivation weiter anhielt. Er blätterte sich durch ein Dutzend der meist schmalen Broschüren, bis ihm in einem verschlissenen Büchlein eine für Martin typische Markierung ins Auge stach. Das Werk stammte aus den 1970er-Jahren, aus der Zeit des Umbruchs nach der Diktatur. Damals, als Portugal noch nicht im Fokus von Touristen lag und sich Urlauber allenfalls für die Hauptstadt zu interessieren begannen. Trotzdem widmete der Verfasser auch dem Fischerdorf Cascais einen kurzen Beitrag und beschrieb den Ort als ein verträumtes Nest an der Küste, wie es ihn so nicht mehr gab. Und tatsächlich informierte der Autor auf diesen Seiten in einem knappen Absatz auch über ein ehemals feudales Herrenhaus, das sich ortsnah oberhalb der sonst schlichten Behausungen der ansässigen Fischerfamilien befand. Er drückte sein Bedauern darüber aus, dass dieses einstige Prunkstück manuelistischer Baukunst schon längere Zeit leer stand und es seine Besitzer zu einer Ruine verkommen ließen. Las man zwischen den Zeilen, war man geneigt anzunehmen, dass es vielleicht vormals einem treuen Anhänger des einstigen Diktators António de Oliveira Salazar gehört haben könnte. Womöglich handelte es sich um den damaligen Landsitz eines Parteifunktionärs der Estado Novo, womit der Villa schon aus politischer Sicht eine dunkle Seite beschieden war.

Abgeschlossen wurde die Beschreibung des Anwesens mit einem in grobem Raster abgedruckten Schwarz-Weiß-Foto. Henrik interessierte weniger, was in diesem an die fünfzig Jahre alten Büchlein dazu verfasst worden war. Seine Aufmerksamkeit galt vorrangig der Randnotiz, die sein Onkel vor unbestimmter Zeit dort in seiner klaren, aber winzigen Handschrift verfasst hatte. Er nahm den Reiseführer mit ins Büro, um mit Hilfe der Schreibtischlampe besser sehen zu können. Dort entzifferte er eine Zahlenfolge, die mit *2010* endete. Voraus ging der vermeintlichen Jahreszahl eine Kombination aus Buchstaben und weiteren Zahlen, getrennt durch zwei Kreuze. Nichts, was er auf Anhieb verstand, auch wenn die Kreuze womöglich zwei Tote symbolisieren könnten. Was er vorerst nicht zu hoffen wagte. Manchmal hatte Martin, getrieben von einer nicht zu leugnenden Paranoia, auch irreführende Spuren gelegt. Jedenfalls war sein Onkel niemand, der leicht zu knackende Rätsel platziert hatte.

Henrik war nicht klar, was er da vor sich sah. Nach längerem Betrachten der Buchstaben, glaubte er daraus das Wort *Lavadouro* bilden zu können. Damit wurden üblicherweise die öffentlichen Waschhäuser bezeichnet, in denen die Leute einst ihre Wäsche wuschen und dies teilweise immer noch taten. Weniger aus Tradition, sondern weil in den alten Stadtvierteln nach wie vor Menschen lebten, die sich keine eigene Waschmaschine leisten konnten oder in ihren engen, verwinkelten Wohnungen einfach keinen Platz dafür hatten. Henrik wusste nicht, ob es so eine Einrichtung in Cascais gab. Er war nicht einmal sicher, inwieweit er die Botschaft richtig deutete. Doch das spielte vorerst auch keine Rolle. Wenn er weiter dranblieb, würden sich irgendwann Antworten daraus ergeben. Oder neue Ermittlungsansätze auftun. So war es bislang immer abgelaufen. Eins kam zum anderen. Vorrangig war die Spur an sich entscheidend. Und die Tatsache, dass es sich bei der dort abgebildeten Villa um das heute hochpreisige Boutiquehotel *Pequeno Paraíso* handelte.

11
Helena

Eigentlich blieb keine Zeit, über die Dummheit nachzudenken, die sie vorhin eines Impulses wegen begangen hatte. Doch zwischen den Anhörungen knabberte sie weiterhin daran. Sie war zu geladen, um vernünftig zu bleiben, als sie Henrik angerufen hatte. Und dann war ihr Rebochos Name eben herausgerutscht. Verflucht noch mal, nein, das war nicht richtig, aber unmittelbar bevor sie mit Henrik telefoniert hatte, war ihre Personenabfrage über den Hotelier abgelehnt worden. Wie sollte man da besonnen bleiben? Ihre Ermittlungen hatten kaum begonnen, schon wurden sie von höherer Stelle wieder torpediert. Keinen Zugriff auf die Akte *Henrique Rebocho* ohne vorherige Freigabe durch einen Vorgesetzten, hatte es geheißen. Und schon gar nicht übers Handy. Darum also Henrik. Intuitiv, aus Verärgerung, aber keineswegs gedankenlos. Das brauchte sie sich gar nicht erst einzureden. Lui würde ihr bei der Ermittlung nicht weiterhelfen. Henrik hingegen … nun ja, bevor auf ihn geschossen worden war, hatte sie in solchen verzwickten Situationen immer auf seine Unterstützung zählen können. Auch wenn das im Revier natürlich niemand erfahren durfte. Und jetzt hatte sie sich hinsichtlich der beschnittenen Zugriffsrechte auf Rebochos Akte dazu hinreißen lassen. Befeuert auch durch dessen borniertes Auftreten und seine Drohung, sich bei oberster Stelle zu beschweren. Es grämte sie, dass es in diesem Land offenbar nie ohne Klüngel und Korruption ablaufen konnte. *Beschwerde an oberster Stelle.* Dieser aufgeblasene Gockel würde schon sehen, was er davon hatte.

Sie hatte bislang mit vier Hotelangestellten gesprochen, ohne neue Erkenntnisse zu erlangen. Nadine Weimer war im *Pequeno Paraíso* gestern Abend niemandem mehr begegnet oder aufgefallen. Damit blieben laut des Schichtplans zwei Mitarbeiter übrig, die am Vortag Dienst hatten und die sie sich später noch vornehmen wollten. Zuletzt hatte Helena sich mit der Dame vom Housekeeping unterhalten, die für die Reinigung der Zimmer zuständig war und ursprünglich aus Rumänien kam. Diese hatte ihr versichert, Zimmer Nummer sieben seit gestern Vormittag nicht mehr betreten zu haben, was plausibel und glaubhaft klang. Helena sah auf die Uhr. Sie wusste nicht, wo Lui steckte. Und eigentlich war es zu früh, um jetzt schon die Bars rund um den Largo Camões abzuklappern, einen Stadtteil, den man gewissermaßen als die Partymeile von Cascais bezeichnen konnte. Deutlich zu früh, keine Frage, aber andererseits wollte sie sich ranhalten und so viel wie möglich erledigt wissen, bevor sie zurück nach Lissabon fuhr. Es würde vermutlich ohnehin nicht ausbleiben, dass sie die Strecke nach Cascais in den nächsten Tagen noch mehrfach auf sich nehmen musste.

Helena verließ das Hotel. Rebocho stand hinter der Rezeption, und sie fühlte seinen starrenden Blick in ihrem Nacken. Auch er wusste sehr wohl, dass er sie nicht zum letzten Mal gesehen hatte.

Sie traf auf Lui, der gegenüber der Hotelzufahrt an einer Mauer lehnte und rauchte. »Noch irgendwas Brauchbares erfahren?«, fragte sie und wurde mit einem Kopfschütteln abgespeist. »Allerdings …«, regte er sich dann doch.

»Was?«

»Es ist ein Handy aufgetaucht«, informierte er sie.

»Von der Toten?«

»Da es unten am Strand gefunden wurde, lässt sich das annehmen. Aber freu dich nicht zu früh, als ich ›aufgetaucht‹ sagte, meinte ich das wortwörtlich. Es lag wohl lange im Wasser.«

Sie versuchte, nicht zu enttäuscht dreinzuschauen. »Was meint die KTU?«

»Hatten die jemals auf Anhieb was Verwertbares für uns?«

»Okay, geben wir ihnen etwas Zeit. Kommst du mit, ich will rüber zu den Bars.«

»Gegen eine Erfrischung ist nichts einzuwenden«, antwortete er und schnippte die Kippe in den Gully. Sie wandten sich nach Westen, gingen die Avenida Valbom entlang, überquerten die Straße, die runter zum Hafen verlief, und gelangten in das Gassengewirr zum Meer hin, das bis zum Praça 5 de Outubro führte, einem im traditionellen Wellenmuster gepflasterten Platz, an dem sich das Rathaus befand. Das zweigeschossige Gebäude zierten aufwendige Fliesenbilder. Von der anderen Seite des Platzes leuchtete der helle Sand des Praia da Ribeira in der jetzt hoch am Himmel stehenden Sonne. An diesem kleinen Ortsstrand, der direkt an die Marina grenzte, tummelte sich eine Vielzahl an Badegästen. Neben dem Rathaus zweigte die Rua Alfonso Sanches ab, und genau dort an der Ecke befand sich die Lokalität, die Helena zuerst ansteuerte.

»Ein Irish Pub«, kommentierte Lui, als sie zwischen den noch aufgestuhlten Tischen der Außengastronomie hindurch auf den Eingang zugingen. »Ich dachte, wir suchen nach einem Engländer?«

»Sei versichert, während ihres Urlaubs nehmen es die englischen Touristen nicht so genau, wenn es darum geht, ihr abgestandenes Bier zu trinken.«

»Sprach die Weltenbummlerin«, stichelte Lui.

»Um das zu wissen, muss ich nicht weit gereist sein. Dafür reichen meine Beobachtungen in Cascais. Ich brauche dich nicht daran zu erinnern, dass ich wegen meiner Eltern häufiger hier im Ort bin und ausreichend Gelegenheiten hatte mitzubekommen, was auf der hiesigen Partymeile abgeht und wer sich wo zum Besäufnis einfindet.«

»Du hast ein verqueres Bild von unseren so wertgeschätzten Touristen«, mokierte sich Lui, doch Helena ließ sich nicht beirren.

Obwohl die Front der Bar mit dem klangvollen Namen O'Learys zum Meer hin offen war und dadurch einigermaßen Durchzug herrschte, konnte sie das Bier riechen, das über Jahre in die abgetretenen Holzbohlen gesickert war. Ganz zu schweigen von den Ausdünstungen derjenigen, die hier ihre Urlaubsnächte zubrachten. Aus der grellen Mittagssonne kommend, kam Helena sich blind vor, als sie den Schankraum betrat. Keine der Deckenlampen war eingeschaltet. Zudem waren sämtliche Wände mit einer schwarzen Holzvertäfelung verkleidet. Selbst Lui fühlte sich endlich dazu genötigt, seine Sonnenbrille hoch ins Haar zu schieben. Helena blinzelte dreimal, dann tastete sie sich durch die Tischreihen bis hin zum Tresen. Die Einrichtung und Dekoration, die sich hauptsächlich aus gerahmten Plakaten von Fußballturnieren, Unmengen von Schwarz-Weiß-Fotografien und Fanartikeln wie Vereinsschals und Wimpeln zusammensetzte, war detailreich der eines Pubs auf der Insel nachempfunden. Helena war zwar nie in England oder Irland gewesen, doch sie kannte solche Etablissements aus diversen Filmen und Serien. Der Besitzer des O'Learys schaffte eine authentische Atmosphäre für seine Gäste und bot gleichzeitig einen herrlichen Ausblick auf den Strand und die Palmenreihe entlang der Promenade. Was das Herz jedes britischen und irischen Urlaubers vermutlich besonders heftig schlagen ließ. Hinter dem polierten, von Messing eingefassten Tresen stand ein glatzköpfiger Mann, von ihnen abgewandt, und räumte Gläser in eines der Regale. Sein speckiger Nacken mit dem runden Kopf darauf ragte aus dem blau-weißen Fußballtrikot des Linfield Football Club mit der Nummer zehn auf dem breiten Rücken. Seine fleischigen Unterarme waren mit Tätowierungen übersät. Er drehte sich erst nach ihnen um, als Helena sich laut räusperte.

»Noch geschlossen!«, erklärte er mit einem schmalen Lächeln. Sein Gesicht war aufgedunsen und gleichzeitig zerknautscht. Die rot geäderte Nase so platt gedrückt, als hätte sie schon einige satte Schläge kassiert. Um die eng beisammenstehenden, unter der spärlichen Beleuchtung trotz allem grün schillernden Augen lag ein dichtes Netz aus Fältchen. Die Ohren standen weit ab. Der Mann war ebenso ein Klischee wie die Kneipe, in der er arbeitete.

»Wir trinken nichts«, erklärte Helena und hielt ihren Dienstausweis hoch. Der Barmann wirkte unbeeindruckt, als hätte er sie schon als Polizisten identifiziert, bevor sie sich auswiesen. Helena hielt dem harten Blick des Mannes stand, griff ohne Eile in ihre Tasche und zeigte ihm das Bild aus Nadine Weimers Reisepass, das sie vorhin mit dem Handy abfotografiert hatte. »War die Dame gestern Gast bei Ihnen? So ab zweiundzwanzig Uhr?«

Er machte sich nicht die Mühe, das Display genauer zu betrachten. »Haben Sie eine Ahnung, wie viele Leute hier jeden Tag ihr Bier trinken?«, fragte er schief lächelnd zurück. Sein Portugiesisch war passabel, wenn auch mit einem näselnden Akzent unterlegt. Er war kein Saisonarbeiter, sondern lebte schon eine Weile hier, folgerte Helena. Vielleicht handelte es sich sogar um den Besitzer dieses Lokals, das es schon viele Jahre gab, wie sie wusste.

»Sehen Sie einfach richtig hin!«, forderte sie ihn auf.

»Was wollen Sie, ich stand den ganzen Abend hinter der Bar. Da bekomme ich allenfalls diejenigen mit, die mir direkt gegenüber hocken. Wenn die Lady an einem der Tische saß oder gar draußen auf der Terrasse, bin ich der falsche Ansprechpartner.«

»Natürlich will ich auch mit allen Servicekräften von gestern Abend reden«, machte Helena deutlich.

»Olá amigos, lasst es mal ruhig angehen«, erwiderte der Glatzkopf, und die Wulst über seinen Augen trat noch stärker hervor.

»Ich will nur verhindern, dass wir Sie noch ein weiteres Mal belästigen müssen«, konterte Helena. Sie fixierte den Barmann eindringlich, bis dieser sein schiefes Grinsen wiederfand. Wie als Zeichen seiner Resignation warf er das Geschirrtuch ins Spülbecken.

»Hi, Kenny!«, ertönte im selben Moment eine Frauenstimme in ihrem Rücken. Helena drehte sich um und sah die Silhouette einer schlanken Gestalt im grell überstrahlten Eingang des Pubs auftauchen. Als die Frau Lui und Helena an der Bar erblickte, hielt sie abrupt inne. Ohne jedes weitere Wort, machte sie auf dem Absatz kehrt und stürzte sich wieder hinaus ins gleißende Sonnenlicht, das den Praça 5 de Outubro flutete.

Lui stieß sich von der Theke ab und huschte zwischen den Tischen hindurch. Wegen seiner langen Beine wirkten selbst seine flinken Bewegungen eigenwillig verlangsamt, aber trotzdem war er draußen und der Dame auf den Fersen, bevor Helena hinterfragen konnte, was sich da eben abgespielt hatte. Sie suchte den Blick des Mannes hinter der Bar, der diesen ebenso überrascht erwiderte.

12
Henrik

Über ein Vierteljahr war es her, seit er sich zuletzt so engagiert durchs Antiquariat gewühlt hatte. Auf der Suche nach Querverweisen, nach irgendetwas, das ihm weitere Anhaltspunkte lieferte, zu diesem Herrenhaus, das jetzt ein Hotel war. Ebenso wie zu diesem Henrique Rebocho, der jetzt dessen neuer Besitzer war.

Der abgegriffene Reiseführer gab den Anstoß, das, was er danach im Internet fand, ergänzte, wie es mit der Stadtvilla weitergegangen war. Man hatte sie weitere zwanzig Jahre dem Verfall überlassen, bis sich jemand des Objekts annahm. Passenderweise zu jener Zeit in den frühen 1990er-Jahren, als Cascais mehr und mehr zu einem beliebten Urlaubsziel avancierte. Über den damaligen Käufer schien nichts bekannt zu sein. Ein namenloser Investor, der ein schlichtes B&B daraus machte. Erneut verstrichen fast zwei Jahrzehnte, bis Rebocho das *Pequeno Paraíso* eröffnete und das Gebäude somit wieder die Pracht von einst erlangte. So schloss sich der Kreis fürs Erste. Leider wusste Henrik damit immer noch nicht, warum Martin sich für diese Villa interessiert hatte. Stammte seine Notiz dazu aus der Zeit, bevor Rebocho das Haus erworben hatte? Es war jetzt wichtig, sich nicht allein vom Bauchgefühl leiten zu lassen. Martins Hinweise auf das Herrenhaus waren bisher nicht mit dem aktuellen Besitzer in Verbindung zu bringen. Sich darauf zu versteifen wäre fahrlässig. Dazu hatte das Gebäude vermutlich eine zu bewegte Vergangenheit.

Gut möglich, dass er einige Fragen beantworten konnte, sobald er sich mit Helena dazu austauschte. Immerhin hatte ihr Anruf erst angestoßen, dass er sich damit beschäftigte. Trotz oder gerade wegen der mangelnden Informationen wollte er den Hotelier auf jeden Fall genauer unter die Lupe nehmen, jetzt, da er gewissermaßen endlich mal wieder Blut geleckt hatte. Womit Helenas Absichten in zweierlei Hinsicht aufgingen. Sie hatte es geschafft, das erloschen geglaubte Feuer wieder in ihm zu entfachen, und erhielt gleichzeitig Unterstützung bei ihrer Ermittlung.

Ein erneutes Bimmeln der Türglocken holte ihn aus seinen Gedankengängen. Schon wieder ein Kunde? Was war bloß los? Das Antiquariat glich heute beinahe einem Taubenschlag. Henrik mühte sich hinter seinem Schreibtisch hervor und wischte den Vorhang zur Seite, der das Büro vom Laden trennte. Und da stand sie und blickte vorwurfsvoll zu ihm hoch. »Du hast mich vergessen, Henrik!«

»Sara«, kam es über seine trockenen Lippen. Teufel noch mal, das hatte er total verschwitzt.

»Keine Angst!«, sagte Helenas Tochter nur. »Ich verrate Mama nichts.«

13
Helena

»Das war meine Frühschicht für heute, verdammt!«

»Wieso ist sie abgehauen?«, fragte Helena.

Der Ire zuckte mit seinen massigen Schultern und grinste breit. »Sie mag keine Bullen, nehme ich an.«

Mehr noch als die überstürzte Flucht der Frau irritierte Helena das Verhalten von Lui. Für gewöhnlich, wenn sie bei ihren Einsätzen in so eine Situation gerieten, zögerte er lang genug, bis sie selbst die Verfolgung übernahm. Anscheinend war heute alles etwas anders in seinem Verhalten. Sie wartete etwa eine Minute, doch Lui tauchte nicht wieder auf. Schließlich wandte sie sich wieder dem Glatzkopf zu.

»Hat die Frühschicht auch einen Namen?«

»Rachel … Monahan«, antwortete der Barmann. Helena machte sich eine Notiz. »Wenn wir schon dabei sind, darf ich auch Ihren vollständigen Namen erfahren, Kenny?«, fragte sie mit unbeugsamem Blick über die mattglänzende Theke hinweg.

»Lengston, Kenneth«, kam es knurrend über seine schmalen Lippen. »Mir gehört der Laden hier.«

»Gut, Kenneth Lengston, hat Rachel gestern Abend gearbeitet?«

»Nur bis um fünf Uhr nachmittags. Damit ist sie wohl außen vor.« Helena nickte. Sie begriff immer noch nicht so recht, was eben passiert war.

»Was soll euer Auftritt hier eigentlich?«, wollte Lengston wissen.

Sie hielt ihm erneut das Handy mit dem Bild von Nadine hin. »Wenn diese Frau gestern Abend hier war, muss ich wissen, mit wem. Ich will eine Liste der Angestellten mit Adressen und Telefonnummern!« Sie langte ihm eine Karte über die Bar, die er mit spitzen Fingern entgegennahm. »Bis in einer Stunde an diese E-Mail. Sonst komme ich wieder und bringe ein paar Kollegen mit, die sich dann viel Zeit für Ihre Gäste nehmen werden.«

Lengston machte ein Zeichen der Kapitulation. »Alles so, wie es Senhora Comissário wünscht. Aber bedenken Sie bitte, dass die Abendschicht von gestern vermutlich noch in den Federn liegt.«

»Es rührt mich, wie Sie sich um Ihr Personal sorgen«, gab Helena zurück, was Lengston mit einem verkniffenen Grinsen erwiderte. Sie wandte sich zum Gehen, war aber erst bis hinter die erste Tischreihe gekommen, als sie in der dunkeln Tiefe des Pubs eine Bewegung wahrnahm. Dort, in der finsteren Ecke, stand ein Mann, bis zu diesem Moment reglos, wie es schien. Jetzt, als er erkannte, dass sie ihn bemerkt hatte, trat er aus dem Schatten. Er war nicht viel größer als sie selbst und trug einen anthrazitfarbenen Anzug, den er irgendwie nicht richtig auszufüllen schien. Seine Augen waren dunkel und standen in scharfem Kontrast zu der blassen Haut drum herum. Nur sein graues, kurz geschnittenes Haar verriet, dass er deutlich älter sein musste, als es das schmale, jugendlich wirkende Gesicht vermuten ließ.

»Alles klar, Kenny?«, fragte er im selben Akzent wie der Pubbesitzer.

»Markie, so früh heute?«

Markie lächelte dünn, behielt sich seine Antwort vor und begann Helena zu mustern. »Neues Personal?«

»Inspetora Gomes«, stellte Lengston sie breit grinsend vor, und Helena verzichtete darauf, erneut ihren Dienstausweis aus der Tasche zu ziehen. Außerdem war sie überzeugt, dass dieser *Markie* ihre Unterhaltung mit Lengston aus seiner dunklen Nische heraus verfolgt hatte. »Und Sie sind?«, fragte sie.

»Markus Mulholland«, sagte er und streckte ihr die Hand hin, die sie jedoch nicht ergriff, was ihn dazu veranlasste, sie in der Hosentasche zu versenken.

»Er ist mein Türsteher«, erklärte Lengston über die Bar hinweg.

»Security«, berichtigte Mulholland und zog einen seiner Mundwinkel nach oben. Die Statur des Mannes im Anzug ließ eher auf einen Buchhalter schließen, aber Helena war das Raubtierhafte in seinem Blick nicht entgangen. Er mochte im ersten Moment nicht die körperliche Präsenz eines Rauswerfers aufweisen, dennoch umgab ihn etwas Einschüchterndes, das vor allem aus den kalten Augen leuchtete. Helena stellte sich vor, wie Mulholland die betrunkenen, über die Stränge schlagenden Gäste allein mit diesem bohrenden Blick wieder zur Räson brachte.

»Dann sind Sie genau der Richtige für mich«, sagte sie und hielt nun auch Mulholland das Bild aus Nadines Reisepass vor die Nase. »Ist Ihnen diese Frau aufgefallen? Wir vermuten, sie war gestern Gast im O'Learys.«

Der Türsteher sah genauer hin, als sein Chef es getan hatte. »Sie war hier, aber nicht gestern«, sagte er und schielte dabei rüber zu Lengston. »Möglicherweise Freitag«, ergänzte er nach einer Atempause.

»Haben Sie auch gesehen, mit wem?«, fasste Helena nach.

Mulholland zuckte mit den Schultern. »Bedauere. Sie hatte sich für einen Tisch auf der Terrasse entschieden, kam nur einmal an mir vorbei, als sie zur Toilette ging. Da ist sie mir aufgefallen.«

»Aber sie war in Begleitung?«

»Er saß mit dem Rücken zum Eingang, ich kann ihn nicht beschreiben«, beharrte Mulholland.

Helena verbarg ihre Skepsis nicht und gab auch ihm ihre Karte. »Falls Ihnen doch noch was einfällt.« Dann wandte sie sich erneut an Kenneth Lengston, um ihn daran zu erinnern, ihr die Liste seiner Angestellten zu senden, bevor sie das Irish Pub verließ. Auf dem Weg zurück zum Praia da Duquesa rief sie bei der Einsatzzentrale an, um sich nach dem Ermittlungsstand zu erkundigen. Man teilte ihr mit, dass bislang keine ernst zu nehmenden Hinweise zum Todesfall Nadine Weimer eingegangen waren. Allerdings war die Befragung von Anwohnern und anderen potenziellen Augenzeugen wie Lieferanten, die in den frühen Morgenstunden die umliegenden Geschäfte und Gastronomiebetriebe angefahren hatten, noch im Gange. Es blieb natürlich schwierig, solange sie den Zeitpunkt des Todes nicht genauer eingrenzen konnten. Dennoch war es wichtig, auch bis dahin nicht untätig zu bleiben. Allein schon, um den Leuten in Cascais zu vermitteln, dass die Polizei an der Sache dran war. Auch oder vor allem hinsichtlich der zahlreichen Urlauber, die beruhigt werden wollten. Helena wusste sehr gut, was sie erwartete, wenn die ersten Bedenken oder Beschwerden der Tourismusbeauftragten von Stadt und Land bei ihrem Vorgesetzten eingingen. Der Druck auf sie würde erhöht werden. Da war es gut, wenn sie nachweisen konnte, dass sie dranblieben. Und zudem, dass sie diskret vorgegangen waren.

Vor dem abgesperrten Bereich der Strandpromenade drängten sich inzwischen noch mehr Leute. Darunter hatten sich nun auch erste Pressevertreter gemischt. Drei mit Fotoapparaten, einer mit Mikro, der Stimmen der Schaulustigen einfing. Nichts anderes war zu erwarten. Wenn sich jetzt noch herumsprach, dass es nicht nur ein Badeunfall war, würden noch mehr kommen. Doch bis dato lautete die offizielle Version der Todesursache *Ertrinken*. Das war nicht sensationell genug, um noch mehr Hyänen anzulocken. Helena zog den Kopf zwischen die Schultern und bahnte sich einen Weg durch die Menge. Schnell genug, um unterm Absperrband durchzuhuschen, ehe ein Journalist auf sie aufmerksam wurde.

Zwei Forensiker waren nach wie vor an der Fundstelle beschäftigt. Die Wasserkante war wegen der einsetzenden Ebbe nun deutlich zurückgewichen. Sehr wahrscheinlich hatte das Meer damit aber auch sämtliche verbliebenen Spuren mit sich genommen. Fraglich, was die Spurensicherer noch zu finden hofften. Sie erreichte die Strandzufahrt, in der ihr Auto parkte. Der Leichenwagen war verschwunden. Lui lehnte am Kotflügel eines der Einsatzfahrzeuge. Schweiß glänzte ihm auf der Stirn, rann unter seiner Sonnenbrille hervor und über seine Wangen. Sein Sakko lag auf der Motorhaube. Das knallbunte Hemd, für das er sich am Morgen entschieden hatte, wies Schweißflecken in der Größe von Langspielplatten unter seinen Armen auf.

»Erfolgreich gewesen?«, fragte sie.

»Sie hatte ein Fahrrad vor dem Pub stehen.«

»Sie heißt Rachel Monahan, falls dich das interessiert«, klärte Helena ihn auf. »Sobald wir ihre Adresse haben, kannst du sie gerne aufsuchen.«

Lui brummte etwas Unverständliches vor sich hin.

»Ich glaube nicht, dass sie weggerannt ist, weil sie etwas mit dem Tod von Nadine Weimer zu tun hat«, sagte Helena.

»Wie auch immer, wer vor der Polizei flüchtet, hat was ausgefressen«, murrte er.

14
Henrik

Das schlechte Gewissen gegenüber Sara und damit auch Helena wog schwer. Andererseits war er im Tunnel gewesen. Endlich mal wieder, nach so vielen Wochen des Zweifelns und der Zerrissenheit, war es ihm tatsächlich gelungen, sich auf eine Ermittlung zu konzentrieren. Das war etwas, worauf er nicht mehr unbedingt gewettet hätte. Der lähmende Zustand, in dem er sich seit dem *Zwischenfall* befand, hatte plötzlich eine neue Konsistenz bekommen. Noch heute Morgen, als er sich aus dem Bett gequält hatte, hatte sich die Ummantelung der Angst, die ihn nahezu seit drei Monaten einhüllte, noch starr und tonnenschwer angefühlt. Doch jetzt war daraus eine zähe Masse geworden, die sich formen und ihn damit hoffen ließ, dass er sich daraus befreien konnte. War er tatsächlich in das Stadium eingetreten, das ihm erlaubte, sein Trauma beherrschen zu lernen? Noch traute er dem Braten nicht. Er kannte sich. Erinnerte sich nur zu gut, wie es ihm nach dem Tod von Nina ergangen war. Wie unendlich schwer es war, aus dem schwarzen Morast der Depression herauszukriechen. Und wie oft er dabei wieder zurückgesogen wurde und von Neuem beginnen musste. Das hier fühlte sich nicht anders an. Die kalte Angst, die seine Gedanken und damit auch seinen Körper lähmte, strahlte immer noch tief hinein in sein Inneres. Der Klumpen Gefrorenes, der diesmal nicht im Herzen, sondern in seinem Schädel hockte, war vielleicht angeschmolzen, aber immer noch mächtig. Ein Eisberg, dessen Ausmaß er nicht wirklich erfassen konnte, auch, weil er sich bislang geweigert hatte, professionelle Hilfe anzunehmen.

Doch mit einem Mal fühlte er Zuversicht. Zuversicht, dass er es auch allein schaffen konnte. Den ersten Schritt in die richtige Richtung hatte er heute getan. Auch sein Kopf war so klar wie seit Langem nicht. Sogar hinaus in die Gasse zu gehen, ganz ohne einer Verpflichtung nachgehen zu müssen, schob sich wieder in den Bereich des Möglichen. In den letzten Wochen hatte er nur aus dem Haus gehen können, wenn er Sara begleitete oder Helena ihm einen anderen Auftrag gegeben hatte. Und selbst das war jedes Mal aufs Neue ein Kraftakt gewesen. Einkaufen, auch wenn es nur um die Ecke war, brachte ihn schon in den Grenzbereich dessen, was er aushalten konnte. Doch plötzlich war da dieser Lichtblick, ausgelöst durch eine neue Ermittlungsarbeit. Er durfte jetzt nur nicht übermütig werden und sich sofort zu viel erhoffen.

Helena hatte getextet, dass es spät werden würde, ohne sich auf eine Zeit festzulegen. Daraufhin hatte er mit dem, was noch im Haus war, ein Abendessen für Sara zubereitet. *Francesinha,* gewissermaßen ein landesübliches Resteküchegericht, für das man im Prinzip alles verwenden konnte, was die Vorräte noch hergaben und was man dann auf Brotscheiben packte, um diese schließlich mit Käse zu überbacken. Sara wirkte reichlich zufrieden. Er selbst aß nur mit, um dem Mädchen nicht erklären zu müssen, warum er keinen Hunger hatte. Er wusste nicht genau, was ihr Helena über seine *Krankheit* erzählt hatte. Er bemerkte jedoch, dass sie sich trotz ihres jungen Alters erstaunlich zurückhalten konnte, was das Hinterfragen seines Seelenzustands anging. Was schwer für sie sein musste, weil sie für gewöhnlich eine äußerst wissbegierige Sechsjährige war. Mit ihm führte Sara kaum Diskussionen, so wie sie das mit ihrer Mutter fortwährend zu tun pflegte. Er wusste nicht, ob Sara sich beim ihm aufgrund seiner psychischen Verfassung zusammennahm oder ob es zwischen ihnen einfach keine Konflikte gab. Jedenfalls war es immer recht harmonisch mit ihr. Was wiederum Helena irgendwie belastete, da es schwer für sie war, wenn Sara stets für ihn Partei ergriff, sobald sie etwas im *Familienrat* auszutragen hatten. Wäre die Situation eine andere und Sara nicht auf seiner Seite, dann wären die beiden vermutlich schon vor einer Weile wieder ausgezogen. Das wusste Henrik nur zu gut, weswegen er sich auch nicht in Sicherheit wähnen konnte. Helena hatte ihre alte Wohnung drüben im Alfama immer noch nicht gekündigt. Offensichtlich brauchte sie diese Hintertür, jetzt noch viel mehr als vor seiner Verletzung. Oder besser gesagt, wegen der Wesensveränderung, die der *Zwischenfall* bewirkt hatte.

Sara war bereits im Bett, als Helena endlich durch die Wohnungstür kam. Sie sah müde aus, schenkte ihm im Vorbeihuschen nur ein nichtssagendes Lächeln und sah dann zuerst nach ihrer Tochter. Danach hörte er sie im Badezimmer verschwinden, wo sie lange Minuten unter der Dusche zubrachte.

»Wein?«, fragte er, als sie sich mit einem Handtuchturban auf dem Kopf und in ihren Bademantel gehüllt schließlich zu ihm in die Küche gesellte. »Willst du noch was essen, wir haben dir noch *Francesinha* übrig gelassen.«

Helena schüttelte den Kopf. Trotz der Dusche sah sie abgekämpft aus. Aber nicht sauer. Sofern Sara vorhin überhaupt noch ansprechbar und nicht schon im Tiefschlaf war, hatte das Mädchen tatsächlich nicht verraten, dass sie ihren Rückweg vom Kindergarten wegen seiner Nachlässigkeit alleine hatte meistern müssen.

»Ich glaube, ich muss gleich ins Bett«, sagte Helena, holte sich aber dann doch ein Weinglas aus dem Regal über der Spüle und setzte sich zu ihm an den Tisch. Er goss ihr von dem samtweichen Douro ein, den er vorhin geöffnet hatte. Eigentlich wäre es bei der selbst zu dieser späten Stunde immer noch vorherrschenden

Temperatur eher angebracht, sich für einen eisgekühlten Vinho Verde zu entscheiden. Aber Helena beschwerte sich nicht. Sie tranken schweigend, bis Henrik es nicht mehr aushielt.

»Wie läuft der Fall?«

»Es gibt ein paar Anhaltspunkte, denen wir nachgehen müssen«, erklärte sie nichtssagend.

»Ist Henrique Rebocho einer dieser Anhaltspunkte?«

Sie antwortete nicht. Wirkte abgelenkt, zu erschöpft. Für ein paar Sekunden kam es ihm so vor, als wollte sie tatsächlich nichts darüber wissen, was oder ob er über diesen Mann etwas im Antiquariat gefunden hatte. Es war nicht zu übersehen, dass sie keine großen Ambitionen mehr in sich trug, die Sache mit ihm noch zu diskutieren. »Hast du was gefunden?«, fragte sie schließlich doch und suchte seinen Blick. *Ich liebe sie*, dachte er und dass er sie das unbedingt wissen lassen musste. Nur schaffte er es nicht, vor allem, weil er schon seit Längerem befürchtete, dass sie dieses Zugeständnis seines Herzens nicht von ihm hören wollte. Zumindest nicht im Augenblick.

»Martin hat sich für das Hotel interessiert«, sagte er stattdessen. »Allerdings kann ich nicht sagen, in welchem Zusammenhang und wann er sich damit beschäftigt hat. Vielleicht habt ihr was in euren Ermittlungsakten, das mir hilft, die Botschaft meines Onkels zu verstehen.«

15 Helena

Caramba, auch das noch. Der rechte Vorderreifen war platt. Sie konnte sich nicht erinnern, ob sie gestern beim Einparken zu unwirsch gegen den Randstein gefahren war. Nur dass sie hundemüde gewesen war, schon während der Rückfahrt von Cascais. Helena beugte sich hinab und begutachtete die Reifenwandung, fand sofort den klaffenden Schlitz und wusste, dass er nicht von der Steinkante kommen konnte. Da hatte jemand mit einem spitzen Gegenstand nachgeholfen, vermutlich mit einem Messer. Sie richtete sich auf und sah sich um. Es war früh, noch nicht einmal sieben Uhr. In der Gasse war niemand unterwegs. Seitdem sie bei Henrik wohnte, stellte sie ihren Wagen häufig in dieser Straße ab. Es glich einer Lotterie, in diesem Viertel einen Parkplatz zu ergattern, da durfte man nicht wählerisch sein. Natürlich könnte sie ihren Wagen als Dienstfahrzeug kennzeichnen, die Berechtigung dazu lag im Handschuhfach. Damit konnte sie ihre Gurke gewissermaßen überall abstellen. Aber das wollte sie nicht. Es wäre der erste Schritt in Richtung Amtsmissbrauch. Natürlich fragte sie sich jetzt, ob trotzdem jemand darüber Bescheid wusste, dass dieses verbeulte und rostzerfressene Auto einer Polizistin gehörte. Mit ziemlicher Sicherheit war dem so. Lissabon war eine Weltstadt, doch innerhalb der einzelnen Stadtteile, lebten die Leute bisweilen wie auf dem Dorf. Und längst war sie im Chiado keine Unbekannte mehr. Sie, die Portugiesin, die mit ihrem Kind bei dem seltsamen *alemão* eingezogen war. Reichte das aus, um ihr einen Gruß in Form eines zerstochenen Reifens zu hinterlassen?

Nein, sagte sie sich, sie hatte hier niemandem einen Grund gegeben, sich an ihrem Wagen auszulassen. Allerdings sah es auch nicht nach zufälligem Vandalismus aus, denn alle anderen Fahrzeuge in der Reihe waren unversehrt. Erneut blickte sie die Straße rauf und runter. Es war dunstig. Vom Fluss her zogen Nebelfahnen zwischen den Häusern den Berg herauf. Fast sah es nach Regen aus, doch das täuschte. Sehr bald würde die Sonne sich durchsetzen. Helena spürte ein Kribbeln im Nacken, als die Erinnerung an gestern Abend zurückkehrte. War sie nicht während der Rückfahrt von Cascais mehrfach dem Eindruck erlegen, dass ihr jemand folgte?

Helena zog das Handy aus der Tasche und wählte Luis Nummer, doch sie landete sofort bei dessen Mailbox. Für zwei Sekunden spielte sie mit dem Gedanken, zu Fuß ins Revier zu gehen. Doch bis runter an den Fluss und vor bis Alcântara, wo sich das Gebäude der PSP befand, in dem die Abteilung für Gewaltdelikte untergebracht war, müsste sie knapp drei Kilometer zurücklegen. So wollte sie den Tag nicht beginnen, deshalb telefonierte sie mit der Dienststelle und forderte eine Streife an, die sie vor der Igreja das Chagas abholen sollte. Fünf Minuten, sagte man ihr, also tippte sie Henrik eine SMS.

Kannst du meinen Reifen wechseln, parke in der Rua Chagas, Wagen ist offen, Schlüssel im Handschuhfach.

Sie löschte den Kuss-Emoji wieder, den sie ans Ende des Satzes gesetzt hatte, bevor sie weiter darüber nachdenken konnte, wieso sich dieses Symbol gerade falsch anfühlte. Eine Sekunde später waren ihre Gedanken auch schon wieder beim gestrigen Abend. *Wer ist mir gefolgt? Die ganze Strecke von Cascais bis hierher?*

In ihre Gedanken vertieft ging Helena die Gasse runter, bis diese vor der *Kirche der Wunder* einen scharfen Knick machte. Es gab vermutlich an die einhundert Gotteshäuser in Lissabon und viele waren vom großen Erdbeben im Jahre 1755 zerstört und danach wieder aufgebaut worden. Die Igreja das Chagas war eine von ihnen, wie die Steintafel neben dem Hauptportal des in lichtem Gelb gestrichenen Sakralbaus besagte. Helena war schon so oft daran vorbeigegangen, seit sie bei Henrik wohnte, ohne dieser Kirche jemals große Aufmerksamkeit geschenkt zu haben. Sie war zwar christlich erzogen und hatte bereitwillig sämtliche Sakramente empfangen, welche der Katholizismus für sie bislang vorsah, dennoch konnte sie nicht behaupten, sonderlich gläubig zu sein. Keiner aus ihrer Familie war das mehr, seit sie von einem Schicksalsschlag getroffen wurden, als Helena sieben Jahre alt war. Damals fügte das spurlose Verschwinden ihres Bruders Tomás dem Vertrauen ihrer Eltern in Gott und die Kirche tiefe Risse zu, die sich für ihren Vater und ihre Mutter nie wieder kitten ließen. Natürlich war der Einfluss der Kirche auf Helena zu dieser Zeit immer noch stark gewesen. Allem voran in der Schule, durch den Religionsunterricht, der in der Regel von den Pfarrern aus ihrer Kirchengemeinde abgehalten worden war. Und trotz aller innerfamiliären Zweifel war der sonntägliche Gang zum Gottesdienst selbstverständlich weiterhin Pflicht. Niemand sollte den Gomes eine Abkehr vom katholischen Glauben nachsagen können. Die Geistlichen und ihre Lehren waren jederzeit und überall gegenwärtig. Es war für eine Heranwachsende unmöglich, dem zu entkommen oder gar zu entsagen. Sobald man auf die Straße trat und sich unter die Leute mischte, die um einen herum lebten, war es angebracht, den Schein tief verwurzelter Gläubigkeit zu wahren. Für sie und ihre Schwester führte dieses konträre Verhalten der Eltern oftmals zu Unverständnis. Daher war Helena auch noch lange nachdem Tomás ihnen genommen worden war hin und her gerissen, was ihre Zugehörigkeit zu Gott anging. Das änderte sich endgültig, als sie bei der Polizei anfing und seither fast täglich mit den Grausamkeiten konfrontiert wurde, die Menschen sich gegenseitig antaten. Dadurch hatte auch sie aufgehört, regelmäßig den Gottesdienst zu besuchen, weil es für sie unerträglich geworden war, den Priestern zuzuhören, wie sie Nächstenliebe und Vergebung predigten.

Die frei im Turm hängenden Glocken der Igreja das Chagas verkündeten die siebte Stunde und rissen sie damit aus ihren Gedanken. Sie blickte über den Platz vorm Hauptportal. Man konnte von dort den Tejo entlang bis rüber zur Statue von Cristo Rei schauen, der die aufgehende Sonne einen goldenen Glanz verlieh. Einen Moment lang ließ sie sich dazu hinreißen, in diesem Bild nun doch wieder ein göttliches Zeichen zu sehen, ehe das Rattern von sich nähernden Reifen über Kopfsteinpflaster sie von der Aussicht ablenkte. Früher als erwartet hielt der Streifenwagen vor der Kirche. Die beiden Polizistinnen, die geschickt worden waren, um sie abzuholen, sahen abgespannt aus. Vermutlich kamen sie direkt von der Nachtstreife und waren bereits auf dem Weg, ihre Schicht zu beenden, als Helenas Anfrage sie über die Zentrale erreicht hatte. Wegen der zusätzlichen *Taxifahrt* blickten sie ihr jedenfalls nicht sonderlich freundlich entgegen. Helena grüßte knapp und rutschte auf die Rückbank.

»Wohin?«, fragte die Kollegin, die am Steuer saß.

»Zur Gerichtsmedizin«, verlangte Helena und starrte dann in ihr Handy, um auszuschließen, dass sie von den beiden in ein Gespräch verwickelt wurde. Die beiden verstanden den Wink und setzten Helena zwanzig Minuten später vorm Centro Hospitalar Universitário de Lisboa Central ab, ohne zwischenzeitlich das Wort an sie gerichtet zu haben.

»Ihr braucht nicht zu warten«, sagte Helena, nachdem sie ausgestiegen war, und sah die Erleichterung in den Gesichtern der Frauen. Sie bedankte sich, überquerte den Vorplatz und betrat die Universitätsklinik über den Nebeneingang, den sie üblicherweise benutzte. Schon im Treppenhaus hinab ins Untergeschoss empfing sie der unvergleichlich chemische Geruch, der dem Gestank nach Verwesung entgegenwirken sollte, was jedoch nie gänzlich zu funktionieren schien. Wie üblich begann sie ab diesem Moment durch den Mund zu atmen, was das Weitergehen zumindest ein klein wenig erträglicher machte.

Er konnte sich natürlich denken, dass sie bei ihm auftauchte, nachdem sie ihm gestern den Leichnam von Nadine Weimer hatte überstellen lassen. Trotzdem hatte sie sich vorhin von der Rückbank des Streifenwagens mit einer SMS angekündigt. Dr. Tiago Falcato war also auf ihre Begegnung zu dieser frühen Stunde vorbereitet. Der Chefpathologe der Gerichtsmedizin empfing sie in seinem kleinen Büro und reicht ihr, nach den obligatorischen Küssen auf beide Wangen, einen Becher, aus dem schwarzer Kaffee dampfte. Sie lehnte den Stuhl ab, den er ihr anbot, weshalb auch er stehen blieb. Während sie an dem bitteren Getränk nippte, betrachtete sie ihn über den Becherrand hinweg. Seine langen, grau melierten Haare trug er wie immer zu einem Zopf gebunden. Auf seinem markanten Kinn spross ein Dreitagebart. Der Arztkittel spannte ein wenig an seinen breiten Schultern. Nicht einmal das künstliche Licht hier unten konnte dem attraktiven Äußeren des Endvierzigers etwas anhaben. Sie wusste sofort, dass sie im Vergleich zu ihm furchtbar aussah. Die blaustichige Beleuchtung offenbarte vermutlich gnadenlos die Ringe unter den Augen und wer weiß was noch alles an Spuren, die ihr aufreibender Job, aber auch ihre aktuelle private Situation, in ihrem Gesicht hinterlassen hatte.

»Wie geht es dir? … Und Henrik?«, fügte er schnell noch an.

Sie ließ sich Zeit mir der Antwort, auch weil sie ahnte, was Tiago zu hören erhoffte. »Er steckt nach wie vor in seiner psychischen Krise fest. Aber wir arrangieren uns.«

»Ich wünsche es dir«, entgegnete Tiago und bemühte sich um ein aufmunterndes Lächeln. Nach wie vor konnte sie schwer nachvollziehen, dass Tiago mehr von ihr wollte als nur kollegiale Freundschaft. Er umgarnte sie auf seine charmant zurückhaltende Art und sie war über die Phase hinaus, dies vor sich selbst zu leugnen. Ebenfalls wie die Tatsache, dass auch sie sich von ihm angezogen fühlte. Ja, sie mochte Tiago. Mehr, als es angebracht war. Allerdings wusste sie auch, wie dringend Henrik sie im Moment brauchte.

»Kannst du mir was zu der Frau sagen, die draußen in Cascais ertrunken ist?«, kam sie deshalb ohne weitere Umschweife zum Grund ihres Besuchs. Tiago griff nach einer Aktenmappe auf seinem Schreibtisch. Auch wenn sie schon seit Jahren alle Untersuchungsergebnisse digital übermittelt bekamen, hielt der Pathologe weiterhin daran fest, sich seine Ausdrucke zu machen.

»Mitteleuropäerin«, begann er, »Größe einen Meter zweiundsiebzig, Gewicht dreiundfünfzig Kilo. Gemessen an ihrem Alter war sie in guter Konstitution. Geringer Körperfettanteil, das lässt auf eine bewusst ausgewogene Ernährung und regelmäßige sportliche Betätigung schließen. Sie hat nie ein Kind geboren, weist keine Operationsnarben auf, außer einem entfernten Blinddarm. Sie hätte sich gut als Organspenderin geeignet, wenn sie nicht so lang im Wasser gelegen hätte.«

»Wie ist sie gestorben?«

»Ertrunken«, bestätigte Tiago, was schon der Notarzt vor Ort vermutet hatte. »Allerdings, so wie sich das für mich darstellt, hat dabei jemand nachgeholfen. Die Spuren im Bereich ihres Brustkorbs und auf Höhe der Schlüsselbeine, lassen darauf schließen, dass sie gewaltsam unter Wasser gedrückt wurde. Auch wenn sie zu diesem Zeitpunkt vermutlich nicht mehr sonderlich wehrhaft war.«

Schlagartig wurde Helena noch wacher, was nicht Tiagos starkem Kaffee zuzuschreiben war. »Was meinst du damit?«

»Wir hatten Glück, ein paar Stunden später und es hätte sich vermutlich nichts mehr davon nachweisen lassen. Ich habe in ihrem Blut Spuren eine Kombination aus Benzodiazepinen gefunden, wie sie in verschreibungspflichtigen Schlafmittelpräparaten Verwendung finden.«

»Was genau bedeutet das?«

»Ich bin noch dabei, ein paar Auswertungen zu machen, gehe aber davon, dass die Dosierung recht hoch war. Da ich vonseiten der Spurensicherung bislang nichts erhalten habe, vermute ich mal, dass ihr das Medikament nicht sichergestellt habt.«

Helena schüttelte den Kopf. Wären derartige Tabletten in Nadines Hotelzimmer gefunden worden, hätte man sie darüber informiert. »Wann hat sie das Medikament eingenommen? Kannst du das eingrenzen?«

»Nicht allzu lang vor ihrem Ableben.«

»Das ergibt keinen Sinn. Laut meinen Zeugen hatte sie geplant, den Abend in einer Bar zu verbringen, da wirft man doch vorher keine Schlafpillen ein. Deine Entdeckung spricht dafür, dass man ihr das Präparat unwissentlich untergeschoben hat«, folgerte Helena. »Das bedeutet, ihr Tod war kein Unfall, sondern wurde vorsätzlich geplant und herbeigeführt.«

Tiago sah sie aufmerksam an. »Vielleicht hatte der Täter auch etwas ganz anderes im Sinn. Wenn eine Frau betäubt wird, muss das ja nicht zwangsläufig bedeuten, dass man ihr das Leben nehmen möchte. Womöglich hatte man der Frau das Medikament verabreicht, um sich in ihrem willenlosen Zustand an ihr zu vergehen. In diesem Fall wäre der Täter allerdings vorher unterbrochen worden.«

»Sie wurde demnach nicht sexuell missbraucht?«

»Nein. Sie weist keine Anzeichen einer gewaltsamen Penetration auf. Ich habe auch kein Sperma oder andere verwertbare Fremd-DNS gefunden, was aber nicht verwunderlich ist, nachdem sie mehrere Stunden im Salzwasser lag. Allerdings schließe ich nicht aus, dass sie Geschlechtsverkehr hatte. Wenn auch nicht unmittelbar vor ihrem Tod.«

»Wann dann?«, fragte Helena dazwischen.

»Tags zuvor. Ein Akt, der heftig, aber meiner Ansicht nach einvernehmlich war.«

Helena nickte. Wie genau Tiago sich seine Meinung über einen Beischlaf bilden konnte, der sich einen Tag vor der Ermordung der Frau ereignet hatte, war sehr wahrscheinlich in seinem ausführlichen Untersuchungsbericht nachzulesen. Die dargebrachten Fakten der Leichenbeschauung zeichneten ein relativ klares Bild, halfen ihr dennoch im Moment nicht weiter.

»Willst du sie sehen?«, fragte Tiago und deutete rüber zu den Kühlfächern.

»Ich hatte am Strand schon das Vergnügen«, lehnte sie ab. »Außer du möchtest mir noch was Bestimmtes an ihr zeigen.«

»Da ist tatsächlich noch was, allerdings nichts, was sich äußerlich erkennen lässt«, sagte Tiago. »Sie hat Kokain zu sich genommen. In einer gewissen Regelmäßigkeit, allerdings nicht so exzessiv, dass körperliche Schäden, wie zum Beispiel eine zerstörte Nasenscheidewand die Folge waren. Offenbar hatte sie ihr Konsumverhalten gut unter Kontrolle.«

Darüber musste Helena erst mal gründlich nachdenken, ebenso wie über das Schlafmittel im Blut der Toten. »Wann ist sie gestorben?«

»Dachte schon, du fragts nie«, erwiderte Tiago. »Zwischen ein und zwei Uhr nachts. Genauer lässt es sich nicht eingrenzen, was auch am Salzwasser liegt.« Er suchte ihren Blick, und sie verlor sich darin. Erst als ihr bewusst wurde, dass dieser Moment zu lang anhielt, sah sie zu Boden. »Schickst du mir alles«, sagte sie harsch.

»Schon passiert.«

Helena hob überrascht die Braunen. In Tiagos Lächeln schlich sich eine leichte Verlegenheit. »Kurz bevor du gekommen bist, hat dein Kollege angerufen und den Untersuchungsbericht angefordert.«

»Lui?«

»Ja. Offenbar hatte er es eilig. Hat mich auch gewundert, dass er schon im Büro ist.«

16
Henrik

»Da steht's«, rief Sara und rannte zu Helenas Wagen. Henrik trottete hinterher. Er schwitzte stark, obwohl die Temperatur noch angenehm war. Gleichwohl war ihm von innen heraus kalt, doch wie immer war er darauf bedacht, seinen Zustand so gut es ging vor Sara zu verbergen. Nach Helenas Textnachricht hatte er mit ihr vereinbart, dass sie zuerst den platten Reifen wechselten und er sie danach mit dem Wagen zum Kindergarten fuhr. Genau genommen war das Saras Vorschlag, mit dem er sich jedoch anfreunden konnte. Zumindest bis zu dem Moment, als sie aus dem Haus gegangen waren. Danach hatte es sich noch schlimmer angefühlt als sonst, nichts außer blauem Himmel über sich zu haben. Vermutlich, weil er mit der sonst üblichen Morgenroutine brach. Er konnte nur darauf hoffen, dass ihn das Herumschrauben an Helenas Rostlaube ausreichend ablenkte. Inständig bat er darum, dass sich das Reifenproblem unverzüglich lösen ließ.

Sara trat gegen den Plattfuß. In seinem früheren Leben hätte er über diese Geste vermutlich herzhaft gelacht. »Sieht übel aus«, diagnostizierte sie. Er bückte sich runter. Die Wandung war zwei Daumen breit aufgeschlitzt, der Reifen war nicht mehr zu retten. Da steckte Absicht dahinter. Diese Erkenntnis schnürte ihm die Luftröhre noch ein wenig mehr zu. Die gestrige Zuversicht, dass die Wirkung des posttraumatischen Stresssyndroms nachgelassen hatte, war dahin. Er hatte wieder Angst, ohne sich dagegen wehren zu können. Angst vor der Angst. Außerdem fühlte er sich beobachtet. Hektisch sah er sich um. Selbstredend waren da

Leute, auf der Straße, vor ihren Häusern. Doch allesamt sahen sie beschäftigt aus, niemand schien Notiz von ihnen zu nehmen. Vor der Kirche hatte sich eine Traube von Touristen versammelt. Auch die wirkten harmlos, unter ihren Sonnenhüten und in den kurzen Hosen, aus denen ihre bleichen Beine ragten. Mit Trekkingsandalen an den Füßen und ihren Handys, die dazu herhalten mussten, die Urlaubserlebnisse zu digitalisieren. Keine Gefahr weit und breit, sagte er sich, doch der Angstdämon in seinem Kopf lachte nur darüber. *Belüg dich nicht selbst*!

»Alles okay?«, hörte er Sara fragen und nickte mechanisch. Das Gefühl, dass sich jemand für ihn interessierte, war ihm nicht fremd. Seit er in Lissabon lebte, hatte er immer mal wieder unter Beobachtung gestanden, wenn er sich um einen von Martins ungeklärten Fällen kümmerte. Allerdings hatte er sich damit bislang immer gut arrangieren können. Je besser er seine Widersacher einzuschätzen gelernt hatte, desto gelassener war er damit umgegangen, dass es Leute in der Stadt gab, die Martin sich mit seiner Herumschnüffelei zu Feinden gemacht hatte. Feinde, die er mitgeerbt hatte, weil sie davon ausgingen, dass das belastende Material, die Indizien zu ihren Verbrechen, die im Antiquariat archiviert waren, sich nun in seinen Händen befanden. Womit sie bisweilen nicht unrecht hatten. Dies führte immer mal wieder dazu, dass Henrik Drohungen erhielt. *Vergiss nicht, wir haben dich im Auge! Halt lieber die Füße still. Du willst ja nicht, dass jemandem was geschieht …*

Er hatte sich davon nie wirklich einschüchtern lassen. Aber die Umstände hatten sich geändert, egal wie sehr er sich einzureden versuchte, dass dem nicht so war. Das Leben in Lissabon pulsierte im selben Takt wie immer. Und auch die Gefahren, denen er gelegentlich durch seine Ermittlungen ausgesetzt war, waren weder mehr noch schlimmer geworden. Sein Verstand wusste das, nur die Angst, mit der er sich durch eine Pistolenkugel infiziert hatte, blockierte dieses Wissen.

»Was machen wir?«, fragte Sara und holte ihn aus dem Gedankentunnel. Er musste sich jetzt verdammt noch mal zusammenreißen. »Pannenservice«, schlug er vor und versuchte aufmunternd zu klingen. Sara blickte fragend zu ihm hoch.

»Schau mal, ob du den Autoschlüssel im Handschuhfach findest«, trug er ihr auf. Sein Mund war trocken, weshalb sich das, was über seine Zunge holperte, wie ein erbärmliches Krächzen anhörte. Doch sie verstand und holte den Schlüssel aus dem Wagen. Danach schauten sie gemeinsam in den Kofferraum, in dem allerlei Zeug lag. Sporttasche, Einkaufskorb, Strandmatten, Spielzeug von Sara, an dem noch der Sand vom letzten Besuch am Meer klebte. Leere und angetrunkene Wasserflaschen. Und unter all dem war der Ersatzreifen begraben. Zusammen mit dem Radkreuz, das ähnlich viel Rost angesetzt hatte wie die Felge in der Vertiefung darunter. Beides sah ganz danach aus, als wäre es noch nie benutzt worden. Folglich war auch im Ersatzreifen keine Luft mehr.

»Wir brauchen einen neuen Plan«, sagte Henrik, weiterhin darum bemüht, Zuversicht auszustrahlen.

»Gisela«, schlug Sara vor und grinste.

17
Helena

Erst als sie aus dem Klinikgebäude hinaus in die Sonne trat, fiel ihr ein, dass sie keinen fahrbaren Untersatz mehr hatte. Sie verspürte keine Motivation, erneut eine Streife dafür anrücken zu lassen. Die Alternativen waren, die Öffentlichen zu nehmen oder ein Taxi. Entschied sie sich für den Linienbus, würde sie zweimal umsteigen müssen und viel Zeit auf der Strecke lassen. Also steuerte sie die Taxis an, die sich vor dem Krankenhaus aufgereiht hatten, auch wenn die von der zentralen Abrechnungsstelle der Polizei sich beim Einreichen von Taxikosten immer ziemlich anstellte. Manchmal dauerte es Wochen, bis man das Geld zurückerstattet bekam.

Das Taxi schaffte die Strecke zum Revier immerhin unter zwanzig Minuten. Die Dauerbaustelle im Bereich des Bahnhofs Cais do Sodré kostete auch diesmal Nerven. Trotz der vermeintlich schlechten Finanzlage im Land wurde an allen Ecken der Stadt wie verrückt gebaut. Hauptsächlich im privatwirtschaftlichen Sektor, mit den Geldern von ausländischen Investoren. Immer wenn sie darüber nachdachte, befiel sie der Gedanke, dass zu vieles in ihrem Land aus der Hand gegeben wurde. Und das in erster Linie zum Leidwesen der einkommensschwachen Bevölkerungsschichten, für die es immer schwieriger wurde, sich Wohnungen in der Stadt leisten zu können. Behausungen, in denen Leute schon ein Leben lang wohnten, wurden nach dem Besitzerwechsel und den daraufhin folgenden Renovierungsarbeiten für die *alten* Mieter unbezahlbar. Eine Ungerechtigkeit, die bei der sich zuspitzenden Wohnungssituation nicht haltmachte, sondern sich in vielen alltäglichen Dingen fortsetzte …

Obwohl der Taxifahrer die Klimaanlage auf Hochtouren laufen ließ, kam sie überhitzt im Büro an. Sie spürte, wie ihr die Bluse schweißnass am Rücken klebte. Dieser Sommer war noch jung, aber schon viel zu heiß. Noch eine Sorge, die Portugal heimsuchte, da brauchte man kein Prophet sein; Auch dieses Jahr würden die Wälder in ihrem Land wieder brennen und die Feuersbrünste Leid verursachen. Doch jetzt im Moment musste sie sich auf ihren jüngsten Fall konzentrieren. Vor allem, da nach den Ergebnissen der Obduktion aus dem vermeintlichen Unglücksfall nunmehr ein Mord geworden war. Im Großraumbüro ihrer Abteilung herrschte der übliche Trubel, doch sie sah sofort, dass Lui nicht an seinem Platz saß. Helena strich an seinem Schreibtisch vorbei. Je nach Laune klebte er ein Post-it an seinen Bildschirm, falls er sie wissen lassen wollte, wo er gerade unterwegs war. Heute haftete dort keine Notiz. Neben der mit undefinierbaren Flecken besprenkelten und von Fetttapsern übersähten Tastatur lag der ausgedruckte Untersuchungsbericht aus der Gerichtsmedizin. Vielleicht holte er sich gerade einen Kaffee.

»Hast du Lui gesehen?«, fragte sie Alexandra, eine Kollegin, die erst kürzlich von der Abteilung für Wirtschaftsdelikte zu ihnen gewechselt war. Alexandra schaute von ihrem Rechner auf.

»War eben noch da. Hab gar nicht gemerkt, dass er weg ist«, sagte sie. Helena setzte sich an ihren Schreibtisch und fuhr den PC hoch. Lui hatte ihr auch keine elektronische Info hinterlassen. Vielleicht war er schon rauf ins Labor der Spurensicherung, um sich zu informieren, ob die von der KTU etwas aus dem gefundenen Handy herausholen konnte. Das würde dazu passen, dass er auch bei Tiago vorgeprescht war. Er war und blieb ein eigenwilliger Kauz, der seine eigenen Methoden verfolgte. Und keinesfalls war er ein Teamplayer. Das Gleiche konnte man aber auch von ihr behaupten. Gut möglich, dass man deshalb ein Ermittlerduo aus ihnen gemacht hatte. Aus den beiden, die übrig geblieben waren, weil sonst keiner mit ihnen arbeiten wollte.

Gelegentlich wurde Lui für *Sondereinsätze* heranzogen, ohne dass sie darüber in Kenntnis gesetzt wurde. Einsätze, die sie nichts angingen, wie es hinterher immer so schön hieß. Es war daher nicht ungewöhnlich, dass er Helena Informationen vorenthielt. Allerdings rechtfertigte die Mordermittlung zum Todesfall von Nadine Weimer weder Alleingänge noch diese Geheimnistuerei, die er gerade mal wieder an den Tag legte. Gerade so, als stünden sie hinsichtlich der Ermittlung in einem Wettbewerb, den er für sich zu gewinnen suchte.

Die Kriminaltechnik hockte zwei Etagen über ihrem Dezernat. Helena nahm das Treppenhaus. Sie fand Lino in dem schalldichten Raum, in dem Projektilabdrücke von Schusswaffen erstellt und untersucht wurden.

»Ah, Inspetora Gomes«, brummte er. Eigentlich hielt sie Lino für einen manierlichen Kollegen, leider war er aber auch oft übellaunig, ohne dass ein Grund dafür ersichtlich wurde. Er war ein alter Hase und stand kurz vor dem Ruhestand. Womöglich bereitete ihm die Aussicht Probleme, bald nicht mehr gebraucht zu werden. Lino maß nur etwas über einen Meter sechzig und trug wie immer, wenn sie ihm begegnete, einen weißen Labormantel. Ging es darum, Spuren vor Ort zu sichten und sichern, überließ er das stets seinen jüngeren Kollegen. *Aus dem Alter bin ich raus, dass ich mich durch den ganzen Dreck wühle,* bekam man zu hören, wenn man ihn darauf ansprach. Helena konnte sich nicht daran erinnern, ihn jemals an einem Tatort gesehen zu haben. Ihm reichten die Fotos aus, die seine Mitarbeiter machten, und natürlich das, was sie von dort, akribisch verpackt, in sorgsam beschrifteten Papiertüten mitbrachten. Linos Welt was das Labor, in dem er unter grellen Deckenstrahlern alles genaustens in Augenschein nehmen konnte, um es danach durch die Vielzahl an elektronischen Geräten und Maschinen laufen zu lassen.

»War Lui schon bei dir?«

Lino schüttelte den Kopf. »Hat nur kurz angerufen, um sich nach dem Handy zu erkundigen.«

»Konntet ihr die Daten schon auswerten?«

»Hexen kann keiner bei uns«, brummte Lino, der sich wieder abgewandt hatte, um sich über eine Pistole zu beugen, die unter einer mit Licht verstärkten, überdimensionalen Lupe lag. Offenbar hielt er das Gespräch für beendet. Helena kam die Waffe bekannt vor. »Für wen untersuchst du die?«

»Inspetor Damasos«, murrte der Kriminaltechniker. Sie hatte den Namen schon gehört. Sérgio Damasos war ebenfalls ein neuer Kollege im Dezernat, allerdings waren sie sich noch nicht vorgestellt worden. Sie erinnerte sich, ihn einmal aus der Ferne gesehen zu haben, als er vorm Präsidium über den Parkplatz ging und in einen Sportwagen stieg. Der Comandante hatte Damasos erst vor wenigen Wochen als Verstärkung für seine Mannschaft aus Porto geholt. Kurz spielte sie mit dem Gedanken nachzufragen, was der Neue gerade für einen Fall bearbeitete, doch dann entschied sie sich, lieber bei ihren Ermittlungen zu bleiben. »Habt ihr noch was an Medikamenten gefunden, ein Schlafmittel vielleicht?«, fragte sie Lino.

»Nein, nichts bis auf Aspirin. Auch keine Spuren von Kokain oder anderen Drogen. Wenn sie was genommen hat, dann nicht in ihrem Hotelzimmer. Es war auch nichts im Zimmersafe. Auch keine Ausweisdokumente, kein Führerschein oder Bankkarten. Lediglich in einer Schultertasche, die im Schrank hing, haben wir vierhundert Euro an Bargeld gefunden.«

Sie fragte sich erneut, was aus der Designerhandtasche geworden war, die ein Geschenk der Eichbergers gewesen war und die Nadine in der Todesnacht laut Aussage des deutschen Paars bei sich getragen hatte. Damit waren wohl auch ihre Papiere verschwunden, die man üblicherweise mit sich trug. So wie Bank- und Kreditkarten. »Gibt's sonst noch neue Erkenntnisse?«, hakte sie nach.

»Ich ruf dich an, sobald ich was habe«, murrte der Kriminaltechniker, aber sie wollte ihn noch nicht von der Leine lassen.

»Sie wird das Telefon ja nicht mit ins Meer genommen haben. Korrigiere mich, aber vermutlich hat sie es mit ihren anderen Sachen irgendwo oberhalb der Wasserkante abgelegt. Kann es sein, dass das Handy, die verschollene Handtasche und auch ihre Kleidung später von der Flut mit hinausgespült wurden?«

»Nein, keinesfalls«, widersprach Lino. Die Flut steht dort um Mitternacht am höchsten. Sofern sie nicht völlig neben sich war, hat sie ihr Zeug weit genug oberhalb der Dünung abgelegt.«

»Dennoch ist das Handy im Wasser gelandet«, insistierte Helena.

»Dann solltest du rausfinden, warum«, machte ihr Lino deutlich.

»Seid ihr sicher, dass es das Handy der Toten ist?« Lino drehte sich wieder zu ihr um. Für zwei Sekunden betrachtete er sie fragend. »Das Gerät kam doch von euch.«

Helena erwiderte den fragenden Blick des Mannes. »Von uns? Was meinst du damit?«

Lino schüttelte den Kopf. Er schlurfte rüber zu einem Rechner, tippte mit zwei Fingern auf der Tastatur herum und drehte den Bildschirm dann so, dass sie die Liste sehen konnte, die er dort aufgerufen hatte. »Hier ist die Bestandsliste aller am Strand sichergestellten Gegenstände, die wir daraufhin untersuchen müssen, ob sie als Asservaten für eine gerichtliche Beweismittelführung in Verwahrung genommen werden.« Er markierte eine Zeile. »Fundsache vierundzwanzig, Mobiltelefon, Marke iPhone 13 Pro, roségold.«

»Sehe ich. Aber wer hat es gefunden?«, fragte sie erneut.

Lino schob seine Lesebrille, die an einer Kordel um seinen Hals hing, auf die Nase und sprang mittels der Tastatur ein paar Spalten weiter. »Saustall«, schimpfte er dabei vor sich hin.

»Was ist?«, fragte Helena aufgebracht über seine Schulter hinweg.

»Keiner meiner Leute, sag ich doch«, erklärte Lino und zeigte auf das Eingabefeld, in dem festgehalten wurde, wer welches Fundstück entdeckt, erfasst und gesichert hatte. In der Zeile, in der das vermeintliche Handy von Nadine Weimer aufgeführt wurde, blinkte der Cursor in einem leeren Feld.

18
Henrik

Gisela war nicht begeistert. Das war sie selten, und ganz sicher nicht um diese frühe Stunde. Mit vom Schlaf belegter Zunge versprach sie dennoch, was zu *organisieren*. Nach dem Telefonat gelang es Henrik nicht, Sara dafür zu begeistern, sie in den Kindergarten zu bringen. Sie wollte auf jeden Fall mit dabei sein, wenn Gisela zu Hilfe eilte. Also entschied er, mit ihr in einem Café mit dem Namen Santa Bica zu warten, das gewissermaßen fast um die Ecke lag. Dort knirschte und quietschte alle zehn Minuten die gleichnamige Standseilbahn vorbei, eines der drei verbliebenen historischen Transportmittel dieser Art, die in Lissabon noch im Betrieb waren und sich bei Einwohnern und Touristen gleichermaßen großer Beliebtheit erfreuten. Dank der Ascensor da Bica brauchten sie nicht auf die Uhr zu sehen, um zu wissen wie lange sie ausharren mussten. Sara, die das Auf- und Abfahren der Bahn zählte wie die Glockenschläge einer Turmuhr, kam zwischenzeitlich zu der Erkenntnis, dass es sich für sie ohnehin bald nicht mehr lohnte, heute noch in den Kindergarten zu gehen. Wenn Henrik sie schwänzen ließ, wäre das dann wohl das nächste Geheimnis, das sie vor Helena hüten mussten. Wobei dieses wohl noch viel schwieriger zu verschweigen sein dürfte. Es brauchte sich nur eine der Erzieherinnen in den nächsten Tagen bei Helena danach erkundigen, wo Sara heute gewesen war, schon flogen sie auf.

Henrik fühlte sich natürlich nicht nur deswegen unwohl. Das grundlegende Problem war, dass er sich zwar in dem Café, aber nicht innerhalb der eigenen, schützenden Wände aufhielt. Und das Gefühl oder vielmehr die Angst, darüber zu erstarren, verstärkte sich mit jeder Minute, die er länger von zu Hause fort war. Henrik musste das meiste seiner Energie in die Selbstbeherrschung stecken und den kläglichen Rest darauf verschwenden, dass Sara nicht auffiel, wie heftig er mit seinen inneren Dämonen zu kämpfen hatte.

Als Giselas Nachricht endlich auf seinem Handy eintraf, hatte Sara bereits ihre zweite Schokoladenmilch geleert, während Henriks Kaffee kalt geworden war. Für eine kurze Weile fühlte er Erleichterung. Zwar hatte ihn Sara in ihrer üblichen Wissbegier mit zahlreichen Fragen bombardiert, was ihn ein wenig ablenkte, aber die Warterei war dennoch zur Tortur geworden. Er bezahlte und sie beeilten sich, zurück in die Rua Chagas zu kommen, wo ihr unkonventioneller Pannenservice bei Helenas Wagen bereits auf sie wartete. Gisela hockte auf ihrer Vespa. Zwischen ihren Knien und dem Lenker des Motorrollers klemmte ein Autoreifen samt Felge.

»Danke, dass du das machst«, sagte Henrik, während Sara Gisela mit einer Umarmung begrüßte.

»Kannst du mal!«, verlangte Gisela und Henrik nahm ihr den Reifen ab. Immer wenn sie *zum Schrauben* aufgelegt war, schlüpfte Gisela in einen ölfleckigen Arbeitsoverall, der ihr ein paar Nummern zu groß war. Ihre rotblonde Wuschelmähne wurde von einem schwarzem Bandana zusammengehalten, auf dem weiße Totenköpfe prangten.

»Werkzeug habe ich auch. Und einen Wagenheber«, sagte sie und streifte ihren Rucksack ab. Henrik nahm ihn entgegen und wurde vom Gewicht überrascht. Sofort verspürte er Schmerzen im Bereich um die Einschussstelle. Das war neu und so unerwartet, dass er im ersten Moment an einen Herzinfarkt dachte.

Doch dann entsann er sich an die ersten Übungen bei der Physiotherapie wenige Tage nach der Operation, und dass sich bestimmte Bewegungen damals ähnlich schmerzhaft angefühlt hatten.

»Alles okay mit dir?«, wollte Gisela wissen.

Schnell wandte er sich ab, weil ihm diese körperliche Schwäche vor der jungen Frau peinlich war. »Wo hast du den Reifen her?«, fragte er.

»Schrottplatz. Ich bekomme dreißig Euro!«

»Für das abgefahrene Ding?«

»Nein, für die Lieferung«, gab sie zurück und grinste. Die Sonne, die gerade über den Dachfirst des Gebäudes kam, das ihnen bislang Schatten gespendet hatte, brachte das Piercing in ihrer Augenbraue zum Funkeln.

Henrik hatte Gisela während einer seiner Ermittlungen kennengelernt, und auch wenn sie grundverschieden waren und er vom Altersunterschied her fast ihr Vater sein könnte, waren sie dennoch irgendwie Freunde geworden. Henrik mochte ihre ungezwungene, immer ein wenig provokante Art, auch wenn diese manchmal anstrengend war. Gisela war Anfang zwanzig und ließ sich mehr oder weniger durchs Leben treiben, das sie mit Gelegenheitsjobs finanzierte. Unter anderem, indem sie bei ihm im Antiquariat aushalf, weshalb er eine Trittleiter besorgen musste, damit auch die oberen Regalreihen für Gisela erreichbar waren. Er beschäftigte die junge Frau aber nicht nur im Laden, sondern gelegentlich auch im Rahmen seiner Ermittlungen. Hin und wieder hatte er sie losgeschickt, um Personen zu observieren, sofern ihm diese heikle Aufgabe als ungefährlich erschien. Zu so einem *Spezialeinsatz* war es allerdings dieses Jahr noch nicht gekommen. Sein Job als Privatermittler lag gerade auf Eis, und es war nicht absehbar, wann sich dies wieder ändern würde.

»Kriegst du's hin?«

Er nickte. Gisela wusste von seiner angeschlagenen Psyche, auch wenn er nie offen mit ihr darüber gesprochen hatte. Umso mehr schätzte er es, dass sie dazu keine Fragen stellte und immer darauf bedacht war, mit ihm so umzugehen wie vor dem Zwischenfall. Heute zeugte ihr besorgter Gesichtsausdruck jedoch davon, dass er vermutlich noch schlechter als sonst aussah.

»Na los!«, forderte Gisela ihn auf. »Wir sehen zu, ob du's richtig machst.« Zusammen mit Sara setzte sie sich auf den Randstein, während Henrik das von Gisela mitgebrachte Radkreuz auf die erste der festgerosteten Radschrauben schob. Er zog kräftig, das Gewinde knirschte, doch es rührte sich nichts. Also packte er noch fester an. Er konnte den Schrei nicht unterdrücken, als ihm der Schmerz, der vorhin schon aufgemuckt hatte, nun glühend heiß durch die Brust fuhr und dann hinauf bis unter die Schädeldecke raste. Die Schwärze kam so blitzartig über ihn, dass er nicht mehr daran denken konnte, sich irgendwo festzuhalten. Er stürzte in ein Loch, das bodenlos war.

19
Helena

Als Helena zurück an ihren Platz kam, war zumindest die Freigabe zur Einsicht von Henrique Rebochos Polizeiakte bei ihr eingegangen. Wenigstens konnte sie damit in Richtung des Hoteliers weiterarbeiten, auch wenn sie sich von dieser Spur intuitiv nicht sonderlich viel versprach. Auf Henriks Anraten hin hatte sie bereits geprüft, ob das einstige Herrenhaus, das jetzt *Pequeno Paraíso* hieß, jemals im Rahmen von polizeilichen Untersuchungen auftauchte. Das war jedoch nicht der Fall. Zumindest nicht, was die vergangenen fünfzig Jahre betraf. Vieles, was vor 1974 in diesem Land geschah, bevor aus Portugal eine demokratisch regierte Nation geworden war, blieb unter einem toxischen Nebel verborgen.

Dafür war der neue Eigentümer dieser Immobilie kein unbeschriebenes Blatt, wie sie schnell feststellen konnte. In den Ermittlungsakten der Lissabonner Polizeibehörden waren sieben Vermerke hinterlegt, die Rebocho in den 2000er-Jahren mit Drogengeschäften und Prostitution in Verbindung brachten. Sie war nicht überrascht, dass dieser Mann einen kriminellen Hintergrund aufwies, hatte ihn aber aufgrund seines Auftretens eher im Bereich Betrug, Kunstdiebstahl oder Cyberkriminalität verortet. Das hätte besser zu diesem *Buchhalter* in ihm gepasst. Doch stattdessen Drogen und Prostitution. Das machte Rebocho in ihren Augen noch unsympathischer, als er es ohnehin schon war. Sieben eröffnete Verfahren und keines davon hatte zu einer Anklage geführt. Das war erst mal schwer zu verdauen.

Helena mutmaßte hilfreiche Kontakte zur Politik, zur Wirtschaft, vielleicht auch hinein in den Polizeiapparat, die diesen Mann vor einer Verurteilung bewahrt hatten. Letztlich waren es immer wieder dieselben Reizworte, die ihr in so einem Fall wutbefeuerte Magenschmerzen verursachten: Bestechung, Manipulation, Erpressung, Drohungen gegenüber Leib und Leben. Dinge, die Leute in bestimmten Positionen dazu veranlassten, wegzusehen oder gar operativ einzugreifen, um Ganoven wir Rebocho davonkommen zu lassen. Es gab unzählige Möglichkeiten illegale Handlungen zu vertuschen oder völlig verschwinden zu lassen, bevor die Justiz überhaupt eine Chance bekam, diese zu ahnden. Das war etwas, was man als Polizistin schnell lernte. Ebenso, dass man akzeptieren musste, damit umzugehen, wollte man den Job behalten. Die Ohnmacht, in all diesen Fällen nicht für Gerechtigkeit sorgen zu können, machte ihr nach über fünfzehn Jahren im Polizeidienst immer noch schwer zu schaffen. Allerdings war es für ihr Gewissen leichter geworden, seit sie Henrik kannte. So wie die Verbrecher, denen auf legalem Wege nicht das Handwerk gelegt werden konnte, griffen auch Henriks Methoden außerhalb des für sie eng gesteckten legalen Rahmens. Henrik konnte jenseits dieser Grenzen ermitteln, die sie als Beamtin nicht überschreiten durfte, ohne die Aufmerksamkeit ihrer Vorgesetzten zu erregen. Deshalb hatte sie sich schließlich auch darauf eingelassen, auch wenn das Arrangement mit Henrik eigentlich ihr Rechtsempfinden untergrub. Doch das, was sie damit ab und an gemeinsam erreichten, schmälerte ihre Bedenken in dieser Hinsicht immer häufiger. Deswegen hatte sie auch wegen Rebocho die Gelegenheit ergriffen und auf die detektivischen Fähigkeiten gesetzt, die immer noch in Henrik steckten, da hatte sie keinen Zweifel. Aber es ging ihr diesmal nicht allein darum, einen Verdächtigen zu durchleuchten. Henrik brauchte diese Aufgabe, um wieder zu sich selbst zu finden. Sie glaubte sogar daran, dass sie ihn auf irgendeine Art damit heilen würde. Wieder zu dem Mann machen würde, in den sie sich verliebt hatte.

Hinter dieser Überlegung steckte Eigennutz in doppelter Hinsicht. Nachdem Lui noch unzuverlässiger als sonst zu sein schien, half es ihr auch, wenn Henrik sich weiterhin mit Rebocho beschäftigte. Dann blieb ihr mehr Zeit, sich auf alle anderen Verdächtigen im Fall Nadine Weimer zu konzentrieren. Und sollten sich ihre Ermittlungen irgendwo kreuzen, konnte sie immer noch entscheiden, wie es ab diesem Punkt weiterging. Jetzt, da sie von Tiago wusste, dass Nadine gelegentlich Kokain genommen hatte, war es womöglich nicht unbedingt Zufall, dass die Deutsche Hotelgast bei einem ehemaligen Drogenhändler war. Sie musste die Eichbergers fragen, wer das *Pequeno Paraíso* als Unterkunft ausgewählt hatte. Was sich ihr allerdings nicht erschloss, war ein Motiv. Welchen Grund sollte Rebocho haben, Nadine zu ertränken? Kokain hin oder her, ihr fehlte die Gewissheit, dass sie hier auf der richtigen Fährte war.

Helena kam wieder in den Sinn, dass sie bei den Einsatzkräften vor Ort nachfragen musste, wer Nadines Handy gefunden hatte. Lino hatte seinerseits versprochen, dass er bei seinen Leuten noch mal nachhören wollte, wie es in die Kiste mit den am Strand gesammelten Gegenständen für die Beweismittelsicherung gelangt war. Der Chef der Kriminaltechnik schätzte, dass es einer der uniformierten Kollegen gewesen sein musste, die nach dem Auffinden der Leiche dazu angefordert worden waren, den Strandabschnitt abzusuchen. In den Unterlagen fehlte ja nicht nur der Name des Finders, sondern auch die Angabe, wo genau am Strand es gelegen hatte. Und das war noch nicht alles. Das Protokoll zur Sicherung der für den Fall relevanten Indizien schreibt vor, dass eine fotografische Erfassung des Bereichs mit entsprechenden Markierungen gemacht werden musste, ehe der jeweilige Gegenstand eingetütet wurde. Nichts von all dem war geschehen.

Wie das Mobiltelefon überhaupt ins Meer gelangt war, darüber konnte sie auch nur spekulieren. Entweder hatte Nadine es bei sich getragen, als sie von ihrem Angreifer ins Wasser gezerrt wurde. Oder aber, der Mörder hatte es nach der Tat in den Atlantik geworfen in der Absicht, die darauf befindlichen Daten zu vernichten, über die er womöglich hätte identifiziert werden können. Das war die naheliegendste Theorie. Allerdings war es dem Täter nicht gelungen, es weit genug vom Strand wegzuschleudern, sodass die Brandung es zurück an Land gespült hatte.

Ein Anruf unterbrach ihre Überlegung. Sie erkannte die Nummer von Comandante Ralha, ihrem Abteilungsleiter und unmittelbaren Vorgesetzten. Helena atmete tief ein, bevor sie das Gespräch entgegennahm.

»Inspetora, gut, dass ich Sie gleich erwische. Wir behalten das vorerst für uns!«

»Was genau?«, frage sie vorsichtig nach.

»Mein Gott, wir bleiben beim bisherigen Wortlaut der Pressemitteilung, dass es sich um einen Unglücksfall handelt. Solange wir nichts Genaueres zum Tathergang wissen, machen wir draußen in Cascais niemanden unnötig nervös. Schon gar nicht, während der Hauptsaison. Verstanden?!«

»Sim, Comandante«, bestätigte sie. Sie konnte sich denken, dass die Anweisung von weiter oben kam. Es brachte demnach nichts, wenn sie bei Ralha jetzt ihre Einwände gegen diesen Beschluss loswurde, zumal er ohnehin bereits aufgelegt hatte. Sie knallte den Hörer unsanft aufs Telefon. Vermutlich hatte man ihr den Zugriff auf Rebochos Akte nur deshalb so schnell gewährt, um sie ein wenig zu besänftigten, bevor der Comandante ihre Ermittlung mit dem eben erfolgten Anruf wieder komplizierter machte. Sie schluckte den Ärger hinunter. Ihr blieben genug andere Dinge bei diesem Mordfall, über die sie sich den Kopf zerbrechen konnte. Unter anderem auch die andauernde Abwesenheit ihres Kollegen. Konnte es sein, dass Lui mehr über Rebocho wusste? Immerhin sorgte er verdächtig schnell für die Identifizierung von Nadine Weimer, indem er auf Anhieb das *Pequeno Paraíso* angesteuert hatte. Sie musste ihm diesbezüglich doch noch mal auf den Zahn fühlen. Wenn sie nur wüsste, wo er steckte. Helena bemerkte, dass ihr Bildschirm in den Energiesparmodus übergegangen war. Das untrügliche Zeichen, dass sie schon eine Weile in ihren Gedanken festhing. Erneut wählte sie Luis Nummer, wurde jedoch nur wieder mit seiner Mailbox verbunden. Wie oft schon hatte sie sich einen verlässlichen Kollegen gewünscht. Einen, der ihr das Gefühl vermittelte, dass sie ihm vertrauen konnte. Mehr verlangte sie gar nicht. Sie brauchte keine Sympathie und auch niemanden, der mit ihr nach Dienstschluss ein Bier trinken ging. Nur Vertrauen, mehr nicht. Womöglich stimmte es ja, dass es echtes Vertrauen nur zwischen Menschen gab, die in ernst zu nehmenden Situationen aufeinander angewiesen waren. Und wenn das Herz die richtigen Signale empfing. So, wie es ihr bei Henrik erging. *Und bei Tiago …*

Sie sog an der Innenseite ihrer Wange und biss auf das weiche Fleisch. *Himmel noch mal, konzentrier dich auf deinen Fall,* schimpfte sie sich. Sie schlug den Block auf, in dem sie sich während ihrer Befragungen auf die altbewährte Weise Notizen gemacht hatte. Sie wusste von den jüngeren Kolleginnen und Kollegen, die alle ihre Unterhaltungen mit Zeugen und Verdächtigen mittels ihres Handys aufnahmen. So gesehen, zählte sie mit ihren fast vierzig Jahren und ihrer antiquierten Methode der handschriftlichen

Aufzeichnung wohl schon zum alten Eisen. Natürlich hatte sie das mit den digitalen Mitschnitten ebenfalls schon ausprobiert, nur um festzustellen, dass dabei ihre Aufmerksamkeit nachließ. Gerade so, als würde sich durch den Einsatz der neuen Technik eine unerklärbare Nachlässigkeit bei ihr einschleichen. Ja, sie hatte es probiert und war zu dem Schluss gekommen, dass sie sich das Gesprochene danach zwar immer wieder anhören konnte, aber ihr dabei die stillen Zwischentöne des Unausgesprochenen abhandenkamen. Also genau das, worauf es bei manchen Ermittlungen mehr ankam als auf das, was laut herausgesagt wurde. Das, was bisweilen die essenziellen Informationen enthielt, die einen letztlich zur Lösung des Falls brachten. Hörte sie bei ihren Befragungen konzentriert zu und notierte sich nebenbei nur immer mal wieder ein Stichwort, entgingen ihr seltener jene wortlosen Hinweise. Deshalb trug sie nach wie vor einen Block bei sich, dessen Seiten sie stetig mit ihrer schwer leserlichen Handschrift füllte.

Eheleute Eichberger??? las sie nun dort. Drei Fragezeichen. Was war mit diesen Deutschen? Jetzt, da sie sich die Unterhaltung mit den beiden erneut in den Sinn rief, erinnerte sie sich wieder daran, dass sie etwas am Verhalten des Paares gestört hatte. Allerdings bekam sie nicht konkreter zu fassen, was genau. Jedenfalls war das Paar schwer einzuordnen. Besonders die Gattin. Für Helena stand fest, dass sie eine Anfrage an die deutschen Behörden richten musste, um mehr über Axel und Mona Eichberger zu erfahren. Das setzte ein Amtshilfegesuch voraus. Ein weiterer Akt der Bürokratie, der ihr nicht sonderlich behagte, auch wenn es wichtig war. Sie überlegte, ob sie schon jemals Kontakt zur Münchner Polizei gehabt hatte, aber sie konnte es nicht mit Sicherheit sagen. Ihr Handy, das neben der Computertastatur lag, vibrierte. Das Display verriet ihr, dass Gisela versuchte sie zu erreichen. Helena verzog den Mund.

Ihre Finger verharrten über dem Telefon. Was wollte Henriks Aushilfe von ihr? Skeptisch nahm sie das Gespräch entgegen.

»Mama?«, hörte sie Saras aufgeregte und verheulte Stimme. »Mama, du musst schnell kommen!«

20
Henrik

Was passiert hier?

Ein Teil seines Verstands war immer noch der Meinung, dass er gerade einen Reifen wechselte. Er spürte seine Hände, die das angerostete Radkreuz gepackt hielten. Spürte die Anstrengung in seinen Armmuskeln, das Brennen des Schweißes auf seiner Stirn. Hörte das Knirschen der fest sitzenden Schrauben. Doch er konnte das alles wohl schlecht im Liegen bewerkstelligen. Auch nicht mit geschlossenen Augen, weshalb er sich damit abmühte, diese zu öffnen. Gleichzeitig versuchte er sich aufzurichten. Nur war da ein Widerstand, der gegen seine Brust drückte und dies verhinderte.

»Da sind Sie ja wieder«, stellte eine männliche Stimme fest. Es musste die Hand dieses Mannes sein, die ihn zurückhielt. Henrik blinzelte mehrfach, um sehen zu können, wer sich da über ihn beugte. Der Mann kam ihm bekannt vor, nur wollte ihm nicht einfallen, wo er ihn schon einmal gesehen hatte.

»Der Reifen ...«, sagte er mit schwerer Zunge, gerade so, als hätte er zu viel getrunken. »Die Schrauben. Festgerostet.«

Der Mann mit den tiefschwarzen Haaren nickte. Er hatte auffällig abstehende Ohren und asiatisch aussehende Gesichtszüge. »Sie sind umgekippt, Senhor Falkner«, ließ er ihn wissen. »Die Verwirrung wird sich gleich legen.«

»Verwirrung?«, murmelte Henrik und blickte noch eindringlicher in die dunklen Augen seines Gegenübers. »Ich kenne Sie!«

»Das ist gut«, sagte der Mann, der ein weißes Hemd trug, bei dem über der Brusttasche ein Namensschild angebracht war.

Henrik bemühte sich zu entziffern, was darauf für ein Name abgedruckt war.

»Dr. Sawani hat die Kugel aus dir herausoperiert«, sagte eine Stimme von irgendwo.

»Helena?«

»Ich bin hier«, verkündete sie und tauchte schräg hinter dem runden Kopf des Mannes in seinem immer noch getrübten Sichtfeld auf. »Tut mir leid, das mit dem Reifen.«

»Nein, mir tut's leid!«

»Warum ist er so durcheinander?«, hörte er sie fragen.

»Es ist nichts Neurologisches, das hat mir meine Kollegin vorhin bestätigt. Es gibt keinerlei Anzeichen für einen Schlaganfall oder eine Einblutung im Gehirn. Natürlich können wir zur Sicherheit noch mal ein MRT machen.« Dann schaute er wieder Henrik an. »Also, wenn Sie das möchten, Senhor Falkner. Aber ich kann mir nicht vorstellen, dass wir was finden.«

Was redete der Typ da? Sein Kopf war ja wohl in Ordnung, auch wenn ihm alles daran im Moment ziemlich durcheinandergewirbelt vorkam. Mit einem Mal erinnerte er sich an etwas, das ihn sofort noch mehr beunruhigte. »Da war ein Schmerz, in der Brust«, presste er hervor.

Der Mann, der Arzt sein musste, betrachtete ihn skeptisch. »Spüren Sie diesen Schmerz immer noch?«

Henrik verneinte, was dem Doktor ein sanftes Lächeln entlockte. Ihm kam in den Sinn, dass er sich wieder im Hospital de Jesus befinden musste, in dem man ihm vor drei Monaten das Leben gerettet hatte. Er nahm an, dass Helena diese Entscheidung getroffen hatte, während er weggetreten war. Wahrscheinlich hatte Gisela sie informiert, denn mit einem Mal war er ziemlich sicher, dass sie bei ihm war, als dieser Schmerz glutheiß in seine Brust fuhr. Der platte Reifen. Gisela. Und dann dieser infernale

Schmerz. Mehr brachte er noch nicht zusammen. Was war mit ihm passiert, als er versucht hatte, Helenas Panne zu beheben? Ebenso konnte er sich nicht entsinnen, dass ihn vor Dr. Sawani auch noch eine Neurologin untersucht haben sollte. War er zwischenzeitlich schon einmal wach gewesen?

»Gut, gut«, sagte Dr. Sawani. »Sie haben sich mit dem Reifenwechsel vielleicht etwas übernommen. Doch ich kann sie auch diesbezüglich beruhigen. Die Muskulatur ist wieder sauber zusammengewachsen, und auch das Narbengewebe weist äußerlich keine Anzeichen einer Entzündung auf. Ich bin mit dem Heilungsprozess der Schusswunde sehr zufrieden. Also keine Sorgen deswegen. Machen Sie weiterhin die Übungen, die man ihnen in der Reha gezeigt hat, dann können Sie auch bald wieder richtig zupacken und schwere Sachen heben.«

»Das war's?«, hakte Helena wenig überzeugt nach. »Keine konkrete Diagnose dazu, warum er einfach umgekippt ist?«

Der Blick des Arztes wanderte zwischen Helena und Henrik hin und her. »Ich bin Chirurg«, erinnerte er sie. »Ich habe mir Senhor Falkner heute nur angesehen, weil Sie mich explizit darum gebeten habe, Senhora Gomes. Und wie gesagt, Dr. Patricio aus der Neurologie war vorhin sehr eindeutig, als sie eine zerebrale Störung ausgeschlossen hat. Offenkundig hat die kurzzeitige physische Überlastung eine Schutzreaktion im Gehirn ausgelöst, die zu der Ohnmacht führte. Es können auch noch andere Faktoren darauf eingewirkt haben. Vielleicht haben Sie auch nur zu wenig getrunken …« Dr. Sawani zuckte mit den Schultern.

»Was?«, fragte Henrik. Seine Verwirrung verflüchtigte sich allmählich.

»Noch mal, ich bin kein Psychologe. Aber wie in Ihrer Krankenakte vermerkt, sind Sie wegen des Angriffs auf Sie hochgradig traumatisiert. Diese psychische Reaktion ist durchaus verständlich. Und Sie sollten das wirklich ernst nehmen. Die posttraumatische Belastungsstörung ist nicht irgendein Mythos. Sie ist leider sehr real und braucht ihre Zeit. Es ist schade, dass Sie eine psychologische Beratung immer noch ablehnen, wie uns Senhora Gomes mitteilte. Nehmen Sie wenigstens die Ihnen verordneten Medikament ein?«

»Macht er nicht«, petzte Helena, was dem Arzt Falten auf die hohe Stirn trieb.

»Ich kann Ihnen nur raten, die Einnahme nicht weiter zu vernachlässigen. Sehen Sie Ihren heutigen Bewusstseinsverlust als eine Warnung. Auch dahin gehend, dass Sie sich einer Traumabewältigung nicht weiterhin verschließen sollten.«

21

»Du musst mich nicht weiter bemuttern«, sagte Henrik und wusste sofort, dass sein schroffer Tonfall unangebracht war. Sie waren zurück in der Rua do Almada, wo Gisela auf Sara aufgepasst hatte. Die beiden standen im Flur, kaum dass er hinter Helena die Wohnung betreten hatten. Sara hatte sich fest an ihn gedrückt, während er ihr mehrmals versicherte, dass sie nun keine Angst mehr haben musste. Das Mädchen wirkte erleichtert. Gisela war skeptisch geblieben, das hatte er ihr angesehen, als sie sich verabschiedeten. Damit blieb nur noch Helena, die er überzeugen musste. Immerhin hatte sie in der frühen Phase ihrer neuen Ermittlung Besseres zu tun, als einen halben Tag bei ihrem Lebensgefährten im Krankenhaus zuzubringen. Und trotzdem war sie an seiner Seite geblieben und hatte zudem darauf bestanden, ihn nach Hause zu fahren. Und er dankte es ihr mit einer dummen Bemerkung. »Das meinte ich nicht so«, ruderte er zurück. »Wirklich, ich bin dir zutiefst dankbar …«

»Lass es einfach, Henrik«, zischte sie, wandte sich ab und ging rüber ins Wohnzimmer, wohin sich Sara mit Henriks Laptop verkrümelt hatte, um eine Kinderserie zu schauen. Henrik bog in die Küche ab und setzte sich ermattet an den Tisch. Zwar ging es ihm deutlich besser, seit er zurück in der Wohnung war, dennoch fühlte er sich ausgelaugt. Vor allem wegen der Ungewissheit, was seinen Körper betraf. Warum war er umgekippt? Woher war dieser heftige Schmerz gekommen, der ihm die Lichter ausgeknipst hatte und den Dr. Sawani für Einbildung hielt? Natürlich fühlte er sich auch deswegen schlecht, weil er die Doxepin-Tabletten nicht wie verordnet eingenommen hatte, die seine Ängste und die Depression abmildern sollten. Was er bisher aufgeschoben hatte, weil er wusste, wie müde und träge ihn das Zeug machen konnte. Wogegen die Angst, die das Medikament vertreiben sollte, ihn streckenweise hellwach hielt. Er steckte in einer teuflischen Spirale.

Helena gesellte sich zu ihm, blieb allerdings im Türrahmen stehen, statt sich zu setzen. Das machte sie neuerdings häufig, dass sie diese Distanz aufrechterhielt. »Ich kann mir zusammenreimen, wieso du Sara heute nicht in den Kindergarten gebracht hast. Darauf will ich jetzt auch gar nicht herumreiten. Und vermutlich sollte ich mich dafür bedanken, dass du dich um meinen Wagen kümmern wolltest«, begann sie, wobei sich Letzteres für ihn schon wieder nach Vorwurf anhörte. Er war nicht Manns genug gewesen, ihren platten Reifen zu wechseln. *Für was bin ich überhaupt noch zu gebrauchen?*

»Jedenfalls, ich muss noch mal weg. Sara hat versprochen, dich in Ruhe zu lassen.«

»Ich bin für sie da, das weißt du«, entgegnete er.

Helena nickte. Ihr Blick war unendlich traurig, vielleicht spiegelte er auch Enttäuschung. So genau vermochte er das im Moment nicht zu deuten.

»Nun geh' schon, wir schaffen das!«, forderte er sie auf. Sie zögerte noch kurz, dann drehte sie sich weg.

»Was ist mir diesem Rebocho?«, rief er ihr hinterher und sie tauchte wieder im Türrahmen auf.

»War vielleicht keine so gute Idee, dich dort mit hineinzuziehen. Du solltest dich weiter erholen.«

»Nein, nein, bitte Helena …« Nimm mir das nicht wieder weg, lag ihm noch auf der Zunge, er ließ die Worte aber unausgesprochen. Stattdessen sagte er: »Es ist mein Ernst, ich brauche eine

Aufgabe. Und ich habe gemerkt, wie sehr ich mich durch diese Recherche von der anderen Sache ablenken kann. Du hast doch nichts zu verlieren, wenn du mich weiterhin daran arbeiten lässt.«

22

Er glaubte nicht daran, bis tatsächlich die E-Mail eintraf. Helena hatte ihn mit einer Antwort auf seine Bitte zappeln lassen, aber sich letztlich doch dazu entschlossen. Sicherlich auch, weil sie ahnen konnte, dass er ihre Zustimmung nicht brauchte. Dazu kannte sie ihn zu gut. Also entschied sie, mit welchen Informationen sie ihn versorgte, um sein weiteres Vorgehen in dieser Sache besser unter Kontrolle zu haben. Damit konnte er leben. Immerhin trug sie ja auch das ganze Risiko. Sollte auffliegen, dass sie Polizeiakten weitergereicht hatte, drohte ihr eine Disziplinarmaßnahme, wenn nicht sogar eine Suspendierung.

Da Sara mal wieder mit dem Laptop beschäftigt war, versuchte er die erhaltenen Dokumente auf seinem Handy zu lesen. Henrique Rebochos gesammelte Vergehen erschienen kleinteilig auf seinem Display. Alles, was aktenkundig war, aber nie zu einem Verfahren führte. Rebocho war davongekommen, auch wenn die Verdachtsmomente gegen ihn durchaus für eine Anklageerhebung ausgereicht hätten, wie er beim Überfliegen der Inhalte feststellte. Allerdings waren einige Textstellen auch geschwärzt. Anderes verstand er nicht auf Anhieb. Dafür reichte sein Portugiesisch noch nicht aus. Er würde einige Passagen ins Übersetzungsprogramm kopieren müssen, um beurteilen zu können, ob den Ermittlern Verfahrensfehler unterlaufen waren, die zur Einstellung der Untersuchungen führten. Was vielleicht ein oder zwei Mal hatte passieren können, aber nicht durchgängig bei allen angeführten Gründen. So dilettantisch konnten die jeweiligen Fahnder aus den Dezernaten für Drogendelikte und für Menschenhandel und Prostitution nicht vorgegangen sein.

Es bedurfte einiger Überredungskunst, dass Sara mit ihm runter ins Antiquariat ging. Dort war es für sie weniger gemütlich, und außerdem wusste sie natürlich, dass die WLAN-Verbindung deutlich schlechter war als oben in der Wohnung. Er kriegte sie damit rum, dass sie auf seinem Handy spielen durfte, solange er den Laptop für seine Zwecke benötigte. Auch so eine Sache, die Helena nicht guthieß, aber was die Erlaubnis zur Nutzung elektronischer Geräte betraf, konnte er sicher sein, dass Sara damit hinterm Berg hielt. Die Liste der Dinge, die sie vor ihrer Mutter geheim halten wollten, wuchs jedenfalls weiter an.

Nirgendwo im Haus wurde es bei den hohen Temperaturen schneller stickig als unter der niedrigen Holzdecke des Antiquariats, weshalb er sich gezwungen sah, die Ladentür offen stehen zu lassen. Das sorgte für einen leichten Durchzug, barg jedoch das Risiko, dass Leute, die zufällig draußen vorbeigingen, sich eingeladen fühlten und hereinspazierten, egal ob aus echtem Interesse an seinem Inventar oder aus Neugier. Meistens war es nur Neugier. Tatsächlich überlegte er schon eine Weile, ob er nicht nur noch nach vorheriger Vereinbarung öffnen sollte. Aber das würde ihm aus wirtschaftlicher Sicht vermutlich endgültig das Genick brechen.

Sein Onkel hatte das Antiquariat an die vierzig Jahre geführt, allerdings war auch er nie ohne einen Gönner ausgekommen, der die finanziellen Engpässe ausgeglichen hatte, die der Umsatz nicht hergab. Anfangs war es sein Lebensgefährte, der Kunstmaler João de Castro gewesen, der Martins Antiquariat mit seiner Großzügigkeit am Laufen hielt. Nach dessen Tod floss das Geld über eine Stiftung auf sein Konto, eingerichtet von João und weitergeführt von dessen Schwester Anabela. Dieses wohltätige Engagement wurde von den de Castros nicht etwa aufrechterhalten, weil sie ausgesprochene Liebhaber antiquarischer Werke waren, sondern weil Anabela de Castro niemals die Hoffnung aufgegeben hatte, dass sie mithilfe von Martin und später mit Henriks Zutun den Mord an ihren Bruder João aufklären konnte. Bis zu diesem Tag tat Anabela alles dafür, das Antiquariat und die darin verborgenen Geheimnisse zu bewahren.

Und es kam, wie es kam. Henrik schaffte es, Licht hinter den ominösen Mord an João de Castro zu bringen und den Drahtzieher zu ermitteln. Womit dann allerdings auch die über Jahrzehnte in Stillschweigen beibehaltene, monetäre Unterstützung endete. Seither musste sich das Antiquariat allein durch die Einnahmen aus den Verkäufen tragen. Was den Erhalt des Hauses an sich anging, gab es zudem ein paar nicht sonderlich nennenswerte Mieteinkünfte. Zwei der vier Wohnungen waren aktuell vermietet. Was bei der zentrumsnahen Wohnlage augenscheinlich eine lukrative Einnahmequelle hätte sein können. Doch Martin hatte die Wohnungen zu äußerst sozial verträglichen Preisen vergeben. Eine davon an eine ursprünglich aus Indien stammende sechsköpfige Familie, die sich allein durch den schlecht bezahlten Job des Vaters bei einer Reinigungsfirma über Wasser hielt. In der anderen Wohnung hausten drei Jazzmusiker, deren Einkünfte sich ausschließlich auf ihre gelegentlichen Auftritte beschränkten. Beide Mietparteien waren so betrachtet nicht auf verlässliche Weise liquide. Sie bezahlten Henrik, sofern sie Geld dafür entbehren konnten.

Sowohl die miesen Umsätze als auch die aus wirtschaftlicher Sicht ungünstige Konstellation seiner Mitbewohner waren dem aktuellen Investor des Hauses Nummer 38 in der Rua do Almada ohne Frage ein Dorn im Auge. Weshalb Henrik vom Glück im Unglück sprechen konnte, dass es sich dabei um seine Mutter Simone handelte, die ihrem Sohn diese Unterstützung bis auf Weiteres zugesichert hatte. Was auch die umfangreichen Renovierungskosten mit einrechnete, die ihn sonst bereits letztes Jahr in den Ruin getrieben hätten. So gesehen war Henrik nach dem Wegfall der Finanzhilfen durch die de Castros keine andere Wahl geblieben, als das Entgegenkommen seiner Mutter anzunehmen. Denn was er noch weniger wollte als die erneute Abhängigkeit von Simone, war ein Verkauf des Hauses. Weshalb er sich für die leichter zu ertragende Option entschieden hatte, auch wenn das bedeutete, wieder dem Wohlwollen seiner Mutter ausgesetzt zu sein, nachdem es ihm fast zwei Jahrzehnte gelungen war, sich von seinem erzkonservativen Elternhaus zu lösen. Henrik hatte keine Ahnung, wie er ihr das ganze Geld jemals zurückzahlen sollte. Wenn seine Verletzung für irgendetwas gut gewesen war, dann dafür, dass ihm seine Mutter momentan eine großzügige Genesungszeit einräumte. Er war nicht sicher, was ihn erwartete, wenn er wieder vollständig hergestellt war. Aber das war aktuell auch nichts, womit er sich befassen wollte.

Immer noch stand er mit dem Schlüssel in der Hand an der Ladentür. Er ließ sie widerwillig geöffnet und hängte das *Geschlossen*-Schild ins Fenster. Zurück im Büro, sah Sara ihm erwartungsvoll entgegen. »Hast du was zu trinken für mich?« Sie hatte sich wieder an seinem Schreibtisch breitgemacht. Er deutete auf den kleinen Kühlschrank, den er irgendwann letztes Jahr besorgt und in die einzige noch freie Ecke gewuchtet hatte.

»Nur Wasser drin. Und Wein«, klärte Sara ihn auf.

»Ist Wasser nicht in Ordnung?«

»Mensch Henrik, Wasser gibt's schon bei Mami.«

»Eben. Sie will nicht, dass du so viel Zuckerzeug trinkst.«

»Wir müssen's ihr ja nicht sagen.«

»Du bringst mich echt in die Bredouille.«

»Weiß zwar nicht, was das bedeutet, aber jetzt haben wir schon so viele Geheimnisse vor ihr, da kommt es auf eins mehr auch nicht an.«

Henrik versuchte eine ernste Miene.

»Immerhin hast du damit angefangen, mit den Geheimnissen, von denen Mama nichts wissen darf«, erinnerte sie ihn und drängte ihn damit noch mehr in die Ecke.

»Ich gehe auch selbst hoch zum Laden, wenn du mir Geld gibst«, bot Sara großzügig an und rutschte vom Schreibtischstuhl.

»Das Handy bleibt aber hier«, verlangte Henrik, der sich übertölpelt fühlte. Sara reichte es ihm und behielt die Hand ausgestreckt, bis er einen Fünfeuroschein hineinlegte.

»Eine Flasche!«, mahnte er.

»Willst du auch was?«, fragte sie zurück und er schüttelte den Kopf. »Und keine Umwege!«

»Aye, aye Käpt'n!«, sagte sie, salutierte und rannte aus dem Büro. Er musste demnächst mal im Streamingverlauf prüfen, was das Mädchen für Serien schaute. Henrik blieb noch ein paar Sekunden stehen, ehe er hinterm Schreibtisch Platz nahm und sich die Akten von Rebocho aus dem E-Mail-Programm auf den Rechner lud. Er wollte so viel wie möglich durchgesehen haben, bevor Sara zurückkam. Schnell war er in die Berichte vertieft. Bei den Lücken baute er auf seine Erfahrung als ehemaliger Kripobeamter und stellte die entsprechenden Vermutungen für sich auf. Interessant wurde es ab dem Jahr 2010. In diesem Jahr muss etwas passiert sein, das zu Rebochos neuem Lebenswandel als seriöser Geschäftsmann führte. Er erwarb das Herrenhaus draußen in Cascais und avancierte zum Hotelier mit blütenweißer Weste. Henrik konnte nur spekulieren, was dazu geführt hatte. Er stellte sich vor, dass der Mann, der bis dahin allen Anklagen entgangen war, einen Wendepunkt in seinem Leben erreichte, der ihn dazu veranlasste abzutauchen. Aber war das so einfach? Bei längerer Betrachtung erschien ihm das reichlich unwahrscheinlich. Jemand, der tief in derart schmutzigen Geschäften steckte, kam aus diesem Netzwerk nicht so ohne Weiteres heraus. Außerdem war Cascais nicht die Karibik oder Südostasien, wohin man sich in solchen Fällen für gewöhnlich absetzte. Cascais war lediglich dreißig Kilometer von Lissabon entfernt. Also hatte er Cascais womöglich gewählt, um weiterhin ein Auge auf die Machenschaften seiner damaligen Partner zu haben? War er demnach weiterhin aktiv im Drogengeschäft? Arbeitete Rebocho fortan auf eigene Rechnung? Gehörte er immer noch einer Organisation an und hatte nur seinen Aufgabenbereich gewechselt? Oder war er tatsächlich ausgestiegen und begnügte sich nun mit den Einkünften, die er durch sein Hotel erzielte? Henrik kam in den Sinn, was sein Onkel neben die Beschreibung des jetzigen *Pequeno Paraíso* vermerkt hatte. *Lavadouro. Waschhaus.* War es so einfach? Diente die exquisite Herberge der Geldwäsche?

Immer wenn er sich von Martins Recherchen leiten ließ, kam er nicht umhin, sich zu fragen, wie sein Onkel hinter all diese Machenschaften kommen konnte. Wenn er darüber nachdachte, sammelten sich jedenfalls schnell noch mehr Ungereimtheiten an. Außerdem stellte nichts von all dem, was er über Henrique Rebocho vor sich liegen hatte, einen Bezug zum Tod der Deutschen her. Henrik blickte von seinen Notizen hoch und auf die Uhr. Trotz der Hitze im Büro, lief ihm ein kalter Schauder über den Rücken. Wo zur Hölle blieb Sara?

23

Er verharrte auf der Türschwelle und spürte den heißen Wind, der vom Fluss die Gasse heraufwehte. Seine Finger umkrampften den Türgriff. Der Drang, sie wieder zuzuschlagen, war immens. Seine Phobie, nach draußen zu gehen, war im Vergleich zu heute Vormittag schlimmer geworden. Wann war er dem abstrusen Gedanken erlegen, dass er sich auf dem Weg der Besserung befand? Dennoch, er musste raus auf die Straße. Sara suchen, die immer noch nicht zu sehen war. Nicht oben an der Abzweigung, dort wo die kleine, spitz zulaufende Terrasse der Bar Esquina die Straße teilte, noch in der anderen Richtung. Wenn er sich nur endlich begreiflich machen könnte, dass diese Angst grundlos war. Natürlich, er wäre beinahe gestorben, als auf ihn geschossen wurde. Aber es war ja nicht so, dass dies auf offener Straße, während eines Feuergefechts mit irgendwelchen kaltblütigen Verbrechern geschehen war. Der Schuss war wahrscheinlich nicht einmal willentlich erfolgt. Nein, eigentlich hatte sie gar nicht schießen wollen. Und wenn doch, dann sicher nicht in der Absicht, ihn zu töten. Henrik wusste, dass er auch deswegen überlebt hatte, weil die Munition alt war und die Treibkraft für die Kugel nicht mehr ausgereicht hatte, um noch tiefer in die Brust einzudringen. *Viel hat nicht gefehlt. Wenige Millimeter.* Glück im Unglück. Und alte Munition. Das hatte ihn gerettet. Ebenso wie sie. Es war im Affekt passiert und die Schützin in Gewahrsam. Was also hielt ihn davon ab, wieder am Leben teilzunehmen? Auch wenn er all diese Dinge wusste, widersetzten sich Bereiche seines Verstands dieser Wahrheit. Dabei war er bisher nie ein Angsthase gewesen und hatte vermutlich nicht einmal den Tod gefürchtet. Doch nun hatte sich beides geändert, und natürlich wäre der einzige vernünftige Weg, die psychologische Beratung anzunehmen. Allerdings wüsste er nicht, was er dort berichten sollte. Abgesehen davon, dass ihm der Schweiß ausbrach und sein Körper zu schmerzen begann, wenn er das Haus verließ. Und dass da eine Furcht war, die seine Bewegungen zunehmend einfror, je länger er sich der sommerlichen Hitze aussetzte. Vielleicht fürchtete er sich auch vor der Antwort, die er bei der Analyse seines Seelenzustands erhalten würde?

Nichtsdestotrotz musste er etwas an seinem Zustand ändern, denn so konnte es keinesfalls weitergehen. Es ging ja nicht alleine um ihn, auch andere litten darunter. Helena. Sara. Verzweifelt starrte er auf das aufgeheizte Kopfsteinpflaster der Rua do Almada hinaus. War die Suche nach Heilung nicht ähnlich, wie die Ermittlung bei einem Verbrechen? Erst mal galt es alles daranzusetzen, ein Motiv zu finden oder in seinem Fall eben die Ursache für sein unerklärliches Leiden.

Die Ursache!

Aus heiterem Himmel wusste er plötzlich, wo er anzusetzen hatte, um sich von seiner Krankheit zu befreien. Und stellte dabei gleichzeitig fest, dass er dies schon viel zu lang vor sich herschob. Über den ewigen Lärm der Stadt hinweg, vernahm er das Getrappel von kleinen Füßen, das zwischen den Häusern in der Gasse widerhallte. Schnelle, kleine Füße, beflügelt von dem schlechten Gewissen, unnötig herumgetrödelt zu haben. Und kaum blickte er diesem Geräusch entgegen, bog sie auch schon um die Ecke. Mit geröteten Wangen, den Mund von angetrocknetem Schokoladeneis verschmiert. Obwohl die kurzzeitige Sorge um sie ihn in einen massiven Konflikt mit sich selbst geworfen hatte, würde er dennoch keine Worte der Ermahnung an sie richten. Er war einfach froh, dass sie wieder da war. Und dass ihm der Schritt hinaus in die Sonne erspart geblieben war.

24
Helena

Sie tat ihm nicht den Gefallen zu warten. Wenn Lui unbedingt sein eigenes Ding durchziehen wollte, konnte sie das auch. Diesmal lenkte sie einen der Dienstwagen die Küstenstraße entlang. Wie die meisten Einsatzfahrzeuge, war auch dieses ein Škoda Octavia der neueren Baureihe. Für ihren Geschmack verfügte das Auto über zu viel elektronischen Schnickschnack. Ständig piepte es um sie herum, weshalb sie sich stets die Mühe machte, sämtlich Warnsignale abzustellen, sofern sie die Funktionstaste dafür fand. Der für den Fuhrpark zuständige Kollege hatte ihr bestätigt, dass Lui kein Fahrzeug bei ihm abgeholt hatte. Da Lui außerdem ein Knauser vor dem Herrn war, hielt sie es für unwahrscheinlich, dass er mit seinem eigenen Wagen hinaus nach Cascais gefahren war. Zumal er das Abrechnen der Fahrtkosten für die Privatwagennutzung ebenso hasste wie sie das Einreichen jeglicher Auslagenbelege. *Wieso ging dieser Trottel nicht wenigstens ans Telefon?*

Die Klimaanlage im Auto machte die Fahrt angenehm. In der Aufregung um Henriks Blackout, hatte sie gar nicht mehr nachgehorcht, was aus ihrem kaputten Reifen geworden war. Sie musste sich unbedingt darum kümmern, wenn sie heute Abend zurück in der Stadt war. Bis dahin wollte sie ihre Gedanken ausschließlich bei dem Fall Nadine Weimer lassen. Die vermeintliche Urlaubsbekanntschaft der Deutschen hatten die Kollegen vor Ort immer noch nicht ausfindig machen können. Mittlerweile hatten in den meisten Bars, Cafés und Lokalen in der Innenstadt Befragungen stattgefunden, ohne dass sich daraus brauchbare Hinweise ergeben hatten. Auch in dem Restaurant, in dem Nadine mit den Eichbergers zu Abend gegessen hatte, war sie schon gewesen. Dort wurde ihr bestätigt, dass die drei Deutschen um kurz vor zehn Uhr ihre Rechnung beglichen hatten und unmittelbar danach aufgebrochen waren. Wohin Nadine im Anschluss verschwunden war, blieb weiterhin ein Rätsel. Es war ihre Intuition, die sie wegen mangelnder Ergebnisse bisher erneut mit einem Besuch im O'Learys liebäugeln ließ. Vielleicht hatte sie dort heute mehr Erfolg und fand jemanden unter den Gästen, der sich an die durchaus attraktive Frau erinnerte. Davor wollte sie sich noch mal das Ehepaar Eichberger vornehmen. Nach einer konzentrierten Stunde am Polizeirechner hatten sich dazu neue Fragen für sie ergeben.

Sie fuhr auf der N6 und war kurz vor Estoril, als der dunkle Wagen unmittelbar vor ihr einscherte. So haarscharf an ihrem Kotflügel vorbei, dass sie reflexartig das Steuer nach recht riss. Gleichzeitig trat sie heftig auf die Bremse. Das ruckartige Manöver brachte den Octavia ins Schlingern. Mit Adrenalin geflutet, bis hinein in die Haarspitzen, rang sie darum, den Wagen auf der Fahrbahn zu halten und zudem den Gegenverkehr nicht zu gefährden. Es war bereits später Nachmittag, weshalb sich eine fortwährende Wagenkolonne stadteinwärts schob. Pendler, aber vermutlich auch viele Touristen, die von ihren Ausflügen im Hinterland zurück nach Lissabon fuhren. Nicht auszudenken, wenn sie in eines dieser Autos krachte und damit eine Massenkarambolage auslöste. Diese Blitzlichter schossen ihr durch den Kopf, während ihre Hände und Füße damit kämpften, die Kontrolle über den Škoda zurückzuerlangen. Das machte es unmöglich, sich auch noch das Kennzeichen des Rasers einzuprägen. Sie hatte ja nicht einmal bemerkt, woher der Verkehrsrowdy überhaupt gekommen war. Wenigstens speicherte ihr rotierender Verstand den Fahrzeugtyp ab. BMW. 5er. Vielleicht auch ein 7er. Jedenfalls was Großes, Teures …

Bereits weit voraus überholte der Bolide halsbrecherisch zwei weitere Autos und verschwand um die nächste Kurve, bevor sie ihr Gefährt wieder sicher auf dem Asphalt wusste. Was sich für sie wie eine Ewigkeit anfühlte, waren höchsten fünf Sekunden gewesen. Immer noch klang das vereinzelte Hupen von hinter ihr fahrenden oder entgegenkommenden Fahrzeugen nach. Sie spürte, wie die Wut über den rücksichtslosen Fahrer sie packte, konnte sich aber trotzdem beherrschen, die Verfolgung aufzunehmen. Stattdessen bog sie nach weiteren hundert Metern in die nächste Busbucht und hielt an. Zu ihrer Linken schäumte die weiße Brandung des Atlantiks gegen die Küstenbefestigung. Helena öffnete das Fenster. Der Wind, der ihr entgegenwehte, war trotz der hohen Außentemperatur erfrischend und kühlte zusätzlich zum kalten Luftstrom aus der Klimaanlage ihr überhitztes Gemüt. Für einen Moment dachte sie an den zerstochenen Autoreifen und konnte in der Folge nicht mehr ausschließen, dass auch der völlig irrationale Überholvorgang pure Absicht gewesen sein könnte. Die zweite Warnung innerhalb eines Tages. *Nur wovor?*

Sobald sich ihr Puls wieder normalisiert hatte, fuhr sie weiter. Mit Argusaugen hielt sie den Rest der Strecke nach der schwarzen Limousine Ausschau. Natürlich vergebens. Fünf Minuten später erreichte Helena Cascais und nahm diesmal direkt die Gästezufahrt zum *Pequeno Paraíso*. Es war, als hätte Henrique Rebocho sie abgepasst. Sofort kam er aus dem Foyer gerannt, kaum dass er sie entdeckte. »Sie können hier nicht parken«, raunzte er sie an, noch bevor sie ausgestiegen war.

»Wird nicht lang dauern«, erklärte Helena ungerührt. »Ist das Ehepaar Eichberger im Haus?« Der Zeitpunkt für ihr Anliegen schien ihr perfekt zu sein. Es war spät genug, um von einem eventuellen Strandtag zurück im Hotel zu sein, aber noch zu früh, um schon beim Abendessen zu sitzen. Vielleicht nahmen die Deutschen gerade einen Drink an der Bar auf der Terrasse, um sich innerlich abzukühlen, bevor sie sich in ihrem noblen Badezimmer frisch machten? So wie der Hotelier dreinschaute, lag sie mit ihrer Theorie in irgendeiner Weise richtig. »Sagen Sie ihnen Bescheid, ich warte im Garten, an gewohnter Stelle. Es wird nicht lang dauern«, gab sie Rebocho zu verstehen. Dessen schmale Wangen wurden noch eine Spur röter, doch nach einem schweren Atemzug nickte er wortlos. Ihm war klar, dass er kooperieren musste, damit nicht noch andere Gäste seines Hauses erneut von der Polizei belästigt wurden. Die gestrigen Befragungen hatte vermutlich vereinzelt für Unmut unter den Leuten gesorgt, die sich hier für teures Geld eingemietet hatten und keinesfalls ständigen Störungen durch irgendwelche Polizeikräfte ausgesetzt sein wollten.

Helena ließ sich im Schatten des Palisanderbaums nieder. Vom Meer her wehte ein versöhnliches Lüftchen durch die Grünanlage. Es kam ihr vor, als käme sie seit Beginn dieses ereignisreichen Tages erstmals ein wenig zur Ruhe. Und dabei fiel ihr auch auf, dass sie schrecklichen Hunger hatte. Der Schokoriegel, den sie sich vormittags aus einem Automaten im Krankenhausflur gezogen hatte, während sie darauf wartete, dass Henrik sein Bewusstsein wiedererlangte, war das Einzige, was sie heute gegessen hatte. Lange Zeit hielt sie es für ein Gerücht, dass Polizisten sich schlecht ernährten. In der Zeit, in der es gut lief mit ihrer Beziehung zu Henrik, hatten sie immer alles darangesetzt, zusammen zu frühstücken, und meistens war es ihnen gelungen, auch noch ein gemeinsames Abendessen einzunehmen. Aber seit dem Vorfall im März war vieles auf Abwege geraten.

Die Schritte auf dem bekiesten Weg durch den Garten lenkten sie von ihren düsteren Gedanken ab. Sie stand auf, um die Eheleute zu begrüßen. Diese schauten noch griesgrämiger drein als bei ihrer ersten Begegnung. »Wie geht es Ihnen?«, versuchte sie es zum Einstieg mit Empathie.

»Der Urlaub verläuft gerade nicht so, wie wir das sonst gewohnt sind«, konterte Mona Eichberger unterkühlt. Die beiden hatten sich in Schale geworfen. Offensichtlich waren sie zeitig von ihrer heutigen Unternehmung zurückgekehrt. Axel trug einen hellen, luftigen Anzug mit passendem Hemd dazu, das ihm leger aus der Hose hing. Seine nackten Füße stecken in Flipflops. Mona hatte ihren schlanken Körper in ein farbenfrohes, knöchellanges Sommerkleid gehüllt, in dessen zahlreichen Faltenwürfen der Wind spielte. Sie wirkten, als hatten sie das Ableben ihrer Urlaubsbegleitung bereits hinreichend verdaut.

»Ich bedauere das, aber Sie werden verstehen, dass wir von der Polizei unter diesen Umständen nicht anders können. Jemand ist ums Leben gekommen, und die Sachlage muss geklärt werden.«

»Aber es war doch ein Unfall. Zugegeben, ein tragischer, natürlich, bitte verstehen Sie mich nicht falsch … Ich meine nur, wir haben Ihnen zu Nadine schon alles gesagt, was wir wissen«, lenkte Axel Eichberger ein.

Helena korrigierte nicht seine Annahme, dass Nadine ohne fremdes Zutun ertrunken war. Das wollte sie sich für den passenden Moment aufheben. Zuerst war sie erpicht zu erfahren, wohin sie die Fakten führten, die sie vorhin recherchiert hatte. »Es geht nur noch um ein paar Details«, versprach sie. »Wollen wir uns setzten?«

Sie sah ihnen an, dass sie das nicht wollten. Trotzdem fügten sie sich ihrer Aufforderung. »Wo ist denn Ihr Kollege heute?«, fragte

Mona, was Helena kurz aus dem Konzept brachte. Auch Axel schien überrascht von der Neugier seiner Frau.

»Wir haben in einer halben Stunde einen Tisch fürs Abendessen reserviert«, lenkte er schnell ein.

»So lange brauchen wir nicht, sofern Sie mir meine Angaben bestätigen.«

»Welche Angaben?«, fragte er, fast ein wenig erschrocken.

»Sie waren in den letzten Jahren mehrfach in Lissabon«, konfrontierte sie ihn mit dem, was sie heute Nachmittag ausgegraben hatte.

Die beiden tauschten einen Blick, dann sah der Mann sie direkt an. »Ja, das kann ich bestätigen. Und zwar geschäftlich. Ich verstehe nur nicht, was das mit dem zu tun hat, was Nadine zugestoßen ist.«

»Hat Nadine Sie auf diesen Geschäftsreisen nach Portugal begleitet?«

Er schüttelte verhalten den Kopf. »Das hätten Sie doch dann sicher auch irgendwo vermerkt gefunden«, konterte er angesäuert. »Ich hatte Ihnen doch gestern schon erzählt, dass mir Nadine erst vor Kurzem bei einer Transaktion mit einem portugiesischen Großhändler geholfen hat«, erinnerte er Helena.

»Und dabei war sie ausschließlich von Deutschland aus für Sie tätig?«

Eichberger nickte.

»Kannten Sie Nadine Weimer schon, bevor Sie geschäftlich zueinander gefunden haben?«

»Nein! Ich habe sie auf einer Messe kennengelernt. In Köln. Vor rund einem halben Jahr. War's das jetzt?«

»Nicht ganz! Wissen Sie, ob Frau Weimer in den letzten Jahren anderweitig Portugal besucht hat? Sie sagten, sie sprach Portugiesisch. Hat Sie das hier gelernt?«

Wieder suchte Eichberger den Blick seiner Frau, bevor er antwortete. »Soweit ich weiß, war sie als Studentin in Lissabon. Und zwischenzeitlich … konnten Sie das nicht auch aus irgendwelchen Registrierungen durch Hotelbuchungen ersehen, so wie bei mir?«, spöttelte Eichberger, doch Helena ließ sich davon nicht beirren. »Sie haben also nicht mit ihr darüber gesprochen?«

»Ich wüsste auch nicht, was das mit ihrem Tod zu tun hat«, wandte Mona ein.

»Vermutlich nichts«, erwiderte Helena. »Es erscheint mir nur seltsam, dass Sie so wenig über Nadine wissen und ihr trotzdem diesen Urlaub geschenkt haben.«

»Wie ich schon sagte, ein Dankeschön meinerseits für einen lukrativen Auftrag, den ich mit ihrem Zutun einfädeln konnte.«

»Wie muss ich mir dieses Verhältnis vorstellen?«, hakte Helena nach.

»Welches Verhältnis, bitte?!«, zischte Mona.

Helena lächelte schmal. »Das Arbeitsverhältnis, meinte ich. War sie bei Ihnen angestellt?«

Kopfschütteln von der Ehefrau. »Eine freie Mitarbeiterin. Und wie mein Mann schon sagte, es hat sich zufällig ergeben.«

»Ist Ihnen noch was zu der Urlaubsbekanntschaft eingefallen, diesem Engländer, mit dem Nadine sich getroffen hat?«

»Bedauere«, entgegnete Axel Eichberger. Helena ließ sich Zeit mit der nächsten Frage. »Wussten Sie, dass Nadine gelegentlich Kokain zu sich nahm?«

Damit sorgte Helena für ein kurzes Schweigen. »Das ist … nein, das kann ich nicht glauben«, sagte Mona und wirkte dabei recht gefasst.

Ihr Gatte hob beschwichtigend die Hände. »Davon wissen wir nun wirklich nichts.«

Natürlich nicht, dachte Helena. *So wie ihr auch sonst nichts über die Frau wisst, der ihr diesen Urlaub spendiert habt.* Unverhofft schlich sich ein Gedanke bei ihr ein, der ihr allerdings noch nicht reif genug vorkam, um daraus eine weitere Frage zu formulieren. »Gut so weit«, sagte sie daher. »Genießen Sie Ihr Abendessen!«

Die Eichbergers erhoben sich, als wären die Sitzflächen der Stühle, auf denen sie saßen, mit einem Mal unerträglich heiß geworden. Axel griff nach Monas Hand und zog sie mit sich zurück auf den Kiesweg, der sie aus dem Hotelgarten hinaus Richtung Altstadt führte.

»Wir haben Nadines Handy gefunden«, rief Helena ihnen hinterher, was beide kurzzeitig aus dem Tritt brachte. Doch sie drehten sich nicht noch mal nach ihr um.

25

Das Wetter versprach eine laue Nacht, daher war auf der Terrasse des O'Learys schon jetzt kein Platz mehr frei. Was allerdings auch daran lag, dass die Touristen von oberhalb des fünfundvierzigsten Breitengrads früh zu Abend aßen, weshalb die Feierlaunigen danach zeitig in den Bars hocken konnten. Selbst nach Sonnenuntergang würde heute niemand frieren müssen, womit einer langen, ausgelassenen Party nichts im Wege stand. Abgesehen davon, dass die Gäste aus den nördlichen Ländern ohnehin weniger kälteempfindlich waren. Schon im Frühjahr konnte man sie in kurzen Hosen durch die Stadt flanieren sehen, was Helena nicht nur aus klimatischen Gründen oftmals unangebracht erschien. Auch im Lokal herrschte entlang des Tresens dichtes Gedränge. Kenny Lengston, diesmal im Auswärtstrikot seiner Lieblingsmannschaft, war am Zapfhahn zugange. Helena hatte auch seinen Namen durchs System gejagt. Sein grobschlächtiges Äußeres mochte anderes vermuten lassen, aber er entpuppte sich als ein unbescholtener Bürger dieses Landes, war mit einer Portugiesin verheiratet und zahlte brav seine Steuern. Sie konnte sich nur noch nicht entscheiden, ob dieses Verhalten beispielhaft war oder so überkorrekt, dass es schon wieder verdächtig wirkte.

Als er sie erblickte, nickte er knapp und deutete mit dem Kinn hin zu der Wand, wo zwei Dartautomaten verführerisch vor sich hin blinkten. Zwischen den Spielgeräten wartete ein unbenutzter Stehtisch unter einem Deckenventilator, als wäre er für sie reserviert. Links davon führte ein Flur zu den Toiletten. Es war die einzige Ecke im Pub, die einigermaßen ruhig zu sein schien, abgesehen von dem folkloristischem Gefiedel aus einem

Lautsprecher, der dort an der Wand hing. Im Gegensatz zu Rebocho schien Lengston das Prinzip im Umgang mit der Polizei zu verstehen. Er brachte sich sogar ein Bier mit zu ihrer Besprechung. »Ich gehe davon aus, Sie sind noch im Dienst und verzichten«, führte er an, prostete ihr zu und nahm einen kräftigen Schluck.

Helena nickte, obwohl sie sogleich Gelüste nach einem erfrischenden Getränk verspürte, aber bei schalem, englischem Bier, war es weniger schwer, die Einladung abzulehnen. »Ist Ihnen noch was zu der Frau eingefallen?«, fragte sie laut, um die Klänge und das Stimmengewirr um sie herum zu übertönen, und hielt Kenny erneut das Handy mit dem Foto von Nadine vor seine Boxernase.

»In meinem Alter wird die Erinnerung jeden Tag schlechter, Inspetora«, antwortete er sichtlich amüsiert, wurde im nächsten Moment aber ernst. »Schauen Sie sich doch um! Vor zwei Tagen war hier nicht weniger Betrieb, da ist es unmöglich, den Überblick zu behalten, auch wenn die Dame durchaus eine attraktive Erscheinung ist.«

»War«, korrigierte ihn Helena, und für den Moment wischte ein Schatten von Betroffenheit über das Gesicht des Gastronomen. »Ja, natürlich. Darum fragen Sie ja nach ihr. Niemand hier in Cascais, der vom Tourismus lebt, so wie ich, kann eine Tote am Strand gebrauchen. Ich würde Ihnen wirklich gerne weiterhelfen, wenn ich könnte. Das habe ich heute auch schon alles Ihrem Kollegen erzählt.«

»Wem?«, entfuhr es Helena.

»Na, dem langbeinigen, der gestern mit Ihnen hier war. Der ist vor …«, er sah auf seine Rolex, die durchaus echt zu sein schien, »… vor zwei Stunden würde ich sagen, im Pub herumgeschlichen. Zuerst dachte ich, er sucht wieder nach Rachel, die er mir gestern so verschreckt hat, dass sie auch heute nicht aufgetaucht ist. Letztlich kam er dann aber mit denselben Fragen wie Sie daher.

Ihr solltet euch besser absprechen, sind ja schließlich auch meine Steuergelder, die ihr verschwendet …«

Das lag ja verdammt noch mal nicht an ihr. Lui hätte ihr Bescheid geben müssen. Was bildete sich dieser Affe eigentlich ein? Sie versuchte sich gegenüber dem Pubbesitzer nicht anmerken zu lassen, wie sehr Luis Verhalten sie aufregte. Kenny Lengston trank von seinem Bier, wischte sich mit dem haarigen Handrücken den nicht vorhandenen Schaum von der Oberlippe und sprach dann unbeirrt weiter. »Ich weiß, Sie machen nur Ihren Job, und es ist gut für uns alle hier, dass diese Sache schnell aufgeklärt wird. Daher verstehen Sie mich nicht falsch, wenn ich sage, ich kann nicht länger dulden, dass Sie jeden Tag bei mir aufschlagen. Das vertreibt mir die Gäste. Mein Personal und ich haben unsere Aussagen gemacht. Sie sollten darauf vertrauen. Vor allem auf das, was Markie Ihnen erzählt hat. Er ist gut in seinem Job.«

Er wird dir sicher nicht in den Rücken fallen, Kenny. Sie behielt ihren Gedanken für sich und sah sich um. »Ich habe Senhor Mulholland noch gar nicht gesehen«, stellte sie fest.

»Der hat auch mal einen freien Tag«, erklärte Lengston. »Sind wir fertig?«

»Fürs Erste. Allerdings habe ich mich noch nicht mit allen Angestellten unterhalten«, sagte Helena, klopfte auf die Tischplatte und ließ ihn dort stehen. Ein Gefühl sagte ihr, dass sie Lengstons Wunsch nicht würde entsprechen können, ihn ab jetzt unbehelligt zu lassen. Allerdings war ihr während ihrer Unterhaltung mit dem Iren plötzlich ein Gedanke gekommen, dem sie zuerst nachgehen wollte.

Draußen, unter den Palmen der Strandpromenade, warf sie einen kurzen Blick auf ihren Notizblock und folgte der Gasse, die sie in Richtung des Bahnhofs brachte. Es machte keinen Sinn, den Dienstwagen zu holen, der noch vorm Hotel parkte. Zu Fuß war sie von hier aus schneller. Sie erreichte die Durchfahrtsstraße, an der sich zwei- und dreigeschossige Bausünden aus den 1970er-Jahren aneinanderreihten, die im Erdgeschoss mit diversen Läden und Verkaufsbüros aufwarteten. Darunter Immobilienmakler, Versicherungen, Mobilfunkanbieter. Und dazwischen Friseure, Minimärkte, Bankfilialen. Es war deutlich heißer als unten am Meer. Sie bereute, Lengstons Einladung auf ein Getränk nicht angenommen zu haben. Abgesehen davon, dass sich auch der Hunger wieder bemerkbar machte. Zumindest, bis sie vor die Hausnummer trat, die ihr der Wirt des O'Learys bei ihrem gestrigen Gespräch genannt hatte. Rational betrachtet war es nur ein Schuss ins Blaue. Doch ihr Bauchgefühl, das nicht ausschließlich von ihrem leeren Magen herrührte, hatte dennoch ausgereicht, um sie bis hierher zu führen.

Dem unschönen Betonklotz würde ein frischer Anstrich nicht schaden. Er umfasste vier Wohneinheiten über einem leer stehenden Ladengeschäft, dessen Schaufenster mit Zeitungspapier verklebt war. Auf ihr Klingeln erfolgte keine Reaktion. Dennoch wurde die Tür zum Hauseingang nach etwa einer Minute von einer alten Dame geöffnet, die mit einem kleinen, braun-weiß gefleckten Hund aus dem Gebäude trat. Helena zeigte ihren Dienstausweis. »In welcher Wohnung lebt Rachel Monahan?«

»Die junge Engländerin?«, fragte die Greisin und Helena nickte, auch wenn es sich bei Rachel um eine Irin handelte, wie sie von Kenneth Lengston wusste.

»Ganz oben, rechts. Sagen Sie ihr, sie soll ihre Musik leiser stellen. Und wenn sie spätnachts heimkommt, ihre Schuhe ausziehen, bevor sie die Treppe hochtrampelt. Man kann wegen der hohen Absätze jeden Schritt hören. Das weckt jedes Mal Carlos auf, und der bellt dann, weshalb sich die Nachbarn bei mir beschweren.

Dabei kann ich doch gar nichts dafür, dass die von oben immer meinen kleinen Calinho erschreckt.«

»Ich richte es aus«, gab ihr Helena zu verstehen und schlüpfte an der erbosten Hundebesitzerin vorbei ins Treppenhaus. »Ist schon lang überfällig, dass die Polizei mal nach der Senhora schaut«, rief sie ihr noch hinterher, dann fiel die Eingangstür ins Schloss und dämpfte den aufgebrachten Wortschwall der Alten.

Im Treppenhaus war es erträglich kühl. Eigentlich musste sie davon ausgehen, dass niemand zu Hause war, nachdem Rachel nicht auf ihr Klingeln reagiert hatte. Trotzdem ging sie hoch in den obersten Stock. Ihre Sneaker hinterließen keine beklagenswerten Geräusche. Außerdem vernahm man nach wie vor Motorgeräusche und Gehupe von der Hauptstraße her. Der nur allzu vertraute Lärm des Feierabendverkehrs, mit dem jeder in Lissabon lebte. Und wie es sich anhörte, auch die Bewohner Cascais'. Nichts war mehr übrig von der Ruhe und Abgeschiedenheit eines beschaulichen Fischerdorfs. Offenbar hatte die hellhörige Hundebesitzerin einen persönlichen Groll gegen Rachel Monahan. Hatte sie verpasst, das genauer nachzufragen? Hätte sie auch bei ihrem Arbeitgeber nicht besser gleich mehr Informationen über die junge Frau einholen sollen? Bislang hatte sie dafür keinen Anlass gesehen. Aber mit jeder Stufe, die sie hinauf ins Obergeschoss stieg, wuchs plötzlich ihre Neugier. An Rachels Wohnungstür klebte in Sichthöhe ein Union Jack. Helena tastete nach dem Türknauf. Es war nicht abgeschlossen, er ließ sich einfach drehen. Sofort kam ihr der Treppenhausschacht noch eine Spur kälter vor. Mit der Linken löste sie den Druckknopf des Riemens, der ihre Dienstwaffe im Holster sicherte. Sie gab der Tür einen Stups und diese schwang lautlos nach innen, weit genug, dass sie den Flur einsehen konnte. »Senhora Monahan!«, rief sie in die Wohnung, und der leere Gang verlieh ihrer Stimme einen vernehmlichen Hall. Sonst blieb es still. Keine laute Musik, über die sich die Greisin von unten beschwert hatte. Und auch sonst nichts, was von dort drinnen ins Treppenhaus schallte.

Warum war Lui der Irin wirklich hinterhergerannt? *Wer von der Polizei wegrennt, hat etwas ausgefressen.* Diese Begründung von Lui hatte Helena bis eben ausgereicht. Warum jetzt nicht mehr? Mit angehaltenem Atem trat sie in den Flur. Es roch nach Zigarettenrauch, über dem der Hauch eines süßlichen Parfüms schwebte. Vielleicht handelte es sich bei der fruchtigen Note auch um einen Raumerfrischer. Die Mischung machte es allerdings nicht besser. Das Wohnzimmer verfügte über einen offenen Küchenbereich. Im Spülbecken stapelte sich schmutziges Geschirr, vor allem Gläser und Tassen. Ein halbes Dutzend Fliegen tanzte dort herum. Auf dem Tisch, der ans einzige Fenster des Raumes gerückt war, stand eine Schale mit ungegessenem Müsli, in dem ein Löffel steckte. Daneben befanden sich ein geöffneter Milchkarton und ein zur Hälfte gefüllter Kaffeebecher. Helena hegte die Vermutung, dass das schmale Frühstück seit gestern Morgen dort vor sich hin gammelte. Um ins zweite Zimmer zu gelangen, musste sie durch einen Perlenvorhang schlüpfen. Die geschlossenen Jalousien sperrten den größten Teil des Tageslichts aus, dennoch verzichtete sie darauf, die Deckenlampe anzuknipsen. Das Bett war nicht gemacht, man konnte den Abdruck des Körpers erahnen, der darin geschlafen hatte. Es gab keinen Schrank, nur einen voll behangenen Kleiderständer. Für einen Moment regte sich in ihr das Gefühl, als ob schon vor ihr jemand hier gewesen war. Sie konnte sich diese Eingebung nicht erklären, denn nichts deutete darauf hin, dass hier Schubläden geöffnet oder Sachen durchwühlt worden wären. Aber vergaß man, die Tür abzuschließen, selbst wenn man sehr eilig verschwinden musste?

Helena folgte einem schmalen Durchgang, der in ein winziges, fensterloses Bad führte. Sie machte Licht und erschrak kurz vor ihrem eigenen Spiegelbild. Der Parfümduft war hier stärker. Der Boden klebrig vom Haarspray, das Waschbecken mit Zahnpasta und Puderrückständen verschmiert. Rachel Monahan war keine begnadete Putzfrau. Ihre Zahnbürste war trocken, was Helenas Theorie verstärkte, dass sie sich seit gestern nicht mehr in ihrer Wohnung aufgehalten hatte. Ebenso wenig, wie sie an ihrem Arbeitsplatz erschienen war, wie Kenny Lengston sie hatte wissen lassen. Es sah aus, als wäre sie überstürzt abgehauen. Nur wieso? Probleme mit ihrem Chef? Mit einem Liebhaber? Eine psychische Krise? Hatte sie Angst vor jemandem? Oder stimmte Luis Theorie, dass sie vor der Polizei geflüchtet war? Was voraussetzte, dass der Kellnerin der kurze Moment ihrer gestrigen Begegnung im O'Learys ausgereicht hatte, um Lui und sie als Ermittler zu erkennen. Das, was bis eben nur vages, intuitives Gefühl war, wuchs schlagartig zu einer ernsthaften Überlegung heran. Wusste Rachel Monahan etwas über den Tod von Nadine Weimer? Kannte die irische Kellnerin womöglich denjenigen, mit dem die Deutsche kurz vor ihrem Tod noch ein Date hatte?

26
Henrik

Helena war schon weg, als er aufstand. Als die Benommenheit seines stets unruhigen Schlafes schließlich wich, entsann er sich wieder, dass er gestern nicht nur morgens in seinem Bett, sondern später nochmals im Krankenhaus aufgewacht war. Ein Unterschied zu all den vielen Tagen davor, in denen er sich in einer erdrückenden Gleichförmigkeit gefangen wähnte. Doch das war nicht die einzige Abwechslung. Er ging wieder einer Ermittlung nach. Es passierte etwas mit ihm, etwas, das ihn ermutigte weiterzumachen. Leider war Helena gestern noch schweigsamer als sonst, als sie spätabends heimgekommen war und sich zu ihm in die Küche gesetzt hatte. Gleichförmigkeit auch hier, und dennoch musste etwas vorgefallen sein, das sie auch nach Feierabend beschäftigte. Mehr noch als sonst, denn einen Arbeitstag bei der Kriminalpolizei vollkommen auszublenden war ohnehin nahezu unmöglich. Das wusste er aus eigener Erfahrung. Die Grausamkeiten, die sich Menschen gegenseitig antaten, ließen sich nach Dienstschluss nicht einfach beiseiteschieben. Ja, selbst wenn der oder die Täter endlich überführt waren, bedeutete dies nicht automatisch, dass man ihre Verbrechen sofort wieder aus dem Kopf bekam. Zumeist arbeiteten die Untaten je nach Grad der Brutalität oder der Tragik der Schicksale, die davon betroffen waren, noch eine ganze Weile in einem, bis man sich endlich davon lösen konnte. Oder aber sie wurden bereits vom nächsten Vergehen überschattet. Hüllte Helena sich in ein derart verbissenes Schweigen, hatte sie entweder etwas besonders Widerwärtiges erlebt oder aber eine

Entdeckung gemacht, die sie erst für sich durchdenken musste, bevor sie darüber reden konnte. Henrik dachte an ihren Kollegen Lui. Er hatte auch schon seine Erfahrungen mit diesem seltsamen Vogel gemacht und wusste daher, was es für eine Herausforderung für Helena war, mit diesem Exzentriker klarzukommen. Allerdings gab es in ihrer Abteilung auch sonst niemanden, dem sie vollumfänglich vertraute. Das war nicht nur bedenklich, sondern aus persönlicher Sicht gesehen auch ziemlich frustrierend für sie. Sie war gezwungen, vieles mit sich selbst auszumachen, und Henrik ahnte schon seit er sie kannte, dass sie deswegen irgendwann ihren Dienst quittieren würde, auch wenn sie die Polizeiarbeit an sich mochte. Vor seinem Unglück hatte Henrik tatsächlich darauf spekuliert, mit ihr gemeinsam eine Privatdetektei zu eröffnen. Eine Idee, die er gedanklich schon häufiger durchgespielt, ihr aber nie unterbreitet hatte. Und die nun, nachdem er in diesem seelischen Dilemma steckte, wie ein naives Hirngespinst anmutete.

Doch egal, wie er sich fühlte und was die Zukunft auch für ihn bereithielt, er musste Helena wieder deutlicher zeigen, dass er für sie da war und ihr zuhörte. Auch wenn sie sich abweisend verhielt, so wie gestern Abend. Sehr wahrscheinlich war sie nach wie vor der Meinung, ihn schonen zu müssen?

Darum galt es also noch mehr, sich zusammenzunehmen und sie vom Gegenteil zu überzeugen. *Erledige deinen Teil des Jobs! Haha! Und was, wenn die Dämonen es nicht zulassen? Schluck lieber deine Psychopharmaka und leg dich wieder ins Bett!*

Tatsächlich fand er sich im Badezimmer mit einem Blisterstreifen der Doxepin-Tabletten in der Hand wieder. Doch bevor er schwach wurde und eine der Pillen herausdrücken konnte, steckte er sie zurück in die Packung. Sein Spiegelbild sah ihn verwundert an und schüttelte den Kopf. »Nicht heute!«, knurrte er und tauchte sein Gesicht ins kalte Wasser im Waschbecken.

Nach dem Frühstück mit Sara fühlte er sich weiterhin stark genug, um sie im Kindergarten abzuliefern. Wie üblich hopste sie ein paar Schritte voraus auf ihrem vertrauten Weg die steilen Gassen des Chiara-Viertels hinab, wobei sie meistens leise irgendwelche ihm unbekannten Lieder vor sich hin sang. Henrik stellte fest, dass ihn dieses Ritual noch ein Stück ruhiger werden ließ. Er wagte es sogar, einen sorglosen Blick nach oben zu richten. Zwischen den Dachkanten der schmal stehenden Häuserzeilen zeigte sich ein wolkenloser, stahlblauer Himmel. Er hatte vorhin in der Küche nur halbherzig dem Radio gelauscht, meinte aber dennoch aufgeschnappt zu haben, dass man den bisher heißesten Tag des Jahres erwartete. Da mochte es nicht das Schlechteste sein, wie Helena draußen an der Küste seiner Arbeit nachzugehen und sich immer mal wieder eine kühlende Atlantikbö um die Nase wehen zu lassen. Auch wenn es natürlich noch entspannter wäre, dies ohne den Touristenrummel um sich herum zu tun … und ohne eine Mordermittlung im Nacken.

Als Sara sich von ihm verabschiedet hatte, horchte er in sich hinein. Abgesehen von dem gestrigen Blackout war er in Anwesenheit des Mädchens bislang immer von Angstattacken verschont geblieben. Doch auch jetzt, ohne Sara an seiner Seite und obwohl er keinen Grund mehr hatte, sich zusammenzureißen, fühlte er sich unerwartet selbstsicher. Das verstärkte seine Zuversicht. Noch bedrängte ihn keine Panik, die ihn dazu zwang, sich unverzüglich zurück ins Antiquariat zu flüchten, was ein weiterer Fortschritt war. Das sollte er ausnutzen. Obwohl er keinerlei Gespür dafür hatte, wie lang diese *gute Phase* anhalten würde, machte er sich auf in Richtung Cais de Sodré. Eine Kühnheit, die ihn selbst überraschte. Doch er beschloss, einfach auszuprobieren, wie weit er kam, ohne darüber nachzudenken, was er tun würde, falls er es bis zu einem der Fahrkartenautomaten in der Bahnhofshalle schaffte.

Zehn Minuten später durchquerte er den Jardim Dom Luis, einen kleinen Park an der Avenida 24 de Julho gelegen, und passierte danach den angrenzenden *Mercado de Ribeira*, in dem er früher häufig gegessen hatte, weil sich bei der Vielfalt der Essstände und deren Angebote immer etwas hatte finden lassen. Jetzt, da er an der Markthalle vorüberging, in der seit dem neunzehnten Jahrhundert Lebensmittel gehandelt wurden und die man vor rund zehn Jahren um einen beliebten und erlebniswerten Foodcourt erweitert hatte, wurde ihm wieder einmal schmerzlich bewusst, wie sehr er die Unbeschwertheit vermisste, die ihm die Kugel in der Brust genommen hatte. *Nicht alles von mir hat an diesem Tag überlebt.*

Bevor die bleiernen Gewitterwolken ihn einholten, die beim Gedanken an dieses Ereignis stets seinen Kopf füllten, eilte er weiter, stier den Eingang des Bahnhofs auf der anderen Straßenseite im Visier. Die letzten Meter bis dahin wurden deutlich schweißtreibender. Das Schicksal sprang ihm wohlgesonnen bei und stellte alle Fußgängerampeln auf Grün. Er verschwendete keinen Gedanken daran, was passiert wäre, hätte er stehen bleiben müssen. Schnellen Schritts gelangte er in das Bahnhofsgebäude. Überhastet und ohne Gewissheit, ob er nicht wieder unmittelbar hinein in eine Ohnmacht rannte.

Ein kurzer Blick hinauf auf die Anzeigetafel reichte aus, um zu wissen, dass der nächste Zug hinaus ans Meer in drei Minuten aus dem Bahnhof fuhr. Keine Zeit zum Überlegen also, wenn er dafür noch ein Ticket ziehen wollte. Um ihm die Entscheidung noch leichter zu machen, bildeten sich ausnahmsweise keine Schlangen vor den Fahrkartenautomaten. Wie von einem Fieber gepackt, wählte er aus, was er brauchte, und steckte seine Kreditkarte in den dafür vorgesehen Schlitz. Der Automat funktionierte reibungslos und spukte anstandslos den Fahrschein aus.

Der Zug wartete am Gleis eins und Henrik fühlte sich immer noch couragiert genug, um in den angenehm klimatisierten Waggon zu steigen. Es waren erstaunlich viele Plätze frei. Er war zu früh dran, um von Ausflüglern umringt zu sein, und zu spät, als dass er sich zwischen die Pendler hätte drängen müssen, die stadtauswärts zu ihren Arbeitsstellen fuhren. Dieses Timing konnte ihm nur recht sein. Schwer atmend suchte er eine leere Sitzreihe, ließ sich dort nieder und schloss die Augen. Erst als er hörte, wie sich die Türen des Waggons schlossen, erkannte er, was er sich damit antat. Mit langen, eiskalten Fingern legte sich die Panik um sein Herz und drückte es zusammen. Seine Hände umkrampften die Armlehnen. Die anfänglich so kühle Luft, die er nun gierig in seine Lungen sog, kam ihm plötzlich viel zu dünn vor. Wie hatte er nur so verrückt sein können, sich freiwillig der Schwärze auszusetzen?

27

»Endstation«, rief eine Stimme. Jemand rüttelte an seiner Schulter. Henrik war verwirrt, dennoch erfasste er die Situation. Es war wieder passiert. Die Angst hatte ihn abgeschaltet. »Obrigado!«, sagte er zu dem Schaffner, der ihm kurz zulächelte und dann weiterging. Er stemmte sich vom Sitz hoch und wankte hinaus auf den Bahnsteig, der sich bereits geleert hatte. Die Hitze, ausgestrahlt von den Gleisen und Zügen, half ihm nicht gerade dabei, seine Benommenheit loszuwerden. Doch die befürchtete Panik, die ihn zuletzt in derart angespannten Situationen überrollt hatte, fand ihn nicht. Vielleicht hatte die Angst vergessen, mit ihm aus dem Zug zu steigen? Er verspürte ein wenig Erleichterung, auch wenn er der Lage nicht wirklich vertraute. Irgendwann würde sie ihn einholen und ihn dann vermutlich stärker als sonst spüren lassen, dass er sie nicht so einfach loswerden konnte.

Aus einem Getränkeautomaten in der Wartehalle, zog er sich eine Flasche Wasser und trank sie in hastigen Schlucken leer. Danach fühlte er sich ein wenig besser. Es war kurz vor neun Uhr. Er glaubte, dass heute Mittwoch war, ohne ganz sicher zu sein. Immer noch schwindlig im Kopf, trat er hinaus auf den Bahnhofsvorplatz von Cascais. Es war eine Weile her, dass er zuletzt bis hier herausgefahren war, um das Meer und die Sonne zu genießen. Die Küste, die Sonne, der Wind, die salzige Luft, das Rauschen des Atlantiks, das hatte ihn früher immer beruhigt. Er verspürte Zweifel, ob dies auch jetzt noch funktionierte. Ob es nicht vernünftiger gewesen wäre, zusammen mit der Angst im Zug sitzen zu bleiben, bis dieser wieder zurückfuhr. Vielleicht hatte sein überlastetes Gehirn genau dies für ihn beabsichtigt, und hätte der Schaffner ihn nicht geweckt, wäre das auch genau so passiert. Dann dachte er an Helena und dass er sich vor ihr beweisen musste, um ihr Herz zurückzugewinnen. Und jetzt, da er schon so weit gekommen war, durfte er nicht einfach resignieren. Henrik beschloss auszuprobieren, wie lang er durchhielt bevor die Furcht, die aus einem Loch in seiner Brust gekrochen kam, wieder damit begann, seinen Verstand zu verschlingen.

Er wandte sich dem Meer zu. Zuerst mit langsamen Schritten, doch nach einigen Metern wagte er es, schneller zu gehen. Die Häuserreihen rechts und links der Straße kanalisierten den Wind, der ihm warm und würzig entgegenblies und das letzte Gefühl von Reue darüber, hier herausgefahren zu sein, aus seinem Kopf pustete. Ihm war bis zu diesem Moment nicht bewusst gewesen, wie sehr er das maritime Klima vermisst hatte. Ja selbst die Hitze dieser Jahreszeit, die an der Küste stets eine andere war als in der Enge der Stadt. Die Meeresbrise war Balsam für die Seele. Vielleicht wurde das leichtsinnige Vorhaben, das er vorhin noch verflucht hatte, zu einem ersten, wirkungsvollen Therapieansatz.

In Cascais waren die Wege kurz. Binnen weniger Minuten erreichte er die Avenida Valbom und das dort gelegene Boutique Hotel *Pequeno Paraíso*. Vor dem verglasten, mit schmiedeeisernen Elementen eingefassten Eingang wurde ihm klar, dass der Plan, den er soeben gefasst hatte, äußerst rudimentär war. Alles, was er bei sich trug, passte in seine Hosentaschen. Er musste sich eine plausible Erklärung einfallen lassen, wieso er als Tourist auf der Suche nach einer Bleibe kein Gepäck bei sich trug. Die Alternative wäre, die Sache spätestens jetzt abzubrechen. Doch noch schwamm die Zuversicht obenauf. Noch standen die Ampeln auf Grün. Bevor die Verunsicherung ihn zaudern ließ, betrat er das Foyer. Die heruntergekühlte Luft in dem überschaubaren Empfangsbereich war von zartem Orangenblütenduft durchwoben. Auf der

Website des kleinen, feinen Luxushotels war nichts geschönt. Der Gast fand vor, was dort angepriesen wurde. Henrique Rebocho mochte ein zwielichtiger Geselle gewesen sein, aber er bewies außerordentlichen Geschmack bei der Einrichtung und dem Ambiente seines Hotels – oder zumindest bei der Wahl seines Innenarchitekten. Am mit Edelhölzern verkleideten Empfang erwartete ihn ein junger Mann, der dem Aussehen nach seine Wurzeln in Nordafrika hatte. Sein freundliches Lächeln konnte nicht darüber hinwegtäuschen, dass er Henrik von Kopf bis Fuß musterte. »Bom dia, wie kann ich Ihnen helfen?«

»Ist es vermessen zu fragen, ob Sie noch ein Zimmer frei haben?«

Das Lächeln des Rezeptionisten wurde eine Spur schmäler. »Bedauere Senhor, wir sind restlos ausgebucht.«

Henrik setzte eine betroffene Miene auf. »Ja, das hatte ich natürlich schon geahnt. Wissen Sie, ich bin wirklich sehr unzufrieden mit meiner aktuellen Unterkunft und dachte mir daher, ich versuche mal mein Glück. Vor allem, nachdem ich Ihr traumhaftes, kleines Hotel hier entdeckt habe. Meinen Sie, ich dürfte mich trotzdem ein wenig bei Ihnen umsehen. Ich habe nämlich die feste Absicht, diesen schönen Ort erneut zu besuchen und dann auf jeden Fall bei Ihnen zu buchen.«

Der junge Mann, dessen dünner Hals auffällig lang aus dem gestärkten Kragen seines Hemdes ragte, behielt seine professionelle Freundlichkeit bei. »Wie Sie schon feststellen, wir sind nicht sehr groß.« Er machte eine ausschweifende Geste mit seiner rechten Hand, hin zu dem geöffneten Bereich, durch den man ins Restaurant blicken konnte. »Also, gewissermaßen ist das, was Sie hier sehen, eigentlich schon alles. Und was den Garten betrifft, so können Sie diesen gerne genießen, wenn Sie den Weg über die Terrasse nehmen, über die Sie direkt zur Fußgängerzone in die Altstadt gelangen. Die Bereiche, die ausschließlich den Hausgästen zugänglich sind, sind allesamt auf unserer Internetseite einzusehen«, erklärte er und reichte ihm ein Kärtchen über den Tresen, auf dem selbige, von rankenden Blüten eingerahmt, abgedruckt war.

Henrik griff nach der Visitenkarte und tat, als müsste er intensiv nachdenken. »Auch die Zimmer?«, fragte er, nachdem er lange Sekunden verstreichen ließ.

»Ja, unsere individuell gestalteten Gästezimmer sind dort ebenfalls abgebildet«, bestätigte der Rezeptionist mit eingefrorener Freundlichkeit.

»Erfahrungsgemäß ist es nie so, wie es im Internet gezeigt wird«, sagte Henrik. »Kann ich nicht wenigstens eines der Zimmer … mir reicht ein kurzer Blick, ich will doch einfach nur einen Eindruck bekommen …«

»Bedauere, Senhor!«, redete ihm der Mann ins Wort.

»… einen echten Eindruck«, beharrte Henrik, und erstmals bröckelte die freundliche Fassung des Hotelmitarbeiters.

»Gibt es ein Problem?«, fragte eine Stimme hinter Henrik.

»Absolut nicht«, entgegnete der Rezeptionist. »Der Senhor hatte sich nur erkundigt, ob wir noch eine Unterkunft frei haben. Dem ja nicht so ist«, fügte er schnell noch an.

Henrik drehte sich sehr langsam um. Er wusste natürlich, wen er vor sich hatte.

»Henrique Rebocho, ich bin der Manager«, stellte sich derjenige vor, auf den er es abgesehen hatte.

»Sehr erfreut, Paul Müller. Ich habe Ihrem Angestellten schon vorgeschwärmt, Ihr Hotel ist sehr beeindruckend. Sie besitzen wirklich ein Händchen fürs Detail. Wenn sich diese liebevolle Gestaltung bis hinein in die Gästezimmer fortsetzt, haben Sie wortwörtlich ein Paradies geschaffen.«

»Seien Sie versichert, dem ist so«, kommentierte Rebocho knapp.

Henrik drückte seine Schultern durch und ließ den einfältigen Touristen, den er bis eben noch verkörpert hatte, hinter sich. »Senhor Rebocho, verzeihen Sie meinen unschicklichen Auftritt.« Er zeigte an sich hinab. Das ungebügelte Hemd und die Cargoshorts waren nicht sonderlich repräsentativ. Genauso wenig wie die ausgetretenen Sneaker an seinen Füßen. Aber als er morgens dort hineingeschlüpft war, hatte er noch nicht wissen können, dass er besser nach einem Anzug hätte greifen sollen. Nach einer Verkleidung, die jemanden aus ihm machte, der er nicht war. Er legte Rebocho in einer Vertraulichkeit seine Hand auf die spitze Schulter, die diesem sichtlich unangenehm war. Dennoch entfernte der sich nicht augenblicklich aus Henriks Reichweite. »Hätte ich geahnt, wohin der Zufall mich führt – ich hätte angemessenere Kleidung gewählt. Andererseits bin ich niemand, der in der Vergangenheit eine gute Gelegenheit verstreichen ließ, sonst wäre ich nicht dort, wo ich heute bin. Schenken Sie mir fünf Minuten Ihrer wertvollen Zeit für eine geschäftliche Unterhaltung?«

Rebochos Geduld war am Ende, er entwand sich seiner ausgestreckten Hand. Nicht ausschließlich, um der intimen Geste zu entgehen, sondern um Henrik besser in die Augen sehen zu können. Ihm fehlte jedes Gespür dafür, ob sein Schauspiel funktionierte oder ob der Hotelier ihn durchschaute. Es war schon verwunderlich, dass er bei seiner mentalen Verfassung im Moment überhaupt so einen Zirkus veranstalten konnte.

Rebocho tauschte einen kurzen Blick mit seinem Angestellten, der so unauffällig wie möglich mit seinen Schultern zuckte. »Fünf Minuten meiner Zeit können teuer sein, Senhor Müller«, erwiderte er trocken. »Aber Sie sehen nicht aus, als wollten Sie mir einen Staubsauger verkaufen. Also, was es auch ist, Sie haben mein Ohr, bis zu der Sekunde, in der Sie anfangen, mich zu langweilen. Gehen wir doch in den Garten!«, forderte Rebocho ihn auf und deutete raus auf die Terrasse, auf der hüfthohe, mit Palmen und Olivenbäumen bepflanzte Terrakottatöpfe als Sichtschutz zwischen den Sitzgelegenheiten platziert waren. Rebocho lenkte ihn zu einem der Bistrotische, dessen Platte ein marokkanisches Mosaik zierte. Ein makellos weißer Sonnenschirm spendete ihnen Schatten.

Rebochos Neugier darüber, welcherart Geschäft er gleich vorgeschlagen bekam, reichte nicht dafür aus, um Henrik etwas zum Trinken anzubieten. Mit einer Handbewegung forderte der Hotelbesitzer ihn auf vorzubringen, was er zu sagen hatte. Henrik schluckte den nicht vorhandenen Kloß im Hals hinunter und setzte ein joviales Lächeln auf. Er hegte die Absicht, sich gleich sehr weit aus dem Fenster zu lehnen. »Ich mache es kurz. Mein Unternehmen schippert zahlungskräftige Kunden überallhin, wohin es diese Individualurlauber verlangt. Unsere Kojen sind durchaus geräumig, und es fehlt nicht an Luxus, dennoch, es ist und bleibt ein Segelboot, und mit der erzwungenen Enge kommen nicht alle auf Dauer zurecht. Daher bieten wir zwischendrin immer wieder Landgänge an, bei denen unsere Klienten ein, zwei Nächte in für sie adäquaten Hotels nächtigen können. Ganz ohne Wellengang und dem steten Schlagen der Takelage.« Während er das sagte, hoffte er inständig, dass Rebocho ebenso wenig Ahnung vom Segeln hatte wie er. »Wir legen in letzter Zeit öfter mal in Cascais an«, ließ er Rebocho nach einer kurzen Pause wissen.

Die Miene des Hotelbesitzers blieb unbeeindruckt. »Und?«

»Ich spreche hier von wirklich wohlhabenden Leuten, Senhor Rebocho, die es sich leisten, eine Achtundzwanzig-Meter-Jacht samt fünfköpfiger Crew bisweilen für mehrere Wochen zu chartern. Dementsprechend hoch sind deren Ansprüche, auch was ihre Nächte an Land betrifft. Und ich denke, dass ihr *Pequeno Paraíso* perfekt ins Portfolio passt.«

»Und Sie sind der Kapitän?«

Henrik schüttelte den Kopf. »Das Navigieren überlasse ich dem Fachmann. Meine Aufgabe ist es, dafür zu sorgen, dass unsere Gäste alles bekommen, wonach ihnen der Sinn steht. Also, was sagen Sie?«

Rebocho musterte ihn emotionslos. »Keine Interesse«, erklärte er.

Es fiel Henrik schwer, gelassen zu bleiben. »Schade. Ich dachte, ich hätte jemanden vor mir, der ein lukratives Geschäft auf Anhieb erkennt«, sagte er ohne Bedauern. »Dann wird sich das Farol Hotel unten am Hafen weiterhin an unserer Kundschaft erfreuen«, ließ er beiläufig fallen, ehe er sich erhob. »Die wissen mittlerweile ja auch, wie sich die Extrawünsche unserer Kunden erfüllen lassen.«

Rebocho sah zu ihm auf. Erstmals meinte er so etwas wie Interesse im Mienenspiel des Mannes aufblitzen zusehen. »Extrawünsche«, wiederholte er leise.

Henrik hob abschätzend eine Augenbraue. »Ich habe es anzudeuten versucht«, sagte er gespielt pikiert, um Rebocho den Eindruck zu vermitteln, dass er ihn für begriffsstutzig hielt. Er wusste natürlich, dass der Hotelier einfach nur vorsichtig war. Als ehemaliges Mitglied einer Unterweltorganisation war ein gesundes Misstrauen gegenüber Fremden überlebenswichtig. Was die Provokation betraf, konnte Henrik nun aber nicht mehr zurückrudern, wollte er einigermaßen glaubhaft in seiner Rolle bleiben. »Um es verständlich zu sagen, ich spreche hier von einem sehr exklusiven Kundenkreis, denen Sonne, Wind und Wellen nicht genügen. Nach ein paar Tagen auf See sind diese Leute ausgehungert. Sie verlangen nach Party und anderweitigen Vergnügungen, auf die sie während des Aufenthalts auf der Jacht verzichten müssen. Darum brauchen wir dort, wo wir anlanden, verlässliche Partner, die sich auch auf ausgefallene Vorstellungen meiner Klienten verstehen, und ich hatte vorhin kurz den Eindruck, dass Sie die passenden Angebote für uns arrangieren könnten. Bitte verzeihen Sie meinen Irrtum. Es hat mich dennoch gefreut, Sie kennengelernt zu haben, Senhor Rebocho!«

Henrik wandte sich zum Gehen und mit jedem Schritt, den er sich entfernte, wuchs die Enttäuschung darüber, dass seine Finte missglückt war. Er hatte die Terrasse bereits hinter sich, als Rebocho ihn aufforderte zu warten.

28
Helena

Sie fand keinen plausiblen Grund, nach Rachel Monahan fahnden zu lassen. Ohne Beweise würde sie keine Genehmigung seitens ihres Vorgesetzten erhalten. Trotzdem wusste sie intuitiv, dass sie es irgendwie hinkriegen musste, sie aufzuspüren.

Lui, der ihr womöglich hätte beistehen können, tauchte auch heute nicht an seinem Schreibtisch auf. Mittlerweile hatte sie es aufgegeben, ihn fortwährend anzurufen. Er hatte nicht sonderlich gut ausgesehen bei ihrer letzten Begegnung, weswegen Helena sogar schon bei der Personalabteilung nachgefragt hatte, ob eine Krankmeldung vorlag. Außerdem, wenn es nach Kenneth Lengston ging, war Lui gestern noch in Cascais gewesen. Doch auch die Kollegen der Ortspolizei, bei denen sie sich nach ihm erkundigt hatte, konnten ihr keine verlässliche Auskunft dazu geben. Er hatte sich nicht bei ihnen blicken lassen. Die Irin war ausgeflogen. Lui blieb unsichtbar. Hingen diese beiden Fakten zusammen? Und gab es überdies eine Verknüpfung mit dem Tod von Nadine Weimer?

Man hatte ihre Abteilung um zwei weitere Leute aufgestockt, die sich um die Auswertung der Zeugenaussagen kümmerten, die in den letzten zwei Tagen während der Anwohnerbefragungen aufgenommen wurden. Zudem war eine Telefonhotline eingerichtet worden. Alles in allem hatten diese Maßnahmen noch zu keinem brauchbaren Hinweis geführt. Und das in einem kleinen Ort voller Touristen, von denen man meinen konnte, dass sich ein paar von ihnen auch nachts am Strand vergnügten. Oder, unterwegs zurück in ihre Unterkünfte, angetrunken durch die Altstadt torkelten. Aber niemandem waren Nadine und ihr unbekannter Begleiter aufgefallen. Weder auf dem Weg zum Praia da Duquesa noch unten am Meer. Allerdings, wer achtete auch auf ein Pärchen, das womöglich eng umschlungen durch nächtliche Gassen schlenderte?

Helena fragte sich, ob Nadine zu diesem Zeitpunkt schon zu benommen von den Schlaftabletten war, um sich noch Hilfe suchend an Passanten zu wenden. War sie völlig wehrlos gewesen, als man sie kurze Zeit später ins Wasser schleppte? Die Indizien, die ihnen vorlagen, sprachen für so ein Szenario. Dennoch blieben Ungereimtheiten. Allen voran, dass Nadine nur einen Badeanzug trug. Hatte sie sich ihrer Kleider noch selbst entledigt? Oder übernahm das der Täter, da sie nicht mehr in der Lage dazu war? Wie auch immer es sich abgespielt hatte, es gab offenbar keine Zeugen. Zumindest hatten sie noch keine gefunden, wofür es eine recht plausible Erklärung gab. Es mochte kaltherzig klingen, aber letztlich waren die Leute in Cascais nach wie vor der Meinung, dass die Tote am Strand ertrunken war. Das machte vermutlich betroffen, aber es sensibilisierte deutlich weniger als ein gewaltsamer Tod. Nur durften weder die Ermittler bei ihrer Arbeit noch die Pressestelle eine derartige Auskunft geben. Die Order von oben lautete weiterhin, dass nichts nach außen dringen durfte, was Touristen unnötig in Panik versetzen könnte.

In ihrem Kopf formte sich eine weitere Überlegung. Vielleicht hatte sich die Deutsche gar nicht mit einem Mann getroffen. Konnte die vermeintliche Urlaubsbekanntschaft, von der das Ehepaar Eichberger gesprochen hatte, nicht auch eine Frau sein? Eine Irin, die draußen in Cascais in einem Pub als Kellnerin jobbte? War Rachel deswegen weggerannt und sogar aus dem

Ort geflüchtet? Weil sie etwas wusste oder es sich bei ihr sogar um die Täterin handelte?

Für den späten Nachmittag war eine Besprechung geplant, bei der alle bis dahin erörterten Fakten erneut auf den Tisch kamen. Konnte sie mit ihrer neuen Theorie bis dahin warten? Oder war es besser, diese sofort zu diskutieren? Was sie zurückhielt, war die Tatsache, dass man sie in der Abteilung gerne mal für solche kruden Ermittlungsansätze belächelte. Einfach nur, weil sie unkonventioneller dachte als der Rest. Und natürlich, weil diese von einer Frau kamen. Auch wenn sie nicht mehr die einzige Inspetora war, litt das Dezernat nach wie vor an Männerüberschuss. Von der Regierung hörte man regelmäßig, dass sie bestrebt waren, das zu ändern. Dass man Parität in allen Ämtern und Behörden anstrebte. Doch die alten Verkrustungen, deren Wurzeln teilweise noch bis zurück in die Zeit der Diktatur reichten, waren längst nicht alle aufgebrochen und beseitigt worden. Das addierte sich noch zu all der Korruption und Vetternwirtschaft hinzu. Helena schüttelte den Kopf. Es war falsch, alles in einen Topf zu schmeißen, und sie erkannte durchaus auch an, dass es Verbesserungen gab. Auch bei der Polizei, die trotz allem immer noch sehr militärisch organisiert war. Ihr war auch klar, dass sie weiter an sich arbeiten und kollegialer auftreten musste, um das Arbeitsklima zu verbessern. Vielleicht sollte sie in den sauren Apfel beißen, die Besprechung vorverlegen und alle gleich mit ihren neuen Überlegungen konfrontieren. Ein Anruf hielt sie davon ab, aufzustehen und das Team zusammenzurufen. Es war Lino aus der KTU.

»Was Neues zum Handy der Toten?«, fragte sie ungeduldig.

»Eins ist sicher«, raunte Lino, »rufe ich bei dir an, ist man unverzüglich bei der Sache. Ja, wir haben einen Teil der Daten wiederherstellen können. Geht dir gleich alles per E-Mail zu. Wollte mich nur versichern, dass du am Rechner sitzt.«

»Bin bereit«, ließ Helena ihn wissen, dann fiel ihr noch was ein. »War Lui noch mal bei dir?«

»Hä? Was weiß ich? Hier rennen ständig Leute durch, die irgendwas von mir wollen.« Offensichtlich war er heute wieder ziemlich leicht reizbar.

»Hat er dich angerufen?«, fragte Helena trotzdem weiter.

»Sag mal, was ist eigentlich los bei euch?«

»Würde ich auch manchmal gerne wissen«, erwiderte Helena und war im Begriff sich zu verabschieden.

»Er hat angerufen, fällt mir gerade ein«, kam Lino dazwischen.

»Wann?«

»Heute morgen, meine ich. Hat sich nach den Handydaten erkundigt. Genauer gesagt, nach der Anruferliste, nur waren wir da noch nicht so weit.«

»Kannst du mich kontaktieren, sobald er sich wieder bei dir meldet?!«, verlangte Helena und erntete ein unverständliches Murmeln, das sie als Bestätigung deutete. Sie trennte die Verbindung. In derselben Sekunde verkündete ihr Rechner einen neuen Posteingang. Sie hoffte, dass mit der Anruferliste mehr Bewegung in diesen Fall kam. Endlich würde sie erfahren, mit wem Nadine Weimer zuletzt telefoniert oder Nachrichten ausgetauscht hatte. Während sich die Seiten öffneten, klappte Helena ihren Notizblock auf, in dem sie sich während ihrer Vernehmungen einige Telefonnummern notiert hatte. Unter anderem die von Alex Eichberger, die sie wie erwartet auch sofort in Nadines Rufnummernverzeichnis wiederfand. Sie entdeckt auch die des Hotels. Alle anderen Nummern blieben ihr vorerst unbekannt. Sie würden sie unter Einbeziehung der diversen Telefonanbieter nach und nach zuordnen. Das konnte sich allerdings einige Tage hinziehen, selbst wenn die gerichtlichen Beschlüsse umgehend an die jeweiligen Unternehmen rausgingen. Helena konzentrierte sich erst mal auf die Telefonnummern, die

Nadine während ihrer Tage in Portugal angerufen hatte. Mit einem Marker kennzeichnete sie eine Nummer mit portugiesischer Landesvorwahl, die insgesamt viermal auftauchte. Es war unter anderem die Ziffernfolge, die Nadine etwa drei Stunden vor ihrem Tod zuletzt gewählt hatte. Diese Nummer hatte Vorrang, so viel stand fest, also versuchte sie das Naheliegendste und wählte sie. Kaum erfolgte eine Verbindung, informierte sie eine elektronische Stimme, dass unter dem Anschluss niemand zu erreichen war. Es gab keine Weiterleitung zu einer Mailbox. Sie tippte auf eine Prepaidnummer. Angesäuert legte Helena auf und scrollte weiter durch das Dokument, das Lino geschickt hatte. Statt der SMS-Funktion ihres Mobilfunkanbieters hatte auch Nadine nur den unabhängigen, meistgenutzten Messengerdienst verwendet. Doch die WhatsApp-Verläufe, die vermutlich ebenso aufschlussreich gewesen wären, fehlten. Genau wie die auf dem Handy gespeicherten Kontakte, die laut einem Vermerk der Kriminaltechnik nur in Fragmenten vorlagen und noch nicht rekonstruiert werden konnten. Ebenso schlecht war es um die Fotos gestellt, die mit dem Handy gemacht worden waren. Damit hatte sie zwar mehr als vorher, allerdings nicht genug, um wirklich zufrieden zu sein. Eine Kollegin aus ihrem Team war aktuell damit beauftragt, die Social-Media-Aktivitäten von Nadine Weimer zu durchforsten. Facebook, Instagram, das übliche Portfolio. Obwohl Nadine dort überall angemeldet war, hatte sie diese Kanäle nicht sonderlich rege genutzt. Jedenfalls nicht ausreichend genug, um sich und ihr Tun dort obsessiv zur Schau zu stellen. Das schmälerte zusätzlich Helenas Erwartung, noch etwas Brauchbares über das Leben von Nadine Weimer herauszufinden.

Ein weiteres Mal überprüfte sie in ihren E-Mails, ob der Amtshilfeantrag für die deutschen Behörden schon genehmigt wurde. Sie brauchte endlich mehr Informationen über Nadines

Hintergrund. Vor allem, da es ihnen immer noch nicht gelungen war, Angehörige von ihr ausfindig zu machen. Aber auch dazu fand sie noch keine Bestätigung vom Comandante.

Ungehalten klickte sie zurück zu der Liste, die den Verlauf der getätigten und empfangenen Anrufe auf Nadines Handy während der letzten zwei Monate abbildete. Sie zählte insgesamt elf Telefonate mit Axel Eichberger, alle innerhalb der letzten drei Wochen. Davor schienen die beiden keinen regelmäßigen Kontakt gehabt zu haben. Das widersprach dem, was der Unternehmer ihr erzählt hatte. Helenas Skepsis wuchs. Da passt was nicht zusammen. War das Gerede von dieser geschäftlichen Beziehung nur ein Vorwand? Ging es womöglich um etwas völlig anderes? Konnte es ein sexuelles Arrangement zwischen dem Ehepaar und der Vierzigjährigen gegeben haben? Und hatte Nadine Weimer nicht das erfüllt, wofür sie von den Eichbergers eingeladen oder vielmehr gebucht worden war? Hatte sie sich lieber mit einem anderen Mann getroffen, statt Axel und Mona auf welche Art auch immer gefügig zu sein? War es deswegen zu einem Streit gekommen? Einem Streit, der eskalierte? Diese Überlegungen rückten den Fall in eine andere Perspektive. Erneut wählte sie Linos Nummer.

»Was ist jetzt noch?«, knurrte er ins Telefon.

»Habt ihr unter Nadine Weimers Sachen irgendwelches Sexspielzeug gefunden?«

Sie hörte ein lautes Einatmen. »Ehrlich jetzt? Falls ja, meinst du, ich hätte dir das verschwiegen?«

»Nein, sicher nicht«, gestand sie ein und erhielt einen kurzen Lacher, doch selbst den vernahm sie eher als ein Grummeln. »Sie hatte aufreizende Unterwäsche im Koffer, aber nichts wirklich Ungewöhnliches«, fügte Lino noch an. Helena bedankte sich und legte auf. Ihr war bewusst, dass sie unverzüglich ein weiteres

Gespräch mit den Eichbergers führen musste. Sie zog die oberste Schublade auf, nur um festzustellen, dass ihr Autoschlüssel nicht wie gewöhnlich darin lag. Wie auch! Ihr war gestern Abend gar nicht mehr in den Sinn gekommen, nach ihrem Wagen zu sehen. Stand er nach wie vor auf einem Platten? Sie wählte Henriks Nummer und landete auch bei ihm auf der Mailbox. Schlich er wieder in seinem Keller herum, wo er keinen Empfang hatte, oder warum ging er nicht ans Telefon?

»Sorry, wenn ich dich damit noch mal belange, aber weißt du, wie es um meinen Wagen steht?«, fragte sie nach dem Signalton. »Ich muss jetzt noch mal raus nach Cascais, kann wieder spät werden …«, fügte sie an, zu leise, als dass sie sicher sein konnte, dass das System die Worte digital erfasste. Sie trennte die Verbindung und wählte vom Festnetzapparat auf ihrem Schreibtisch die interne Nummer vom Fuhrpark. Gleichzeitig meldete sich ihr Handy. Allerdings war es nicht Henrik, der sie zurückrief. Die Ziffern, die dort auf dem Display leuchteten, waren ihr unbekannt. Sie unterbrach ihren Anruf beim Fuhrpark und griff sich das Mobilfunkgerät. »Inspetora Gomes, Divisão de Investigação Criminal«, meldete sie sich. Sie hörte jemand laut atmen. »Bitte! Mit wem spreche ich?«

»Ja, sorry. Ich habe Ihre Nummer von Kenny, Kenny Lengston, aus dem Pub. Er meinte, ich sollte mich bei Ihnen melden«, fügte der Mann nach kurzem Zögern an, ohne seinen Namen zu nennen.

»Wer sind Sie?«, wollte Helena wissen, die sich augenblicklich elektrisiert fühlte. Auch weil sie Kenneth Lengston als jemanden einschätzte, der nicht grundlos ihre Telefonnummer weitergab.

»Mein Name … ja klar. Hier spricht Dave. Also, David Lindsey, meine ich.«

»Und wieso sollten Sie sich bei mir melden, Senhor Lindsey?«

»Nun ja, wegen Nadine. Ich war ihr Date.«

29

»Wieso haben Sie sich erst heute bei uns gemeldet?«, war die erste Frage, die sie stellte, nachdem sie endlich beim vereinbarten Treffpunkt angekommen war. Sie hatte David Lindsey regelrecht befohlen, sich nicht von dort wegzubewegen, von wo aus er seinen Anruf tätigte, und sich unverzüglich auf den Weg gemacht. Jedoch dauerte es eine gefühlte Ewigkeit, bis endlich ein Dienstwagen für sie bereitstand. Zu allem Verdruss bremste sie dann auch noch ein Verkehrsunfall auf halber Strecke aus. Alles in allem benötigte sie vierzig Minuten länger als geplant. Doch Lindsey hatte am Tresen im O'Learys ausgeharrt, von wo aus er auf Geheiß von Kenneth Lengston mit ihr telefoniert hatte. Nachdem sie sich ausgewiesen und auf dem verschlissenen Barhocker neben ihm Platz genommen hatte, wollte Helena wissen, warum er drei Tage gebraucht hatte, bis er zu einer Aussage bereit war.

»Ehrlich, Inspetora Gomes …«, begann Lindsey, der noch ein Stück weit entfernt von der Dreißig sein musste und unverschämt gut aussah mit seiner blonden, von Wind und Wetter zerzausten Frisur und der bronzefarbenen Haut, die nur von einem Trägershirt, das sich eng an seinen muskulösen Körper schmiegte, und von knallbunten Shorts bedeckt wurde. Vor ihm auf der polierten Theke stand ein leer getrunkenes Bierglas. Helena hoffte, er hatte sich nicht zu viele davon genehmigt, während sie ihn warten ließ. »… Sie müssen mir glauben! Ich habe heute erst erfahren, was passiert ist. Und Kenny, na ja, er meinte, ich soll mich unverzüglich bei Ihnen melden«, wiederholte er, was er schon am Telefon gesagt hatte. Helena folgerte aus dieser Antwort, dass Lengston offensichtlich von Beginn an sehr wohl wusste, mit wem Nadine

Weimer in seinem Pub verabredet war. Und dass er es die ganze Zeit verschwiegen hatte, um Lindsey nicht zu verraten. Was auch immer ihn dazu bewogen hatte, damit wollte sie den Wirt nicht so einfach davonkommen lassen. Statt Lengston stand heute allerdings eine Frau mittleren Alters hinter der Bar, die damit beschäftigt war, Gläser aus dem Geschirrspüler zu räumen und mit einem Lappen trocken zu wischen. Sie hatte blondes Haar mit lila Strähnen darin und trug ein für ihre rundliche Figur ungünstig geschnittenes Kleid. Ihre nackten Arme waren vollständig tätowiert, trotzdem verriet die blasse, stellenweise gerötete Haut, dass sie vermutlich ebenfalls von irgendwo aus dem Norden Europas stammte. Helenas Ankunft hatte sie nur mit einem kurzen Nicken kommentiert und seitdem hielt sie sich am anderen Ende der Bar auf. Aus Pietät, könnte man meinen, doch Helena entging nicht, dass sie aufmerksam zuhörte. Neben der Barfrau hielten sich im Moment lediglich zwei Gäste im Pub auf, die sich im bewirteten Außenbereich niedergelassen hatten, um sich das Angebot eines original English Breakfast einzuverleiben. Noch war im O'Learys nicht viel zu tun.

Bevor sie sich Lengston vorknöpfte, wollte Helena zuerst hören, was Lindsey zu berichten hatten. »Wo haben Sie die letzten Tage gesteckt?«

Lindsey wischte sich in einem fort Strähnen aus der Stirn und hinter die Ohren. Er war sichtlich nervös. Sie schätzte, er hatte das Gespräch mit ihr nicht freiwillig gesucht. Konnte sein, dass Lengston ihm mit unangenehmen Konsequenzen gedroht hatte, wenn er sich weigerte, mit der Polizei zu reden. Vermutlich wollte der Barbesitzer sie endgültig loshaben, und sein junger Landsmann hier schien dafür die Lösung zu sein. »Also, ich bin Sonntagabend mit meinem Camper rauf nach Nazaré. Zum Surfen, Sie wissen schon. Um diese Jahreszeit ist dort weniger Trubel, weil die Wellen nicht die Rekordhöhen wie in den Herbstmonaten erreichen. Ganz ehrlich, ich bin gut, aber sobald so eine Welle auf über zehn, fünfzehn Meter anwächst, kann ich verzichten. Auch wenn das jetzt vielleicht nicht so cool rüberkommt … Wie auch immer, es lohnt allemal, um sich einen Adrenalinkick zu holen, auf dem Wasser. Und, na ja, die Partys am Strand finden ja trotzdem statt und sind in den Sommermonaten echt nicht ohne. Es hängen dort nämlich nicht nur Surfer ab, sondern auch immer jede Menge Beachbabes, die auf die großen Stars hoffen. Und von den Jungs, die um diese Zeit dort aufkreuzen, ist keiner so blöd, den Girls zu verraten, dass die echten Cracks frühesten Ende September eintreffen. Also, ich sag mal so, eine Fünfmeterwelle reicht locker aus, um Eindruck zu schinden.« Er lächelte verschmitzt, als erwartete er irgendeine Bestätigung von ihr, darüber, was für ein smartes und verwegenes Bürschchen er war.

»Kommen Sie auf den Punkt, Senhor Lindsey!«, verlangte Helena völlig unbeeindruckt.

Er nickte hektisch. »Ja, ja, klar. Also, wie gesagt, es gibt bei Nazaré ein paar gute Stellen, wo man campen und seinen Spaß haben kann.«

»So abgelegen, dass man zwischen Surfen und Partymachen sonst nichts mitbekommt? Auch nicht, was mit dem Urlaubsflirt hier in Cascais passiert ist?«

Dave Lindsey machte sich ein wenig kleiner zwischen seinen breiten, gebräunten Schultern. »Ich hatte erst heute früh Gelegenheit, mein Handy aufzuladen, und hab dabei festgestellt, dass Kenny mehrmals versucht hat, mich zu erreichen. Hey, ich hab dann sofort zurückgerufen, ehrlich, und er hat mir verklickert, dass ich umgehend herkommen soll.«

»Wie stehen Sie zu Kenneth?«

»Er ist mein Onkel.«

Helena erkannte keinerlei Ähnlichkeit zwischen dem adretten Surferboy und dem wuchtigen Barbesitzer. Vielleicht waren es die Gene der Frauen, die die Attraktivität in die Familie brachten, und Dave hatte reichlich davon abbekommen.

»Und wenn Sie nicht gerade Wellen reiten, arbeiten Sie dann für Ihren Onkel. Oder was machen Sie hier?«

»Gelegentlich arbeite ich im Pub, aber hauptsächlich betreue ich den Verleih unten am Strand. Surfbretter, Stand-up-Paddles, das ganz Programm. Und natürlich gebe ich Kurse. Surfen Sie?«

Helena ersparte sich den Kommentar, dass er sich nicht um sie als Kundin zu bemühen brauchte. »Seit wann kannten Sie Nadine Weimer?«, wollte sie wissen.

Wieder widmete sich Dave erst seinen Haaren und strich sie in Form. Dann griff er nach dem Bierglas vor ihm, nur um festzustellen, dass es leer war. Er versuchte, in Blickkontakt mit der Barfrau zu kommen, doch deren Aufmerksamkeit gehörte allein den Gläsern, die sie in die Regale sortierte.

»Samstag … nein, es war Freitag. Ich musste am Ausschank helfen, weil viel los war, und Kenny … man kann ihm schwer was ausschlagen, müssen Sie wissen«, murmelte er. »Jedenfalls, sie kam spät und allein. Draußen auf der Terrasse waren noch alle Tische besetzt, weshalb sie an der Bar Platz nahm. Sie bestellte *Hyde*. Das ist ein irischer Single Malt«, fügte er schnell an. »Den ordert keiner einfach so, der nichts von Whisky versteht. Die Kretins von der Nachbarinsel begnügen sich im Urlaub lieber mit dem billigen Zeug, Jamerson, Tullamore und so, weil sie davon möglichst viel trinken wollen. Aber *Hyde*. Dadurch ist sie mir aufgefallen, obwohl ich natürlich auch gleich erkannt habe, dass sie keine Irin ist …«

Helena verdrehte leicht die Augen, und Lindsey verstand sofort, dass er bei der Sache bleiben sollte. »Wie auch immer, wir sind ins Quatschen gekommen. Sie sah wirklich heiß aus, an diesem Abend. Für ihr Alter und so …« Er senkte den Blick. »Sorry, ich … es ist verdammt noch mal schrecklich, was ihr passiert ist … Carry, machst du mir noch ein Pint?!«, rief er der Thekenkraft zu. Carry blies sich genervt eine ihrer gefärbten Locken aus der Stirn und schlurfte rüber zum Zapfhahn. »Jedenfalls, sie hat mich gefragt, ob ich eine gute Stelle kenne, an der man einen bombastischen Sonnenuntergang sehen kann«, fuhr Dave fort. »Klar, hab ich gesagt, ich bin Spezialist, wenn's um Sonnenuntergänge geht. Also haben wir vereinbart, dass ich ihr Samstag die Gegend zeige. Tags darauf sind wir dann ein wenig an der Küste langgefahren, waren ein bisschen schwimmen … ich kenne da so meine Stellen … und dann … es war ein heißer Tag«, fügte er an und bemühte sich, nicht allzu breit zu grinsen. Helena bekam Zweifel daran, dass Dave Lindsey tatsächlich schon in den Zwanzigern war. Sein Verhalten passte mehr zu einem Teenager. Sie konnte nicht so recht fassen, wie sich die Deutsche auf diesen infantilen Kerl hatte einlassen können. Sicher nicht wegen seines Intellekts. »Und was war am Sonntag?«, hakte Helena nach.

»Da haben wir uns nur nachmittags kurz im Pub gesehen. Sie war vom Strand gekommen, auf einen schnellen Drink. Ich hab versucht sie zu überreden, mit mir nach Nazaré zu fahren, aber sie sagte, sie könne nicht. Wegen der Leute, mit denen sie hier war. Und außerdem hätte sie später noch eine Verabredung mit einem alten Bekannten, den sie während ihrer Studienzeit in Lissabon kennengelernt und seitdem nicht mehr gesehen hatte. Zugegeben, ich war fast ein bisschen enttäuscht. Wir hätten echt Spaß haben können …«

»Also sind Sie allein in den Norden gefahren«, sagte Helena und war gedanklich schon damit beschäftigt, seine Aussage so schnell wie möglich überprüfen zu lassen. Sein Alibi am Surferstrand von Nazaré und alles, was er sonst noch losgeworden war.

»Kennen Sie Rachel Monahan?«

Sie erntete einen verwirrten Blick. »Was ... warum fragen Sie jetzt nach Rachel?«

»Wissen Sie, wo sie steckt?«

Lindsey sah über seine Schulter, als erwartete er, Rachel durch die Bar huschen zu sehen. »Vermutlich taucht sie demnächst auf, sie arbeitet jeden Tag im Pub. Wieso wollen Sie das wissen?«

Helena hatte nicht vor, ihm eine Antwort zu geben. Sie war nach wie vor unsicher, ob das offensichtliche Verschwinden von Rachel Monahan etwas mit dem Fall Nadine Weimer zu tun hatte. Ihr Bauchgefühl war dafür, die rationale Kriminalistin wankte noch. »Hat Rachel ein Auto?«

Ihre Fragen wegen der Irin brachten den Surfer zusehends durcheinander. »Keine Ahnung, zur Arbeit kommt sie immer mit dem Fahrrad. Ich checke wirklich nicht, wieso Sie mich jetzt plötzlich auch noch zu Rachel ausquetschen?«

»War Rachel Freitagabend im Pub, als Sie sich an Nadine rangemacht haben?«

»Rangemacht«, wiederholte Lindsey und gab sich beleidigt. »Mal abgesehen davon, dass ich keine Ahnung habe, was das alles mit Rachel zu tun hat, nein! Hab sie nicht gesehen. Sie hatte Frühschicht«, erinnerte er Helena.

»Vielleicht war sie als Gast hier?«

Lindsey klatschte resigniert auf seine nackten Oberschenkel.

»Okay, belassen wir es vorerst dabei. Wo steckt eigentlich Ihr Onkel?«

Wieder blickt Dave Lindsey den Tresen rauf und runter. »Hat vorhin gesagt, er müsste noch ein paar Besorgungen machen.«

Kann auch sein, dass er mir aus dem Weg geht, weil er mich belogen hat. Sie plante weitere Unterhaltungen mit Lengston und seinem Türsteher ein. »Ich brauche jemanden, der mir bezeugen kann, dass sie Sonntagnacht nicht mehr in Cascais waren!«, verlangte Helena und schaffte es damit erneut, dem jungen Iren seine Sunnyboy-Miene aus dem Gesicht zu wischen. »Machen Sie mir eine Liste mit Namen und Telefonnummern Ihrer Surferfreunde und der *Beachbabes*!«

»Sie haben doch nicht etwa mich in Verdacht?«, fragte er erschrocken.

»Das ist die Vorgehensweise, Senhor Lindsey. Sie hatten mit Nadine Weimer Kontakt, sogar noch an ihrem Todestag. Deshalb müssen wir Sie überprüfen.« Sie würde eine Streife aus Valado dos Frades losschicken, der dort oben nächstgelegenen Polizeidienstelle.

»Dann hatte Kenny also recht damit, Nadine ist nicht einfach bloß ertrunken, stimmt's?«

Darauf erwiderte Helena nichts. Lengston war nicht dumm. Er hatte durchschaut, dass ein Badeunfall mit Todesfolge nicht den mehrfachen Besuch einer Kriminalkommissarin rechtfertigte. Helena legte ihre Karte neben das leere Bierglas. »Schicken Sie mir die Liste und halten Sie sich zur Verfügung. Keine Surf-Ausflüge in den nächsten Tagen!«

Dave rang nach wie vor um Fassung. Seine Finger zitterten, als er die Visitenkarte an sich nahm. »Sie sollten den finden, mit dem sie sich Sonntagabend getroffen hat.«

»Seien Sie versichert, wir werden diesem Hinweis nachgehen. Aber das heißt nicht, dass Sie außen vor sind. Vorhin haben Sie zugegeben, dass Sie enttäuscht waren, weil Nadine jemand anderes Ihnen vorgezogen hat. Vielleicht konnten Sie das nicht so einfach auf sich sitzen lassen.«

»Hey, verdammt, Lady! Ich war in fucking Nazaré!«, zischte er aufgebracht.

»Was noch nichts besagt, da man die Strecke zurück in neunzig Minuten schafft, vor allem mitten in der Nacht.«

30
Henrik

Erst als das Wasser ihm über die Füße schwappte, erkannte er, dass er runter zum Meer gegangen war. Offenbar hatte ihn die Ermittlung nicht nur dahingehend vereinnahmt, für eine Weile seine Angst zu vergessen; er musste nach seiner Unterhaltung mit dem Hotelier auch dermaßen in Gedanken versunken gewesen sein, dass er nicht darauf achtete, wohin ihn seine Schritte lenkten. Das Rauschen der schäumenden Brandung, die an dem feinen Sand leckte, trug dazu bei, dass er sich weniger unwohl fühlte als all die Wochen zuvor. Deshalb störten ihn nicht einmal die vom Salzwasser durchweichten Sneaker. Es hatte sich eindeutig etwas verändert, was das Trauma und seine Panikattacken anging. Wenn der Preis dafür allerdings die kurzweiligen Aussetzer waren, während denen sein Körper Dinge tat, die sein Geist nicht mitbekam, war das trotzdem bedenklich. Doch solange er das Gefühl hatte, bei klarem, verlässlichem Verstand zu sein, sollte er mit seinen Recherchen weitermachen. Auch wenn er nicht die Absicht gehabt hatte, den Ort aufzusuchen, wo die Leiche der Frau angespült worden war, hatte sein Unterbewusstsein ihn hierhergeführt. Natürlich war der Strandabschnitt längst wieder freigegeben, doch nicht einmal der Lärm um ihn herum war ihm bis zu diesem Moment aufgefallen. Das ausgelassene Treiben auf den rund zweihundert Metern Küstenlinie, die auf beiden Seiten von ins Meer hineinragenden Felsen begrenzt wurden, mit nichts mehr darauf hin, dass hier vor drei Tagen ein Polizeieinsatz wegen einer Toten stattgefunden hatte. Jetzt gehörte der Praia da Duquesa wieder voll und ganz den Touristen. Denjenigen, die sich der Sonne hingaben, die Abkühlung durch das Meer suchten, mit ihren Kindern Löcher in den Sand gruben oder damit Burgen auftürmten. Denjenigen, die sich auf wacklige Surfbretter wagten, angeleitet von gebräunten jungen Frauen und Männern, die diese schlecht bezahlten Jobs ohnehin nur eine Urlaubssaison lang machten. Nur ein paar wenige blieben länger. Weil sie nicht wieder zurück an die Uni gehen konnten und auch sonst keine Aussichten auf bessere Verdienstmöglichkeiten fanden. Oder aus einem nicht immer verständlichen Idealismus heraus, weil sie es liebten, das Meer, die Sonne, das Easy Living, das sie trotz allem hier führen konnten. Als er damals nach Lissabon kam, waren ihm zwischenzeitlich ähnliche Flausen vom unbeschwerten Leben im sonnigen Süden im Kopf herumgeschwirrt. Auch wenn er es eigentlich besser wusste, gefiel ihm die Vorstellung, gedankenlos in den Tag hineinzuleben. Doch das war Augenwischerei. Schon allein wegen der familiären Prägung, die ihm sein erzkonservatives Elternhaus mitgegeben hatte und die er niemals gänzlich loswerden konnte. Und erst recht nicht, weil ihm die Trauer um seine tödlich verunglückte Frau Nina keine immerwährende Sorglosigkeit gestattete. Zu all dem kam dann auch noch das Erbe seines Onkels, das Archiv der ungeklärten Verbrechen. Damit war endgültig jeglicher Wunsch nach Leichtsinn dahin. Nun deutete außerdem alles darauf hin, dass er sich aufgrund des jüngst hinzugekommen Psychoschadens erst recht nicht von den Lasten auf seiner Seele befreien konnte. Selbst dann nicht, wenn es ihm gelingen würde, das Antiquariat und seine Geheimnisse hinter sich zu lassen. Er war gefangen in seiner Depression, die ihn nach dem Tod von Nina, aber auch jetzt noch zeitweilig plagte, und jüngst durch ein posttraumatisches Stresssyndrom. Henrik Falkner, der gescheiterte Kriminalkommissar, der unfreiwillige

Antiquar und nun auch noch der ins Straucheln geratene Privatdetektiv.

Den Detektiv konnte er womöglich noch retten, wenn es ihm gelang, die Furcht vor dem Leben abzuschütteln. Oder sie zu akzeptieren. Allein schon, um Helena nicht zu verlieren. Und auch, weil er sich trotz Sonne, Meer und Strand nicht vorstellen konnte, Liegestühle oder Tretboote an Touristen zu verleihen. Genauso wenig, wie nur noch angestaubte Bücher zu verkaufen. Gleichwohl fragte er sich jetzt, da ihm der helle Sand vom Praia da Duquesa an den feuchten Sneakern klebte, welche Erkenntnisse er aus der Besichtigung des mutmaßlichen Tatorts ziehen wollte. Jetzt, da tausend nackte Füße bereits darüber hinweggetrampelt waren. Und überhaupt. In welche Lage hatte er sich mit seinem Geschwätz bei Rebocho manövriert? Auch das war leichtsinnig gewesen. Womöglich saß er dadurch jetzt noch mehr in der Klemme.

Und das alles ohne jede Gewissheit, ob Rebocho wirklich angebissen hatte. Natürlich wünschte er sich, dass sein improvisierter Plan funktionierte. Aber die Zweifel überwogen. Vermutlich hatte der Hotelier nur aus einer Laune heraus mitgespielt. Und um herauszufinden, was Henrik mit seinem Auftritt eigentlich bezweckte. Sollte Rebocho wider die wachsenden Bedenken dennoch angebissen haben, hatte er noch ein ganz anderes Problem am Hals. Der Hoteleigner würde natürlich die Jacht sehen wollen, die Henrik ihm so großkotzig angekündigt hatte, die er aber nicht im Hafen von Cascais finden würde, wenn er zur vereinbarten Stippvisite vorbeikam. Henrik hatte deswegen eine Prepaidnummer dagelassen. Genau zu solchen Zwecken hatte er immer unbenutzte Wegwerfhandys parat. Nur lag das entsprechende Endgerät bei ihm im Büro in einer Schreibtischschublade. Doch auch das war nicht entscheidend. Ebenso wenig, wie es nicht nötig war, das Lügengerüst, um die exklusiven Segeltörns weiter aufrechtzuerhalten. Ob die Finte gescheitert war oder auch nicht, seine Intuition dahingehend, dass der Mann auch über ein Jahrzehnt nach Beendigung seiner Verbrecherlaufbahn keine reine Weste hatte, war ungetrübt. Er glaubte daran, dass Rebocho nach wie vor nicht abgeneigt war, über die Grenzen der Legalität hinweg Geschäfte zu machen. Jede Wette, er konnte Drogen besorgen, wenn die Kohle stimmte. Und Prostituierte, was nicht zwingend verboten war, aber auch hier gab es selbstverständlich Unterschiede. Angefangen vom Alter der Mädchen, woher sie kamen und vor allem, wie freiwillig sie diesen Job machten.

Natürlich waren während ihrer Unterhaltung die Dinge nicht beim Namen genannt worden. Das war nicht notwendig, beide wussten auch so, worüber sie verhandelten, und es würde auch niemals einen Beleg dafür geben. Für Henrik reichte das Bauchgefühl aus, den Mann irgendwie überführt zu haben. Auch ohne Beweise. Doch Henrik konnte sich damit nicht zufriedengeben. Es blieb also nur ein halber Sieg. Zumal die kurze Inszenierung, die er auf der Hotelterrasse veranstaltet hatte, dafür sorgte, dass er Rebocho nicht erneut unter die Augen treten konnte. Was im Nachgang bedeutete, er war auch schon wieder raus aus diesem Fall, kaum dass dieser interessant geworden war.

Selbstredend war da weiterhin Martins versteckte Botschaft. Die Sache mit der Geldwäsche in Bezug auf das Hotel. Aber er wusste auch jetzt noch nicht, ob sich der Hinweis seines Onkels auf den aktuellen Besitzer bezog. Sofern dieser Tatbestand überhaupt jemals existiert hatte. Es war nicht auszuschließen, dass er Martins Vermerk völlig falsch interpretierte. Und zu guter Letzt war aus dem Gespräch mit Henrique Rebocho nicht der kleinste Hinweis hervorgegangen, ob er etwas mit dem Tod von Nadine Weimer zu tun hatte. Gut, da war seine Intuition, die sich weiterhin dafür aussprach, aber alles in allem, konnte er nicht zufrieden sein, wie es gelaufen war.

Hatte er sich verzettelt? Als Entschuldigung konnte er vorschieben, dass er gerade nur auf Teillast lief und nach dem Aufwachen niemals darauf gewettet hätte, ein paar Stunden später auf den endlosen Horizont des Atlantiks zu blicken. Doch auch damit musste nun genug sein. Henrik stampfte hinauf zur Strandpromenade, setzte sich dort auf die Brüstung und leerte den Sand aus seinen Schuhen. Er war durstig. Vielleicht verspürte er sogar Hunger. Appetit war kein schlechtes Zeichen. Seit seiner Entlassung aus dem Hospital hatte er immer nur aus Anstand mitgegessen, wenn sich die Gelegenheit ergab, mit Sara und Helena an einem Tisch zu sitzen. Die beiden hatte ihn in mehrfacher Hinsicht gerettet.

Apropos Sara. Wie spät war es eigentlich? Er musste auf jeden Fall zurück in der Stadt sein, bevor der Kindergarten zumachte. Aufgeschreckt fischte Henrik das Handy aus der Tasche und bemerkte, dass Helena ihn angerufen hatte. Sofort fühlte er sich ertappt. Ein Gefühl, das er noch von den Anfängen ihrer Beziehung kannte. Immer dann, wenn er entgegen ihren Anweisungen ermittelte, was grundsätzlich zu Reibereien zwischen ihnen geführt hatte. Während er auf der Mauer der Strandpromenade hockte und ihm der kräftige Wind, unterlegt vom Lärm der Badegäste, salzige Meeresluft und Sand entgegenwehte, fragte er sich, ob sie sein heutiges Vorgehen absegnen würde. Er ging davon aus, dass sie erleichtert darüber sein dürfte, dass er sich bis hier heraus nach Cascais gewagt hatte. Dass er nach all der Lethargie der letzten Wochen endlich seinen Arsch hochgekriegt hatte. Doch würde sie auch gutheißen, dass er sich ohne Absprache mit einem ihrer Verdächtigen getroffen hatte? Wodurch seine Recherchen zur Person Henrique Rebocho nun nicht mehr rein passiver Natur waren.

Dazu hatte er jetzt auch noch den Tatort aufgesucht. Schlimmstenfalls unter den Augen der Polizei. Er war in dieser Hinsicht völlig unvorsichtig gewesen, hatte bis jetzt nicht darauf geachtet, ob Helenas Kollegen, die Guarda oder Polícia Municipal noch hier herumschlichen, um nach Verdächtigen Ausschau zu halten. Mit dieser plötzlichen Eingebung rutschte er von der Brüstung und suchte sich eine schattige Nische zwischen zwei der Strandbuden. Er durfte Helena gegenüber ihren Kollegen nicht in Schwierigkeiten bringen. Dass sie ihm Informationen zugespielt hatte, die sie niemals an einen Zivilisten hätte weitergeben dürfen, war aus Sicht ihres Arbeitgebers schon Vergehen genug. Wenn jetzt auch noch rauskam, dass sie mal wieder auf ihren Lebensgefährten und Privatermittler zurückgegriffen hatte, brannte die Hütte lichterloh.

Verborgen hinter der Eisbude hörte Henrik die Mailbox ab und war enttäuscht, weil Helena nur nach ihrem Auto fragte. Ihm auftrug, sich erneut darum zu kümmern. Als gäbe es nichts Wichtigeres, was man dem Menschen mitteilen konnte, den man liebte. Sofern sie überhaupt noch Liebe für ihn empfand. War nicht genau das die Frage, die er seit Wochen so dringlich beantwortet haben wollte? Und deren Antwort er andererseits gar nicht hören wollte, weil er schreckliche Angst davor hatte, sie könnte nicht so ausfallen, wie er es sich wünschte?

31
Helena

Sie ließ einen am Boden zerstörten Dave Lindsey im O'Learys zurück. Ihrem Gefühl nach kam der junge Ire nicht als Täter in Betracht. Aber auch wenn sie häufig richtig damit lag, war so ein *Gefühl* natürlich nicht immer ausschlaggebend. Vielleicht besaß er das Talent eines begabten Lügners und sein bisweilen naives Auftreten an der Bar war bravourös einstudiert. Sie musste entscheiden, ob sie eine Durchsuchung von Lindseys Bleibe und dessen Camper beantragte. Womöglich fanden Linos Leute dort Kokain? Oder diazepinhaltige Medikamente?

Ihre Geduld hatte nicht mehr ausgereicht, um im Pub auf die Rückkehr von Kenny Lengston zu warten. Zumal sie ziemlich sicher war, dass er nicht auftauchen würde, solange sie seine Bar belagerte. Es war also besser, keine wertvolle Zeit zu verschwenden. Während sie erneut durch die Gassen der Altstadt ging, im Sog der nun vermehrt strömenden Urlaubermassen, rekapitulierte sie ihre Unterhaltung mit Lindsey. Laut dem Surfer hatte Nadine ihm nicht verraten, wer der *Bekannte aus Studienzeiten* war, mit dem sie sich hatte treffen wollen, statt mit ihrer blutjungen Urlaubsbekanntschaft die Küste hochzutingeln. Aber vielleicht war diese Person auch nur ein Vorwand von ihr gewesen, um den Iren loszuwerden, der nach einem Tag schon wieder uninteressant für sie geworden war. Oder weil sie einer anderen Verpflichtung nachkommen musste, und zwar der gegenüber den Eichbergers, die sie möglicherweise gebucht hatten für … na ja, in diesem Fall brauchte es nicht allzu viel Fantasie, was das Betätigungsfeld anging.

In diesem Zusammenhang gab es da noch eine Sache, die sie beschäftigte. Warum hatten die Eichbergers von einem Engländer gesprochen? Hatte Nadine ihnen das so erzählt, obwohl Lindsey aus Irland stammte? War diese Frage überhaupt von Bedeutung? Fest stand, es war an der Zeit, Alex und Mona Eichberger einer weiteren Vernehmung zu unterziehen. Helena liebäugelte mit der Idee, die Guarda um Unterstützung zu bitten und das Ehepaar mit ein bisschen Brimborium aus dem *Pequeno Paraíso* abholen zu lassen. Einfach, um klarzustellen, dass die Schonfrist vorüber war. Allerdings verspürte sie keine Motivation, dem Kommandanten der in Cascais stationierten Truppe ihr Vorgehen zu erklären. Ganz abgesehen davon, was sie sich nach so einer Aktion vonseiten ihres Vorgesetzten anhören müsste. Dem Ermittlerstab war es nach wie vor nicht erlaubt, Nadines Tod als Mord offenzulegen. Da brauchte sie nicht groß zu überlegen, was passierte, wenn das Ministerium für Tourismus von einem derart harschen Vorgehen gegenüber einem Urlauberpaar aus Deutschland Wind bekam. Ralha würde ihr vorhalten, dass der Verdacht, den sie gegen die Eichbergers hatte, niemals ausreichte, um mit Blaulicht und Sirenen vor eines der angesehensten Hotels im Ort vorzufahren und zwei Hausgäste zur Befragung einzukassieren. Das könnte sogar dazu führen, dass man sie von der Ermittlung entband. Und wer blieb dann noch, um denjenigen zu überführen, der Nadine Weimer ertränkt hatte? Lui? *Ausgerechnet!* Sie musste sich damit abfinden, ihre Befragung erneut im Hotelgarten zu beginnen. Um dann, je nach Verlauf zu entscheiden, ob nicht doch besser die einschüchternde Atmosphäre eines kahlen, stickigen Verhörraums die Wahrheit besser zutage förderte.

Auf dem Weg zum *Pequeno Paraíso* entsann sie sich, dass sie seit drei Tagen in unmittelbarer Nähe zum Haus ihrer Eltern ermittelte. Eigentlich schon fast seltsam, dass sie noch nicht bei ihr angerufen hatten. Dass die beiden von der Toten am Strand nichts mitgekommen hätten, brauchte sie sich gar nicht einzureden. So gesehen musste sie ihnen vermutlich dankbar sein, dass sie sich so zurückhielten und sie ihren Job machen ließen.

Gedankenversunken erreichte sie das Hotel. Die Rezeption besetzte ein junger Mann mit nordafrikanischem Aussehen, der ihr erklärte, dass Senhora und Senhor Eichberger nicht im Haus waren. Damit hätte sie rechnen können und grämte sich daher noch mehr darüber, dass sie sich nicht telefonisch angekündigt hatte. »Wissen Sie, wohin sie unterwegs sind?«, fragte sie den Hotelangestellten.

»Bedauere, aber unsere Gäste müssen darüber keinen Rapport ablegen. Sie sind jedenfalls sehr früh aufgebrochen.« Helena funkelte ihn böse an. Sie wusste über die Wirkung dieses einschüchternden Blicks, der auch heute einwandfrei funktionierte. »Zeigen Sie mir Ihre Papiere!«, verlangte sie.

Im schmalen Gesicht des Mannes begann die Kiefermuskulatur auffällig zu arbeiteten. »Sie … Sie dürfen das nicht einfach so«, erwiderte er. Seine anfängliche Arroganz war ihm gänzlich verloren gegangen. Er schaffte es nicht, sie weiter anzusehen, und wandte sich stattdessen dem Computer zu. Mit langen, schlanken Fingern tippte er auf der Tastatur herum. »Ah, ich sehe die Rechnung wurde vollständig beglichen«, teilte er Helena mit.

»Was soll das heißen? Haben sie ausgecheckt?«, fauchte sie, was den Rezeptionisten erneut zusammenzucken ließ.

»Nun, das Zimmer ist weiterhin bis Samstag für Senhor Eichberger reserviert. Aber womöglich haben sie umdisponiert.«

Helena wandte sich ab und wählte die Nummer von Axel Eichberger. Sie landete sofort auf der Mailbox. »Inspetora Gomes, melden Sie sich umgehend bei mir!«, knurrte sie nach dem Pfeifton und suchte wieder den Blick des Mannes am Empfang. »Sehen Sie nach, ob ihr Gepäck noch da ist!«, verlangte sie.

»Was ist hier los?«, tönte Henrique Rebocho, der vom Treppenhaus her auf sie zugeeilt kam. Helena wandte sich ihm zu, mit der ganzen Wut, die in der letzten Minute in ihr hochgekocht war. »Alex und Mona Eichberger, warum sind sie abgereist?«

Rebocho behielt mehr Abstand als nötig, aber es war nicht aus Respekt. Vielmehr wirkte es, als brauchte er die Distanz, um sich mit größerem Schwung auf sie zu stürzen.

»Das sind sie nicht.«

Helena suchte die Augen des Mannes hinterm Empfangstresen. Sofort hob dieser beschwichtigend die Hände.

»Er konnte nicht wissen, dass sie nur einen Ausflug machen. Rauf nach Porto, für zwei Tage. Sie können das den Herrschaften nicht verdenken, dass sie etwas Abstand suchen, nach dem, was ihnen widerfahren ist«, insistierte Rebocho. »Freitagabend wollen sie zurück sein.«

»Damit haben sie sich keinen Gefallen getan«, sagte Helena und ließ ihn mit der Ungewissheit stehen, ob das Ehepaar Eichberger oder gar er mit diesem *sie* gemeint war.

32
Henrik

Während ihn der Zug zurück nach Lissabon schaukelte, hatte er den Plan gefasst, sich einem wahren Teufel zu stellen. Vernünftig war das nicht, gemessen an seinem Zustand, aber es schien ihm der einzig verbliebene Weg, wenn er in der Sache noch irgendwas reißen wollte. Was er plante, half nicht nur Helena, sondern auch ihm selbst. Jetzt, da er sich wieder einigermaßen unter Kontrolle hatte, wollte er nichts unversucht lassen, um sich sein altes Ich vollständig zurückholen. Selbst wenn der nächste Schritt dorthin nicht ungefährlich war. Und er musste das jetzt hinter sich bringen, solange er sich noch dazu im Stande fühlte.

Ohne weiteren Aussetzer gelangte Henrik zurück ins Antiquariat und holte dabei auf dem Rückweg vom Bahnhof sogar noch Sara ab. Deutlich vor der Zeit, aber die Erzieherinnen kannten ihn mittlerweile gut genug, um einzuwilligen, ohne sich vorher bei Helena rückzuversichern. Zurück an seinem Schreibtisch reichte ein Griff in die oberste Schublade, um die Visitenkarten herauszuziehen, die er vor einiger Zeit überreicht bekommen hatte. Die reduzierte Zeichnung eines Wolfs, der den Mond anheulte. Darunter die Worte *Importar e exportar.* Und auf der Rückseite nichts als eine Telefonnummer. In der seriösen Geschäftswelt würde diese Art der Unternehmensdarstellung vermutlich belächelt werden. Außer, man hatte bereits das Vergnügen, in die grünen Augen desjenigen zu sehen, der hinter diesem heulenden Wolf firmierte. Dann dachte man vermutlich anders darüber. *Importar e exportar. Du hast keinerlei Gewissheit, ob er dir weiterhelfen kann.*

Das war ihm sehr wohl bewusst. Und auch, dass er den Wolf dazu bringen musste, zu ihm zu kommen. Doch dafür verfügte er über den richtigen Köder. Henrik besaß etwas, was der Wolf begehrte und dem er nicht widerstehen konnte. *Will ich das wirklich aufs Spiel setzen?* Der Zweifel an der Idee wuchs mit jeder Sekunde, die er länger auf die Telefonnummer starrte. Als er sie endlich in sein Handy tippte, stellte er fest, dass sie in seiner Kontaktliste abgelegt war. Natürlich war sie das.

»Alles klar?«, fragte Sara, ohne den Blick vom Bildschirm zu nehmen, auf dem ein Cartoon lief, in dem Hunde in Polizeiuniformen die Hauptrolle spielten. Er hatte ihr ein weiteres Mal den Laptop überlassen. Obwohl ihre Aufmerksamkeit dem Trickfilm galt, war ihr seine Nervosität nicht entgangen.

»Ich muss mal telefonieren«, sagte er, verließ das Büro und drückte gleichzeitig auf die Anruftaste. Während er darauf wartete, dass sich eine Verbindung aufbaute, huschte er in die hinterste Ecke zwischen zwei Regalreihen, gerade so, als wollte er sich verstecken. Er hielt die Luft an, bis er hörte, dass das Gespräch entgegengenommen wurde.

»Senhor Falkner, schön von Ihnen zu hören.« Der Wolf hatte sich auch seine Nummer eingespeichert.

»Was ich nicht zurückgeben kann«, erwiderte Henrik und erntete damit ein bellendes Lachen des Mannes, den er nur unter dem Namen Lobo kannte. Lobo machte mit vielem Geschäfte. Mit Immobilien, Luxusautos, edlen Metallen, Schürfrechten an Minen in Südamerika. Sein Angebot war umfangreich. Hatte man das nötige Kapital und schaffte es gleichzeitig, seine Skrupel hintanzustellen, konnte man bei Lobo alles kaufen. Unter anderem besorgte er auch Kunstwerke, die nur auf illegalem Weg zu bekommen waren. Was ihn vor rund einem Jahr auf Henriks Fährte geführt hatte. »Das macht gar nichts, solang wir uns endlich über diese eine Sache einigen können«, sagte er mit rauer Stimme.

»Dazu bestünde jetzt eine Möglichkeit«, erwiderte Henrik kühl.

»Sie machen mich gerade ein wenig fassungslos, Senhor Falkner. Woher der Sinneswandel?«

»Dämpfen Sie Ihre Euphorie, ich brauche etwas von Ihnen. Eine Auskunft. Sofern mich diese zufriedenstellt, überlasse ich Ihnen, was Sie so unbedingt haben möchten.«

Wieder grollte ein Lachen aus dem Telefon. »Sieh an, der *alemão* hat gelernt, wie die Geschäfte laufen. Sie machen mich neugierig, ich bin bereit mir anzuhören, was Sie meinen, das ich für Sie tun kann.«

»Vorweg, die Sache duldet keinen Aufschub. Wir müssen uns unverzüglich treffen.«

»Ich schlage vor, Sie geben mir eine Stunde und ich stehe bei Ihnen im Antiquariat«, erwiderte Lobo amüsiert.

»Menno, Henrik, das Internet …«, hörte er Sara aus dem Büro rufen. Offenbar schwächelte die WLAN-Verbindung mal wieder. Doch das war es nicht, was ihn blitzartig in höchste Unruhe versetzte. Er könnte nicht zulassen, dass der Wolf die kleine Sara zu Gesicht bekam. Erneut musste er eine Entscheidung treffen, die ihm nicht behagte. »Eine Stunde. In Ordnung. Aber wir treffen uns im Esquina«, sagte er und trennte die Verbindung.

Er fühlte sich definitiv schlechter als vor dem Telefonat. Kämpfte für Sekunden mit einem Schwindel, der nichts Gutes verhieß. Heftig aus- und einatmend verharrte er und wartete. Die Ohnmacht blieb aus. Irgendwann bekam er seine Körperfunktionen wieder in den Griff. Schaffte es sogar, wieder vernünftig zu denken. Um ins Esquina zu kommen, musste er nur über die Straße. Das würde trotz seinem Hang zur Agoraphobie mitunter noch das Einfachste an dieser geplanten Verabredung werden.

33
Helena

Auf dem Rückweg fiel ihr der schwarze BMW wieder ein, der sie gestern auf der Hinfahrt so halsbrecherisch bedrängt hatte. Doch der Gedanke daran war nur flüchtig, denn die vielen losen Enden jener Fäden, die sich um den Mord an Nadine Weimer gewoben hatten, mehrten sich, und das machte ihr zu schaffen. Axel und Mona Eichberger hatten sich nach Porto verzogen. Gingen sie ihr aus dem Weg? Sie wusste nicht, was sie sonst davon halten sollte. Dass sie Abstand von der Tragödie um Nadine suchten, nahm sie Rebocho nicht ab. Scheute das deutsche Ehepaar die Frage, aus welchem Grund sie Nadine tatsächlich nach Portugal eingeladen hatten? Sie war sauer auf sich selbst, dass sie die beiden nicht von Anfang an härter angepackt hatte. Und was war mit Dave Lindsey? Sie hatte vorhin mit der Polícia Municipal in Valado dos Frades telefoniert und eine Streife beauftragt, die Surfer-Community, die sich dort an den Stränden breitmachte, nach dem Iren zu befragen. Wobei sie nicht viel darauf setzte, von diesen Leuten brauchbare Antworten zu erhalten. Wenn Lindsey und seine Leidenschaft, hohe Wellen zu reiten, dort bekannt waren, würde man sich seiner erinnern. Nur falls er regelmäßig, wie er behauptete, in Nazaré seinem Sport frönte – wie aussagekräftig war das vermeintliche Alibi dann noch? Ganz abgesehen davon, dass sie von denjenigen, die ihre Tage damit verbrachten, ihre Zehen im feuchten Sand zu vergraben, aufs Meer hinauszustarren, um die Brandung zu lesen, fortwährend Marihuana zu rauchen und nachts betrunken ums Lagerfeuer zu tanzen, nicht wirklich brauchbare Informationen erhalten würde. *Dave, logo, der ist doch ständig hier. Am Sonntag. Sicher, doch. Vermutlich auch über Nacht. Hing hier jedenfalls eine Weile rum. Hat ein paar geile Wellen mitgenommen. Danach, auf der Party? Kann gut sein. Warum noch mal wollen Sie das wissen?*

Die Sonne im Westen stand tief und blendete sie über den Rückspiegel, weshalb sie ihn zurückklappte. Vor ihr tauchte die Hängebrücke auf, die auf keinem Touristenprospekt über Lissabon fehlte. Jetzt, im schräg einfallenden Licht des späten Abends, wirkte sie besonders majestätisch. Wie so oft, wenn sich ihre Stadt in diesen unverhofft magischen Momenten präsentierte, musste sie sich eingestehen, wie sehr sie Lissabon liebte. Sie war eine Schönheit, mit ihren Hügeln, der Lage am Tejo, der fantastischen Architektur, ihrer Weltoffenheit, dem Fado und all den tausend anderen Dingen, die diesen Ort ausmachten. Sie liebte sie, obwohl sie auch die grausame Seite von Lissabon kannte. Die Schatten, den Abschaum, der sich im Dunkeln verbarg. Die Abgründe, die dort lauerten. Sie war Polizistin geworden, weil sie es sich zur Aufgabe machen wollte, wenigstens ein bisschen Licht in die düstere Seite der Stadt zu bringen. Was manchmal gelang und andere Male wieder unmöglich erschien. Womit sie gedanklich wieder bei der ertränkten Deutschen war. Einem Verbrechen, das bislang so wenig zu durchschauen war. Einfach, weil sich immer noch kein echtes Motiv abzeichnete. Eifersucht vielleicht? Sie dachte dabei an Lindsey. Oder eine aus den Gleisen gesprungene Leidenschaft, die nicht mehr zu zügeln gewesen war? Liebe oder Sex? Oder die Kombination aus beiden, die in ein und dem anderen Fall toxisch wurde. Dann war da noch das Kokain. Drogen also? Nicht zu vergessen, das Schlafmittel in Nadines Blut. Was wiederum darauf schließen ließ, dass jemand es auf sie abgesehen hatte, der sich ihr nur auf diese hinterlistige Weise nähern konnte. Und der einen perfiden Plan hatte, der nicht aus dem Affekt geboren worden war. Eine echte Mordabsicht. Was war mit diesem Bekannten aus Studienzeiten, den der Irc mit ins Spiel gebracht hatte? Diese Aussage konnte sie nicht außen vor lassen, denn sie mochte durchaus hilfreich sein. Es musste Unterlagen darüber geben, wann und wo Nadine in Portugal studiert hatte. Jemand aus dem Ermittlerteam musste sich daransetzen, auch wenn es im Moment nur ein weiterer Strohhalm war. Außerdem brauchte sie endlich die Genehmigung für den Amtshilfeantrag, um eine Aktenauskunft von den deutschen Behörden über Mona und Axel Eichberger anfordern zu können. Wieder etwas, womit Ralha sich viel zu viel Zeit ließ, vermutlich nur, weil er unangenehme Fragen von höherer Stelle scheute.

Helena dachte auch an Rachel Monahan, die einen Tag nach Nadines Ableben verschwunden war. War die Kellnerin ebenfalls tot, und man hatte ihre Leiche nur noch nicht gefunden? Lindsey hatte ihr bereitwillig die Telefonnummer seiner Landsmännin überlassen, doch Helenas Anrufe waren bislang ins Leere verlaufen. Vielleicht bekam sie eine Handy-Ortung genehmigt. Sie wünschte sich, dass wenigstens diese Spur in einer Sackgasse endete. Dass sie für Rachels Abwesenheit demnächst eine harmlose Erklärung erhielt und sie von dieser Untersuchung ausklammern konnte. Sie wünschte es sich, aber sie glaubte nicht daran. Auch nicht, dass sie Henrique Rebocho aus dem Kreis der Verdächtigen entlassen konnte, auch wenn aus ihm ein seriöser Hotelier geworden war. Reichte die schwache Vermutung, dass Nadine womöglich eine Escortdame war und Rebocho vor seiner vermeintlichen Läuterung auch mittels Prostitution Geld verdient hatte? Oder fand sich der Berührungspunkt doch eher bei seinen einstigen Drogengeschäften, nachdem Tiago Kokain im Körper der Toten nachgewiesen hatte? Das alles war weit hergeholt, das wusste sie sehr wohl. Nun, womöglich war es Henrik gelungen, ein klareres Bild von Rebocho zu zeichnen. Dafür besaß er einen Riecher, wie er ihr schon mehrfach bewiesen hatte. Sie war nur verhalten, weil sie nicht abschätzen konnte, wie gut er in seinem jetzigen Zustand noch darin war …

Es gab einiges zu bereden bei dem Meeting, zu dem sie unterwegs war. Weil sie zu spät aus Cascais losgekommen war, hatte man es auf ihr Geheiß hin bereits weiter nach hinten geschoben. Was bedeutete, dass die Kollegen länger auf ihren Feierabend warten mussten. Das macht es vermutlich mal wieder nicht einfacher, andererseits konnte sie darauf keine Rücksicht nehmen. Diese Ermittlung musste vorankommen, sie brauchten bald einen Durchbruch, sonst würde Ralha das zusätzliche Personal wieder abziehen.

Versunken in ihre Überlegungen, hätte sie beinahe die Einfahrt zum Präsidium verpasst. Ihr abruptes Abbiegen sorgte für aufgebrachtes Hupen. Diese ungewohnte Aggressivität, nicht allein im Straßenverkehr, fiel ihr in jüngster Zeit immer häufiger auf. Verloren ihre Mitmenschen die Gelassenheit, die sie seit jeher von hier gewohnt war? Woran lag es? Am Wetter, das auch dieses Jahr schon wieder viel zu lang viel zu heiß war? Am Klimawandel also? Oder an der Globalisierung, der man grundsätzlich für alles Schlechte die Schuld geben konnte? Helena schüttelte den Kopf. Mit solchen Spekulationen kam sie nur vom Hundertsten ins Tausendste, ohne dass sie ihr weiterhalfen. Sie fuhr in die Tiefgarage und gab den Wagen zurück. Für gewöhnlich entschied sie sich für das Treppenhaus. Als sie das Großraumbüro betrat, flogen ihr sämtliche Blicke zu.

»Da bist du ja endlich«, rief Alexandra. Helena sah irritiert auf die Uhr. »Was ist los?«

»Der Chef will uns sehen! Alle!«

»Jetzt?«

»Jetzt!«

»Ist was passiert?«, fragte Helena, die sogleich einen kalten Schauder im Nacken spürte. Sie holte ihr Handy aus der Tasche. Die Meldung war eingegangen, als sie vorhin den Papierkram wegen der Fahrzeugrückgabe erledigt hatte.

»Was soll das?«, flüsterte Helena.

»Krisenmeeting«, kommentierte Alexandra. »Keiner weiß so recht, worum es geht.«

34

Als sie vorbei war, kam ihr die Besprechung surreal vor. Jedenfalls war es nach Ralhas Auftritt nicht mehr möglich, sich konstruktiv über den Ermittlungsstand zum Fall Nadine Weimer auszutauschen. Die meisten von ihnen verhielten sich wie aufgeschreckte Hühner. Im Konferenzraum der Abteilung war kein Stuhl mehr frei. Ralha hatte nicht nur die Kollegen zusammenrufen lassen, die mit der Untersuchung zum Tod der Deutschen betraut waren. Er hatte das ganze Dezernat für Gewaltverbrechen versammelt. An die dreißig Leute. Helena hatte sich gleich an die Wand neben der Tür gelehnt. Sie erhielt sofort eine Ahnung davon, was los war, bevor ihr Chef auch nur ein Wort gesagt hatte. Es ging um Luis Verschwinden. Die Tatsache, dass seit über vierundzwanzig Stunden niemand mehr in der Dienststelle etwas von ihm gehört hatte. Ralha kannte die exakte Uhrzeit, wann er zuletzt an seinem Rechner gesessen hatte, eine Information, die er über die EDV-Abteilung erhalten hatte. Es klang wie ein Vorwurf, dass er sich als Vorgesetzter darum kümmern musste, weil keiner aus dem Ermittlerteam auf die Idee gekommen war. Dabei schaute er über die Köpfe aller Anwesenden hinweg, bis er bei ihr landete. Er machte ihr damit kein schlechtes Gewissen. Sie hatte oft genug versucht, Lui zu erreichen. Auch schon, bevor er im Dezernat als vermisst galt. Wobei Ralha dieses Wort vermied. Lui war abgängig, und das empfand ihr Chef als besorgniserregend, vor allem auch, weil es keiner für nötig gehalten hatte, ihn zu informieren. *Offenbar hat Lui niemandem wirklich gefehlt,* dachte Helena.

Der Comandante teilte ihnen mit, dass Lui nicht auf Anrufe reagierte, wobei Helena nickend zustimmte. Außerdem ließ ihr

Vorgesetzter sie wissen, dass er Luis Wohnung hatte überprüfen lassen, ohne näher darauf einzugehen, wie dies abgelaufen war. Jedenfalls konnte auch dort niemand etwas über Luis Verbleib sagen. Helena wusste, dass Lui allein lebte, weshalb sie sich fragte, ob man bei der Suche nach ihm seine Nachbarn behelligt hatte. Sie vermutete, dass diese abweisend reagiert hatten, weil sie den riesenhaften Kauz ohnehin nicht ausstehen konnten. Weder die Nachbarn noch die Kollegen oder sonst jemand, den sie kannte. Abgesehen von Ralha, dem Lui am Herzen zu liegen schien, so wie er sich vor versammelter Mannschaft geziemte. Nach seinen einleitenden Worten, in denen hörbare Betroffenheit mitschwang, richtete sich der Comandante an seine Leute. Er wollte wissen, wer mit Lui innerhalb der vergangenen vierundzwanzig Stunden in Kontakt gestanden hatte, und natürlich ging sein Blick erneut in ihre Richtung.

»Ich habe ihn zuletzt während unserer Ermittlung in Cascais gesehen. Und zwar am Montag«, gab Helena Auskunft.

»Am Montag? Teufel noch mal! Das war vor drei Tagen. Da sind Sie nicht auf die Idee gekommen, sich nach ihm zu erkundigen?«

»Bei wem hätte ich das tun sollen?«, fragte sie zurück, was Ralhas Augen noch größer werden ließ. Der tonnenförmige Kopf des Comandante lief rot an. Die Uniformjacke, an der eine Batterie von Auszeichnungen glänzte, spannte über seiner Brust. Er griff sich an seinen haarlosen Schädel, nur um festzustellen, dass seine Uniformmütze nicht seine Glatze bedeckte. »Inspetora, Himmel noch mal, zu mir hätten Sie kommen sollen«, raunzte er sie an.

»Desculpe, aber wenn ich jedes Mal in Ihr Büro gerannt wäre, wenn Inspetor Simões unangekündigt von seinem Schreibtisch ferngeblieben ist, hätte ich vermutlich schon mehrere Disziplinarverweise in meiner Akte.«

Daraufhin hatte Ralha warnend seinen Finger gehoben.

»Soweit ich weiß, hat Lui heute morgen noch mit Lino aus der KTU telefoniert«, fügte Helena schnell an, um von ihrem flapsigen Spruch abzulenken.

»Das wissen Sie sicher?«

Helena nickte, auch wenn sie keine Gewissheit hatte, ob Lino sich nicht doch irrte. Der alte Kriminaltechniker rödelte häufig bis in die Nacht hinein in seinem Labor und vergaß darüber vermutlich hin und wieder, welcher Wochentag gerade war.

»Ich werde da nachhaken«, versprach Ralha. »Wollen Sie darüber hinaus noch was zum Verschwinden Ihres Kollegen beisteuern?«, fragte er bissig. Laut Kenny Lengston war Lui gestern Vormittag noch im O'Learys herumgeschlichen. Das war die letzte Ortsangabe, die sie von ihm erhalten hatte. Sie konnte sich nicht erklären, warum sie das vor all den Leuten für sich behielt. Warum sie auf Ralhas Frage nur den Kopf schüttelte. Helena bekam nur beiläufig mit, dass auch sonst keiner der Anwesenden wirklich brauchbare Aussagen darüber machen konnte, wann und wo Lui sich zuletzt mit wem getroffen oder telefoniert hatte. Alexandra versuchte auf Geheiß des Comandante, mittels aller Aussagen auf dem Whiteboard im Konferenzraum eine Zeitachse zu erstellen. Sie und Helena bekamen die Anweisung, bei den Dienststellen der Guarda Nacional und Polícia Municipal in Cascais Auskünfte darüber einzuholen, wann Lui dort zuletzt aufgeschlagen war, um das Schaubild zu komplettieren.

»Hat sonst noch jemand etwas zu sagen?«, fragte Ralha sichtlich unzufrieden mit dem bisherigen Ergebnis. Helena beobachtete, wie einige im Raum auf ihre Uhren sahen, als rechneten sie aus, wann sie zu Hause beim Abendessen sein könnten. Sie hingegen wollte nicht zulassen, dass die Runde sich einfach so auflöste, ohne sich des Falls anzunehmen, um den es eigentlich ging. »Reden wir bei Senhora Weimer weiterhin von einem Badeunfall?«, wollte sie über das erste Stühlerücken hinweg wissen.

Ralha, der schon auf dem Weg zur Tür war, stoppte abrupt. »Was meinen Sie?«

»Nur zur Erinnerung, wir haben einen Mordfall aufzuklären. Und vielleicht sollten wir jetzt endlich damit aufhören, der Öffentlichkeit zu verschweigen, dass es kein Unfall war. Laden Sie zu einer weiteren Pressekonferenz ein. Berichten wir, was wirklich passiert ist. Das steigert unsere Chancen, fundierte Hinweise aus der Bevölkerung zu erhalten.«

»Wir gehen nicht an die Medien, nicht in der Hauptsaison«, entgegnete der Comandante, dessen Blutdruck wieder in die Höhe schnellte, gemessen an der Gesichtsröte, die vom Hals herkommend in seine feisten Wangen stieg.

»Die Presse kann sich ohnehin bald denken, dass da mehr dahintersteckt, wenn wir noch länger ermitteln. Lassen Sie uns eventuellen Spekulationen zuvorkommen. Legen wir auf den Tisch, was wir haben«, verlangte Helena.

Ralha ballte seine Fäuste und machte zwei Schritte auf sie zu. Um sie herum war es still geworden. »Was haben wir denn, Inspetora Gomes?«, fragte er knurrend und gab ihr sogleich eine Antwort. »Wenn ich mir Ihren letzten Berichtsstand in Erinnerung rufe, haben wir bislang nichts außer Spekulationen.«

35
Henrik

Vermutlich machte er sich zu viele Gedanken, trotzdem war ihm nicht wohl dabei, Sara allein in der Wohnung zu lassen. Aber es ging nicht anders. Er hatte ihr etwas zu essen gemacht, und sie durfte weiter ihre Serien schauen. Außerdem wusste sie, dass er nur auf der anderen Straßenseite war. Der Abend war noch zu jung, als dass schon Betrieb in der kleinen Eckkneipe herrschte. Das Esquina war ein beliebter Treff für Nachtschwärmer. Eine Anlaufstelle für all jene, die noch einen Absacker zu sich nehmen wollten, bevor sie sich endgültig nach Hause trollten. Doch noch war es kein Problem, den Tisch zu bekommen, den er wollte. So konnte Sara ihn auf der kleinen Barterrasse des Esquina sitzen sehen, wenn sie aus dem Küchenfenster sah. Wenn er ehrlich war, war die Sorge um Sara ohnehin eher ein Vorwand. Als er vor zwei Minuten das Haus verlassen hatte, war die innere Kälte wieder in ihm hochgestiegen, die sich von der immer noch sehr warmen Abendluft nicht vertreiben ließ. Dabei war das Gefühl, in Gefahr zu sein, diesmal tatsächlich begründet. Immerhin traf er eine der zwielichtigsten Gestalten, die er seit Beginn seiner kriminalistischen Aktivitäten in Lissabon kennengelernt hatte. Die Umhängetasche, in der das Objekt der Begierde steckte, stellte er neben seinem Stuhl auf den Boden. Als die Bedienung kam, orderte er ein Bier. Eine Entscheidung, die er sogleich bereute, kaum dass die Frau, die er flüchtig kannte, weil sie hin und wieder vorm Haus stand und rauchte, zurück in die Bar verschwunden war. Da es ihm ohnehin gerade schwerfiel, seine

Sinne beisammenzuhalten, sollte er eigentlich bestrebt sein, um alles in der Welt nüchtern zu bleiben. Erneut tastete er nach der Tasche, um sich zu vergewissern, dass sie noch da war. Danach schaute er die Gasse hoch, die nach rund achtzig Metern in die Calçada do Combro mündete, auf der die Eléctricos der Linie 28 bis raus zum Prazeres-Friedhof fuhren. Noch war es hell genug, dass die Laternen nur schwach vor sich hin glommen. Auf dem Kopfsteinpflaster der Rua do Almada war niemand zu sehen. Um sich abzulenken, ließ er seine Gedanken schweifen. Das Esquina gehörte einem Kerl namens Victor. Auch so ein fadenscheiniger Geselle, dem man nicht über den Weg trauen konnte. Jetzt, da er darüber nachdachte, fiel ihm auf, dass er Victor schon eine Weile nicht mehr gesehen hatte. Vielleicht hatte er sich umorientiert, ein anderes Etablissement übernommen oder machte was völlig anderes. Henrik würde den Wirt mit den zahllosen Tätowierungen und dem Hyänengrinsen jedenfalls nicht vermissen. Seine Erinnerung an Victor verflüchtigte sich sofort, als er in seinem Rücken schwere Schritte vernahm, die vom Summen einer bekannten Fado-Melodie begleitet wurden. Henrik musste sich nicht umblicken, um zu wissen, dass sich der Wolf der Barterrasse näherte. »Senhor Falkner, ich bin wirklich erfreut«, raunte ihm die Stimme, die eben noch vor sich hin gesummt hatte, fünf Sekunden später in sein Ohr. Henrik wollte aufstehen, doch eine schwere Hand auf seiner Schulter, drückte ihn zurück auf den Stuhl. »Bemühen Sie sich nicht!«, sagte Lobo, ließ ihn los und trat vor ihn. Seit ihrer letzten Begegnung war nahezu ein Jahr verstrichen, das nichts an dessen imposanter Erscheinung geändert hatte. Der beleibte Mann trug ein weißes, weit aufgeknöpftes Hemd unter einem lichtgrauen Jackett. Ein wuchtiges Kreuz aus Gold baumelte an einer massiven Kette um seinen dicken Hals. Er hatte auch diesmal nicht auf die auffälligen, mit Juwelen besetzten

Ringe verzichtet, die sich allesamt tief in die fleischigen Finger gruben. Auf dem pausbäckigen Gesicht blühte die ungesunde Röte, die weniger von der Hitze als vom überhöhten Blutdruck stammte. Schweiß lief aus der wirren grauen Mähne heraus und perlte von seiner Stirn. Man könnte annehmen, er wäre abgehetzt, wäre da nicht dieses wölfische Grinsen, das ihn wie ein angriffslustiges Raubtier aussehen ließ. Lobo setzte sich ihm gegenüber. Hätten noch andere Leute auf der engen Terrasse gesessen, wäre es schwierig geworden, ausreichend Platz für seinen wuchtigen Leib zu finden. Er passte gerade so zwischen den Tisch und das Geländer der Brüstung. Damit saßen sie am selben Platz wie schon einmal, und Henrik befiel ein Déjà-vu. Tatsächlich drehte sich das heutige Treffen sogar um dieselbe Sache. Nur die Bedingungen hatten sich geändert.

»Darf ich sehen?«, fragte Lobo und schielte auf die Ledertasche zu Henriks Füßen.

»Alles zu seiner Zeit«, erklärte Henrik. »Und sofern ich mit Ihrer Gegenleistung zufrieden bin.«

Der Wolf fixierte ihn mit seinen grünen Augen. Ein Blick, der einschüchtern konnte, wenn man sich darauf einließ. Bevor einer der beiden die Unterhaltung fortsetzte, kam das Bier, das Henrik bestellt und längst vergessen hatte. Lobo verlangte nach einem Espresso und einem *El Aguardente*, dem portugiesischen Tresterbrand. Auch das wiederholte sich. Mit einer Geste forderte er Henrik auf fortzufahren, kaum dass sie wieder allein waren.

»Ich brauche Informationen über eine Person!«

»Sie sind der Detektiv«, erinnerte ihn Lobo.

»Und Sie derjenige, der in der Stadt ein Netzwerk gesponnen hat, über das eine spezielle Klientel miteinander verbunden ist. Weshalb ich mir vorstellen kann, dass Ihnen Henrique Rebocho nicht unbekannt ist.«

Der Hehler verzog keine Miene, aber Henrik meinte dennoch, ein kurzes Aufblitzen in den Augen des Wolfs zu erkennen. Hatte er also richtig gelegen mit seiner Einschätzung? Lobo beugte sich ein wenig vor. »Sie schaffen es immer wieder, sich mit Leuten zu befassen, an denen man sich schnell die Finger verbrennt, Senhor Falkner«, raunte er.

»Jedem sein Talent«, erwiderte Henrik. »Sie kennen ihn also.«

»So, wie man gewisse Herrschaften vom Hörensagen eben kennt«, sagte Lobo.

»Für das, was ich Ihnen anbiete, erwarte ich deutlich mehr!«, machte Henrik klar, worauf Lobo sich wieder zurücklehnte und die Arme vor seiner haarigen Brust verschränkte. Die Sekunden des schweigsamen, gegenseitigen Belauerns unterbrach die Bedienung, die Lobos Bestellung servierte. Unverzüglich setzte er das Schnapsglas an seine fleischigen Lippen und leerte den klaren Inhalt in seinen Rachen. Danach schmatzte er zweimal laut. »Senhor Rebocho führt heute ein Hotel, draußen in Cascais. Ich gehe davon aus, dass Sie darüber bereits informiert sind.«

Henrik nickte. »Mich interessiert, wie es dazu kam?«

»Es waren damals viele Gerüchte im Umlauf«, sagte Lobo und begann damit, Zucker in seinen Espresso zu rühren.

»Gerüchte sind ein guter Anfang. Lassen Sie hören!«

36

»Wo ist Sara?«, fragte Helena, die aus dem Nichts gekommen war. In seinen Gedanken verloren hatte er ihre Ankunft schlichtweg nicht bemerkt. Er wusste nicht einmal, wie viel Zeit verstrichen war, seit Lobo gegangen und ihm die Rechnung überlassen hatte. Henrik griff neben sich. Die Tasche war nicht mehr da. Natürlich nicht. Ihr Inhalt war der Preis für die Informationen über Henrique Rebocho, die der Wolf ihm anvertraut hatte. Ohne jede Garantie für deren Richtigkeit. War es das wert? Er vermochte es nicht zu sagen. Andererseits fühlte er sich auch von einer Last befreit, denn manches aus Martins Vermächtnis verfügte über deutlich zu viel Gewicht, um sich damit zu belasten. Jetzt trug Lobo dieses Gewicht davon, und er würde sich damit wesentlich leichter tun, auch wenn er gewissermaßen einen Teil der portugiesischen Vergangenheit die Rua do Almada hinaufschleppte. Und das in Form einer wertvollen, antiken Azulejo, die aus einem Fliesengemälde mit dem Titel *Das Wunder von São Roque* stammte, welches eine Wand in der Igreja de São Roque am Largo Trindade Coelho zierte. Ein Kunstwerk, das Francisco de Mato im 16. Jahrhundert geschaffen hatte und das man freilich nach wie vor dort bewundern konnte. Lückenlos und unversehrt. Allerdings waren die einst handgemalten Fliesen nicht mehr die Originale, worüber vermutlich nur wenige Eingeweihte Bescheid wussten. Unfreiwillig war Henrik einer von ihnen.

Während der Diktatur, die Portugal von Anfang der 1930er-Jahre bis 25. April 1974 durchlitten hatte, wurden viele dieser historischen Wandarbeiten bei angeblichen Renovierungsmaßnahmen illegal ausgetauscht und die Originale an zahlungskräftige

Sammler veräußert, die damit ihren Beitrag zu Finanzierung der Faschisten leisteten. Widersinnigerweise begnügten sich die nebulösen Käufer oftmals nur mit Fragmenten jener Kunstwerke, weshalb sich einige der kulturhistorischen Fliesengemälde jetzt wie Puzzleteile verstreut im Privatbesitz von Unbekannten befanden. Und hier kam Lobo ins Spiel. Dessen Mission bestand darin, diese Einzelstücke wiederzufinden, um die über Jahrzehnte auseinandergerissenen Azulejo-Bilder wieder zu komplettieren. Aber nicht etwa, um sie zurück an die Orte zu bringen, für die sie einst gemacht worden waren. Nicht, um dafür zu sorgen, dass die als Ersatz dort angebrachten Fliesen wieder den Originalen weichen konnten. Nein, selbstverständlich nicht. Denn, wer war schon in der Lage, die Unterschiede zu erkennen? Dazu müsste man schon Kunsthistoriker mit dem Fachgebiet Fliesenmalerei sein. Lobos Dienste buchten erneut zahlungskräftige Klienten, die in den Besitz dieser besonderen Kunstwerke gelangen wollten.

Henrik war bisher nicht dahintergekommen, was dazu geführt hatte, dass Martin einige der Fliesen aus Francisco de Matos Werk *Wunder von São Roque* im Antiquariat verwahrte. Auch nicht, wie Lobo davon Wind bekommen hatte, wo er suchen musste. Als Martins Nachfolger war er jedenfalls dadurch ins Augenmerk des Hehlers gerückt. Im vergangenen Jahr hatte sich Lobo deswegen immer mal wieder bei ihm ins Gedächtnis gerufen und irgendwann sogar angeboten, das Haus Nummer 38 in der Rua do Almada komplett zu kaufen. Doch Henrik war natürlich standhaft geblieben. Bis heute. Heute hatte der Wolf zumindest ein Teil von dem einsacken können, was er begehrte. Henrik konnte nicht davon ausgehen, dass es Lobo dabei belassen würde, auch wenn er gewiss die wertvollste Azulejo aus Martins Vermächtnis als Bezahlung für ein paar Auskünfte erhalten hatte. Doch vorerst war der Wolf mit dem begehrten Stück, eingepackt in Luftpolsterfolie und zusätzlich in Zeitungspapier eingeschlagen, hinaus in die portugiesische Nacht verschwunden. Statt seiner stand nun Helena vor ihm.

»Sara?«, wiederholte Henrik, immer noch darauf bedacht, ins *Jetzt* zurückzufinden. »Sie ist drüben.« Er winkte in Richtung Küchenfenster, als erwartete er, dass sie in diesem Moment von dort zu ihnen herübersah. In Wahrheit hockte sie vermutlich auf dem Sofa im Wohnzimmer, mit dem Laptop auf ihren Oberschenkeln und streamte einen Trickfilm nach dem anderen.

»Und du gönnst dir hier ein Bier?«, kam es vorwurfsvoll zurück. Tatsächlich war die Flasche Sagres so unberührt wie zum Zeitpunkt, als sie ihm serviert worden war.

»Tut mir leid«, entgegnete er, obwohl er genau genommen nur hier hockte, um weitere Informationen zu ihren Ermittlungen beizutragen. »Ich …«

Helena wartete nicht ab, was er noch zu sagen hatte. Sie war bereits auf halbem Weg über die Straße. Henrik erhob sich mit einem Seufzer, zog einen Zehner aus der Tasche, klemmte ihn unter die Bierflasche und folgte ihr. An der Haustüre holte er sie ein. Hintereinander stiegen sie die knarrende Holztreppe in den ersten Stock hinauf. In der Wohnung angekommen, verzog er sich in die Küche. Er hörte, wie Helena und Sara miteinander sprachen, ohne der Unterhaltung folgen zu können. Es dauerte nicht lang, dann hallten Saras Proteste über den Gang, weil sie sich fürs Bett fertig machen sollte. Kurz darauf vernahm er die wütenden Tapser der Kleinen auf den Bohlen im Flur und rüber ins Bad.

Helena kam in die Küche und schob ihm mit einer unwirschen Bewegung den Laptop hin. Das brachte ihn noch mehr auf, aber ihm fehlte die Energie, einen Streit vom Zaun zu brechen. Er erkannte, dass etwas passiert sein musste, was sie so unleidig hatte heimkommen lassen, dass sie selbst für ihre Tochter keine sanften Worte fand.

»Was ist? Habt ihr noch einen Mord?«, stellte Henrik seine Vermutung an. Helena hielt ihren finsteren Blick noch für zwei Sekunden aufrecht, dann ersetzte ihn ein Ausdruck aus Müdigkeit und Resignation. Dieser Gemütszustand zwang sie auf den Stuhl. Der Küchentisch, der sie trennte, kam ihm größer als sonst vor.

»Lui ist verschwunden«, sagte sie nach einer langen Pause, in der sie ihn nur betrachtete, so als versuchte sie, seine Gedanken zu lesen. »Seit rund vierundzwanzig Stunden hat ihn niemand von den Kollegen mehr gesehen.«

Was auch immer das bedeutete, es verstörte sie so sehr, dass sie scheinbar nicht weiter darauf herumreiten wollte, warum er im Esquina vor einem Bier hockte, statt sich um Sara zu kümmern.

»Willst du darüber reden?«

»Nicht jetzt«, raunte sie.

»Bist du wenigstens bereit, dir anzuhören, warum ich drüben in der Bar war?«, fragte er vorsichtig.

37

»Ich habe Rebocho getroffen«, gestand Henrik, nachdem er ihnen Wein eingeschenkt hatte. Helena schaffte es, den samtigen Douro runterzuschlucken. Auch stellte sie das Glas ohne Nachdruck zurück auf den Tisch. Sofort beschlich ihn Enttäuschung, die sogar die Erleichterung darüber überwog, dass sie nicht losschimpfte. Er hatte erwartet, dass sie heftig und impulsiv reagierte, wie es sonst ihre Art war. Doch augenscheinlich fühlte sie sich dermaßen ausgelaugt, dass sie selbst sein aus ihrer Sicht fahrlässiges Verhalten nicht sonderlich aufwühlte. Früher hätte sie das unverzüglich auf die Palme gebracht. Henrik erkannte, dass seine eigene Unzulänglichkeit ihn blind für Helenas schlechten Zustand gemacht hatte. Dafür gab er sich die alleinige Schuld, wodurch es sich noch schrecklicher anfühlte.

»Du warst also in Cascais«, stellte sie fest, was ihn dazu zwang, sich wieder auf das Gespräch zu besinnen.

»Es war wichtig, es zu versuchen«, sagte er.

Sie trank erneut vom Wein. »Ich weiß nicht, ob ich damit umgehen kann«, antwortete sie zweideutig.

»Womit? Mit dem Risiko, das ich eingegangen bin, oder mit dem Umstand, dass ich heile?«

»Ich sollte nach Sara sehen«, wich sie aus, blieb aber sitzen.

»Sie schläft«, versicherte Henrik. Helena blickte an ihm vorbei rüber zur Spüle. Seit er nicht mehr aus dem Haus ging, gab es kein herumstehendes Geschirr mehr, und die alte, abgewohnte Küche, die Martin ihm hinterlassen hatte, war so aufgeräumt und sauber wie noch nie. »Ich eigne mich nicht auf Dauer als Hausmann.«

»... und Babysitter«, fügte Helena an.

Er wurde laut. »Das ist etwas anderes, das weißt du. Sara bedeutet mir viel, und ich bin gern für sie da.« Henrik schnappte nach Luft. Er wollte keinen Streit mit ihr. Die Lage zwischen ihnen war schon ernst genug. Den Kopf zu verlieren war da genau der falsche Ansatz.

»Ich weiß, tut mir leid. Ich sollte mich für dich freuen, dass du dich heute überwinden konntest, bis hinaus ans Meer zu fahren«, sagte Helena, als würde sie vom selben Gedanken getrieben.

»Nicht allein für mich«, murmelte Henrik.

Sie suchte seinen Blick.

»Für uns. Du solltest dich für uns freuen«, machte er deutlich.

»Wen hast du im Esquina getroffen?«, fragte sie und lenkte damit von ihren Beziehungsproblemen zurück zu den Ermittlungen. Jetzt war es Henrik, der zuerst Wein trinken musste, um die Trockenheit aus seinem Rachen zu spülen.

»Jemanden, der mir mehr über Rebochos früheres Leben erzählen konnte.«

»Und du kannst den Namen dieses Informanten nicht preisgeben?«, fragte sie so scharfzüngig wie die Helena, die er einst kennengelernt hatte. Damals, als er es noch für besser hielt, der Inspetora nicht alles anzuvertrauen, was seine Recherchen zutage förderten. Damals, als er schon wusste, dass er sich in sie verlieben würde.

»Ich habe getan, was nötig war, um mir ein möglichst umfängliches Bild von dem Mann machen zu können, auf den du mich angesetzt hast«, wich er aus. »Den Job so gut es ging zu machen, so wie ich es vor dem … vor der Sache getan habe, die mich aus der Bahn geworfen hat. Und ehrlich gesagt bin ich zufrieden mit meiner Arbeit, zumal ich selbst heute morgen noch nicht daran geglaubt habe, dass mir das gelingen könnte.«

Helena strich sich eine Strähne aus der Stirn und zupfte an ihrem Haargummi herum. Ihr Zopf stand unmittelbar vor der

Auflösung, doch sie verzichtete darauf, aufzustehen und die Haare im Bad wieder in Ordnung zu bringen. Stattdessen trank sie das Weinglas leer. »Welchen Eindruck hast du von Rebocho?«, wollte sie wissen.

»Ich denke, er ist nicht nur Hotelier. Irgendwie ist er nach wie vor im Geschäft.«

»Betäubungsmittel? Prostitution? Regelt er auch weiterhin den Vertrieb? Was meinst du?«

»Es gibt keine Beweise, aber ja, er mag vorgeben, dass er vor etwa zwölf Jahren ausgestiegen ist, aber ich nehme ihm das nicht ab. Laut … laut meinem Informanten wickelte er 2010 einen großen Drogendeal ab, und danach war ihm der Ausstieg aus der Szene gestattet. Für mich klingt das eher nach einer Legende, die man sich in gewissen Kreisen erzählte. Vielleicht, um sich Mut zu machen und den Gedanken aufrechtzuerhalten, dass man diesem Leben tatsächlich den Rücken kehren konnte. Aber egal für welche mafiose Organisation Rebocho tätig war, mir ist noch keine Unterweltvereinigung begegnet, die einen offensichtlich fähigen Mann wie Rebocho einfach so gehen lässt. Zumal er nicht einmal seine Identität wechselte, was es noch viel unwahrscheinlicher machte. Das war kein Ausstieg und schon gar kein Untertauchen. Ich tendiere zu der Annahme, dass lediglich sein Aufgabenbereich gewechselt hat. Weg vom Vertrieb hin zu der herausfordernden Aufgabe, die eingenommenen Drogengelder zu waschen. Dazu würde sich eine so edle Herberge wie das *Pequeno Paraíso* doch prima eignen. Was übrigens auch die Meinung des Informanten ist.«

»Auch wenn die Unterkunft dort eine Stange Geld kostet, halte ich das Hotel für zu klein, dass es den benötigten Durchlauf zum Geldwaschen hat«, wandte Helena ein.

»Wer sagt, dass es der einzige Laden ist, den er dazu benutzt?«

»Wie sicher ist deine Quelle oder besser gesagt, wie sicher bist du dir nach eurem Treffen? Ist Rebocho weiterhin in kriminelle Machenschaften involviert?«

»Zu achtzig Prozent«, antwortete Henrik mit überzeugter Miene. Ehrlicher wäre gewesen, wenn er sechzig gesagt hätte, denn auch Lobo war hier viel zu vage geblieben. Weil der Wolf es nicht genau wusste oder nicht alles von seinem Wissen preisgeben wollte. Jetzt, da Henrik diesen Teil ihrer Unterhaltung rekapitulierte, kam er mit sich überein, dass die Belohnung für Lobos Auskünfte deutlich zu hoch bemessen war. Jetzt konnte er nur hoffen, dass seine Einschätzung Helena ausreichte, um die Spur *Henrique Rebocho* nicht sofort aufzugeben und ihn damit endgültig aus dem Rennen zu nehmen.

»Ich widerspreche dir nicht. Aber wenn dem so ist, ist Rebocho ein Fall fürs Drogendezernat oder die Abteilung, die sich ums organisierte Verbrechen kümmert. Ich hingegen muss einen Mord aufklären. Sofern du keine Verbindung zum Tod von Nadine Weimer finden konntest, sind dieser Mann und sein Luxushotel womöglich doch eine Sackgasse.«

»Bitte, du darfst nicht außer Acht lassen, dass uns auch Martin einen Hinweis auf das *Pequeno Paraíso* hinterlassen hat«, wandte er ein.

»Uns«, wiederholte Helena und musste lachen. »Bisher hatte ich nie den Eindruck, dass du besonders kooperativ warst, wenn es darum ging, die Verbrechensrecherchen deines Onkels mit der Polizei zu teilen.«

»Du weißt genau, wie ich es meine«, widersprach Henrik. Auch er wollte sein Glas wieder mit Wein füllen, stellte aber fest, dass die Flasche leer war. »Soll ich noch eine öffnen?«

»Ist zwar keine so gute Idee, aber ich halte dich auch nicht davon ab.«

Henrik stemmte sich vom Stuhl hoch und ging rüber zur Anrichte. Er entkorkte eine weitere Flasche Douro. Gleichzeitig überlegte er, was er noch in den Ring werfen konnte, um von Helena nicht von der Untersuchung *abgezogen* zu werden. Er kam allerdings auch nicht umhin, ihr recht zu geben. Was die tote Frau anging, hatte er nichts. Keinerlei Anhaltspunkt und schon gar kein Motiv. Und Martins Botschaft verwies lediglich auf das Anwesen, das jetzt ein Hotel war. Darauf, dass sich dort irgendwann in der Vergangenheit ein Verbrechen zugetragen haben könnte. Was für die Aktualität der Information sprach, war lediglich die Jahreszahl 2010, die er aus der Nummernfolge herauszulesen meinte, die Martin als Randnotiz in dem alten Reiseführer hinterlassen hatte. Was exakt dem Jahr entsprach, in dem Henrique Rebocho sein letztes, großes Geschäft abgewickelt haben soll. Aber auch das hatte natürlich absolut nichts mit der Deutschen zu tun, die vor drei Tagen am Praia da Duquesa gewaltsam zu Tode gekommen war. Vielleicht musste er es auf sich beruhen lassen und sich damit abfinden, dass seine Spur nicht in die Richtung führte, die für Helenas Ermittlung relevant war.

Geknickt kehrte er mit dem Wein zurück an den Küchentisch. »Was ist das jetzt, wegen Lui?«, fragte er, während er erneut ihre Gläser füllte.

Helena schüttelte den Kopf. »Wenn ich nur wüsste, wie ich damit umgehen oder was ich davon halten soll. Seit ich mit Lui arbeite, zieht er sein eigenes Ding durch. Und klar, er war auch bei vergangenen Fällen nicht immer erreichbar für mich, sofern er es nicht für unbedingt notwendig hielt. Aber dass er diesmal sogar darauf verzichtete, dem Comandante in den Arsch zu kriechen, stimmt selbst mich bedenklich. Ich weiß nicht einmal, ob seine Abwesenheit etwas mit dem aktuellen Fall zu tun hat.«

»Wenn ich mir das so überlege, besteht die Möglichkeit, dass er euren Mörder aufgespürt hat«, gab Henrik zu bedenken. »Oder der Mörder ihn.«

Helena sah ihn eine Weile an, dann nickte sie. »Seit der Dienstbesprechung von vorhin ist das genau derselbe Gedanke, der mir zu schaffen macht. Was, wenn er den Mörder von Nadine Weimer gefunden hat, aber außerstande war, ihn zu verhaften?«

38
Helena

Sie fühlte seinen warmen Körper. Die Unruhe darin. Er drehte ihr den Rücken zu. Vielleicht war er wach und bemühte sich stillzuliegen, um sie nicht zu wecken? Sie konnte sich an seltsame Geräusche erinnern, die er immer mal wieder von sich gegeben hat. Als würde er Schreie unterdrücken. Oder Warnungen auszustoßen, in einer Sprache, die sie nicht verstand. Zwischendurch hatte sie Schlaf gefunden, fühlte sich trotzdem hundemüde. Sie ahnte allerdings, dass sie bald aufstehen musste. Wollte sie wissen, wie spät es war, müsste sie ihren Kopf heben und über seine Schulter hinweg rüber zum Nachttisch schauen, auf dem der Wecker stand. Oder sie stupste ihn an und fragte nach der Uhrzeit. Aber vielleicht schlief er ja doch. Wie könnte sie ihn wecken, wenn er endlich ein bisschen Ruhe gefunden hatte?

Seit auf ihn geschossen worden war, hatten sie nicht mehr miteinander geschlafen. Das hatte sich mit dieser Nacht geändert. Was vielleicht am vielen Wein gelegen hatte, aber auch an der Sehnsucht, im Arm gehalten zu werden. Sie hatte Trost gebraucht. Und das Gefühl, dass es jemanden in ihrem Leben gab, der sie auffing. Es war, als hätte sie sich gestern Abend erst wieder daran erinnert, dass es diesen Menschen an ihrer Seite gab. Dass er immer da war, auch in den vergangenen drei Monaten. Sie hatte ihn nur nicht gefunden, weil er sich hinter einer Angst versteckte, die sie nicht begreifen konnte. Sie wusste, er litt immer noch darunter, dennoch war eine Veränderung an ihm zu spüren. Es fiel ihr allerdings weiterhin schwer zu glauben, dass die Krise damit ausgestanden war.

Der Sex war seltsam ungelenk gewesen. Als täten sie es zum ersten Mal. Wie Fremde, die irgendwie aneinandergeraten waren. Darauf bedacht, keine Fehler zu machen. Nur funktionierte Sex nicht wirklich, wenn man darüber nachdachte. Wenn man es nicht schaffte, seine Gedanken auszublenden und sich nur den Instinkten hinzugeben. Deshalb war sie auch nicht zum Höhepunkt gekommen. Vielmehr war die Ekstase dahingeplätschert und irgendwann verebbt. Was sie nicht als Problem empfand. Sie hatten es versucht und irgendwie getan. Und die Wärme, die davon in ihr geblieben war, fühlte sich nach wie vor gut an. Womöglich gelang es ihnen, sich gänzlich wiederzufinden? Wäre da nicht immerzu diese Ungewissheit, ob sie ihn auch tatsächlich zurückwollte. An Tiago zu denken, war unumgänglich geworden, immer wenn diese Zweifel in ihr aufkamen. Jetzt schämte sie sich dafür.

Helena schlug die Zudecke auf. Leise rutschte sie von der Matratze. Er regte sich, blieb aber in der Stellung liegen, in die er während seines zerrütteten Schlafs geglitten war. Auf nackten Zehen schlich sie aus dem Schlafzimmer. Sie hatten gestern vereinbart, dass sie sich heute morgen um Sara kümmern wollte. Ihre Tochter stand ausnahmsweise bereitwillig auf und unterließ es zudem herumzutrödeln. Sowohl im Bad als auch beim Frühstück. Sie behauptete auch, dass ihr Auto wieder fahrbereit war. Dass Gisela den Reifen gewechselt hatte. Helena fragte nicht nach, woher Sara das wusste. Ein bisschen klang es, als hätte sie mitgeholfen. Wenn Sara noch jemanden mehr zu mögen schien als Henrik, dann war das Gisela. Auch damit konnte Helena nicht so recht umgehen, aber als sie mit ihrer Tochter bei ihrem Wagen in der Rua Chagas ankam, stand ihr Peugeot wieder auf vier intakten Rädern. Das freute sie, auch wenn es bedeutete, dass sie sich angemessen bei Gisela würde bedanken müssen.

Wie unzuverlässig das Fahrwerk der alten Karre mittlerweile auch sein mochte, der Motor sprang ohne Zicken an. Sie lieferte Sara im Kindergarten ab und bog kurz nach acht Uhr in die Tiefgarage der Polizeistation ab. Drei Minuten später saß sie an ihrem Schreibtisch. Luis Platz war weiterhin verwaist. An den Gesichtern der Kolleginnen und Kollegen war abzulesen, dass auch heute keiner mit seinem Auftauchen rechnete.

Ihre gestrige Unterhaltung mit Henrik hatte ein paar neue Überlegungen zutage gefördert. Da es noch zu früh war, bei Ralha anzuklopfen, um ihre Anliegen vorzutragen, setzte sie sich daran, ebenjene Dinge zu prüfen. Zuerst machte sie eine Halterabfrage. Auf Rebocho war kein BMW zugelassen. Das hätte es auch zu einfach gemacht. Vermutlich hatte der Verkehrsrowdy in der schwarzen Limousine gar keine Relevanz. Ebenso wie der aufgeschlitzte Reifen. Jedenfalls hatte Henriks Ausdauer bezüglich seines Verdachts gegenüber dem Hotelier ausgereicht, dass sie sich weiter mit Rebocho beschäftigte. Ja, er hatte regelrecht auf sie eingeredet, diesen Mann nicht von den Ermittlungen auszugrenzen. Gerade so, als besäße er irgendeine Befugnis. Doch zu entscheiden, wie die Untersuchung des Todes von Nadine Weimer weiterzulaufen hatte, oblag aktuell Comandante Ralha. Und der wiederum war nicht weniger beharrlich als Henrik, aber im Gegensatz zu ihrem Lebensgefährten hatte ihr Vorgesetzter jegliche Befehlsgewalt inne.

Helena ahnte freilich, mit wem Henrik sich getroffen hatte, doch bislang fand sie nicht Zeit dafür, genauer darüber nachzudenken. Auch nicht darüber, was Henrik dieses Treffen gekostet hatte. Und natürlich wäre es klüger gewesen, Henrik nicht auch noch von dem schwarzen BMW zu erzählen. Denn damit hatte er seine Theorie gegen Rebocho noch weiterstricken können. Rebocho, der nach wie vor seine illegalen Geschäfte abwickelte.

Der es sich mit der Organisation in seinem Rücken aber nicht leisten konnte, ständig die Polizei im Haus zu haben. Weshalb er und die Leute, für die er arbeitete, nervös geworden waren und Helena eine Warnung hatten zukommen lassen. Ausgenüchtert betrachtet, muteten Henriks Gedankenkonstruktionen, die er gestern am Küchentisch noch losgeworden war, durchaus plausibel an. Aber diese Spekulationen resultierten allein aus der Tatsache, dass der Hotelgast Nadine Weimer zu Tode gebracht worden war. Der Mord an ihr konnte allenfalls Auslöser für mögliche Übersprungshandlungen von Rebocho sein. Damit drehte sie sich im Kreis. Sie konnte dem Comandante ohnehin nicht erneut mit Rebocho kommen. Nein. Keine weitere Ermittlung mehr gegen den Hotelier, dafür eine nähere Durchleuchtung von Axel und Mona Eichberger. Ging es nach ihrer Intuition, war das der richtige Ansatz, um die Morduntersuchung voranzutreiben.

39
Henrik

Eigentlich sollte heute der beste Tag seit Langem sein. Er hatte durchgeschlafen. Irgendwie zumindest. Wenn nicht, konnte er sich nicht erinnern, aus diesem einen, schweißtreibenden Traum hochgeschreckt zu sein, der ihn die Monate über plagte. Es fühlte sich an wie ein weiterer Schritt hin zur Genesung. Das war wirklich gut, aber natürlich nicht das Highlight, das er aus der vergangenen Nacht mit rüber in diesen Tag nehmen konnte. Er vermochte nicht nachzuvollziehen, wie es dazu gekommen war, dass Helena nach dieser gefühlten Ewigkeit wieder zu ihm ins Bett gekrochen kam. Und das nicht nur, um an seiner Seite zu schlafen. Sie hatten sich geliebt, waren regelrecht hungrig aufeinander gewesen. Sie hatten ihre Sehnsucht aufeinander gestillt. Nach dieser langen Zeit der Abstinenz, in der sie sich aus dem Weg gegangen waren. *In der sie mir aus dem Weg gegangen ist,* korrigierte er sich. Doch womöglich war diese Phase mit dem gestrigen Akt ausgestanden. Und selbst wenn der viele Wein seinen Teil dazu beigetragen hatte, sich körperlich wiederzufinden, müsste er sich doch deutlich erleichtert fühlen. Ja, eigentlich sollte sich unter diesen Umständen der Tag wesentlich besser anfühlen, als es der Fall war.

Leider spürte er gleich nachdem er aufgestanden war, dass ihm seine inneren Dämonen das Aufatmen seiner Seele nicht vergönnten. Es war wie ein Kater, nur nicht im Kopf, verursacht vom schweren Rotwein, sondern in der Brust, dort wo eine Verhärtung an die Pistolenkugel erinnerte, die an dieser Stelle eingedrungen war. Dort hockte der Schmerz, der nicht die Nerven reizte, sondern das Gemüt trübte. Auch wenn er es im ersten Moment begrüßt hatte, sich nicht um Sara kümmern zu müssen, hatte es noch vor dem Frühstück seinen gewohnten Rhythmus durchbrochen. Und damit war auch der Rest seines täglichen Ablaufs irgendwie ins Wanken geraten. Die Furcht, die ihn beengte, fand einen Hebel, an dem sie erneut ansetzen konnte. Bisher hatte er geglaubt, dass der Einheitsbrei der immer gleichen Tage dazu beitrug, ihn nur noch tiefer in die Schwärze hineinzuziehen. Aber offenbar war diese Gleichförmigkeit doch nicht für seine depressiven Schübe verantwortlich. Er war verwirrt, weil er für sein Gemüt heute Sonne erwartet hatte, jedoch nur Regen erhielt. Vielleicht musste er wieder hinaus ans Meer fahren, sich der echten Sonne aussetzen. Er konnte das, hatte er sich gestern bewiesen. Gleichzeitig wusste er, dass es ihm heute nicht gelingen würde. Es kostete ihn schon Überwindung, die Treppen runter ins Antiquariat zu meistern. Dort schlich er grundlos eine Weile zwischen den Regalen herum, strich mit dem Finger über zahllose Buchrücken und sammelte Staub auf. Es war, als wartete er darauf, dass der Generator endlich hochfuhr, der ihn mit Energie versorgte. Nachdem er sich oben nicht einmal dazu hatte aufraffen können, Kaffee zu kochen, gelang ihm dies im Büro. Auch wenn das, was letztlich aus der Maschine lief, wässrig schmeckte. Damit passte der Kaffee zu allem anderen an diesem Tag, den er nur überstehen konnte, wenn er im Antiquariat ausharrte, das heute sein schützender Kokon bleiben würde.

Henrik bekam kein Gefühl dafür, wie viel Zeit verstrichen war, als die Schellen über der Tür anschlugen. Er steckte gerade im Zwist mit sich, ob er nicht doch noch einmal hoch in die Wohnung gehen sollte, um eine der Doxepin-Tabletten gegen seine Angststörung einzunehmen. Ob es nicht doch endlich an der Zeit war, den stockenden Heilungsprozess seiner geistigen Verfassung mit Medikamenten zu unterfüttern. Allerdings stellte er dem entgegen, dass er sich doch bereits im Nebel befand, auch ohne die Psychopillen. Das Zeug, das ihm die Krankenhaustherapeutin angedreht hatte, würde das Gefühl, sich durch zähes Gelee zu bewegen, seiner Empfindung nach nur noch verstärken. Wenn überhaupt, vermochte es die Symptome abzuschwächen, aber das Präparat bekämpfte nicht die Ursache.

Wie auch immer, das Bimmeln am Eingang zerstreute vorerst den Trübsinn. Schlimm genug, dass er sich nicht erinnerte, wann er die Ladentür aufgeschlossen hatte, jetzt musste er sich womöglich auch noch mit einem Kunden abplagen. Er schlurfte raus aus dem Kabuff und hinter den Verkaufstresen. Der Mann stand im Mittelgang und seine Augen kämpften offensichtlich noch damit, mit der düsteren Umgebung zurechtzukommen. Durch den schmalen Schlitz im Schaufenster, der nicht verhangen war, konnte Henrik erahnen, dass die Rua do Almada mittlerweile sonnenüberflutet war. Draußen machte der Sommer keine Pause, das triste Regenwetter wütete nur innerlich.

»Kann ich helfen?«, fragte er mit belegter Stimme. Auch die war bis jetzt noch unbenutzt geblieben.

»Ähm, ich weiß nicht«, begann der Mann, den er noch nie gesehen hatte und der keinesfalls Portugiese war. Kein Stammkunde, sondern ein Tourist, der früh aus dem Bett gekommen war. Einer, der sich schon länger unter der intensiven Sonne des Südens aufhielt, sofern Henrik dessen Urlaubsbräune zum Maßstab nahm. Er hatte die Sonnenbrille lässig ins Haar gesteckt, trug ein Leinenhemd, Shorts mit aufgenähten Taschen und Lederslipper, was aber nicht darüber hinwegtäuschte, dass er älteren Semesters war. »Ist Herr Falkner da?«, fragte er auf Deutsch. Henrik war nicht irritiert, seine Muttersprache zu hören, Lissabon war ziemlich beliebt bei seinen Landsleuten.

»Steht vor Ihnen«, gab er dem Mann zu verstehen.

»Nun, ähm … ich hätte gerne Falkner Senior gesprochen!«

»Martin?«, fragte Henrik, auch wenn es offensichtlich war.

»Genau!«

»Ich bedauere, mein Onkel ist verstorben.«

»Oh, das ist … mein Beileid«, stammelte der Mann und sah ehrlich betroffen und sogar ein wenig schockiert aus. Henrik nickte. Für ein paar Sekunden schwiegen sie sich an. »Ich war schon eine Weile nicht mehr hier und jetzt fühlt es sich an, als käme ich zu spät«, sagte der Deutsche.

»Gut zwei Jahre«, fügte Henrik an, was seinen Besucher erneut überraschte.

»Je älter man wird, desto weniger hat man die Zeit im Blick«, philosophierte er.

»Vielleicht kann ich Ihnen helfen, ich bin sein Neffe und führe jetzt das Antiquariat«, klärte Henrik auf, obwohl er ahnte, dass der Mann nicht wegen irgendwelcher Bücher gekommen war.

»Nein, wirklich. Die Sache … also, es ging um was Persönliches zwischen Ihrem Onkel und mir.«

Auch wenn Henrik alles andere als auf der Höhe war, begann diese Unterhaltung ihn zunehmend zu interessieren. »Ich habe nicht nur den Buchverkauf, sondern auch die andere Sache übernommen«, ließ er den Besucher wissen. »Womit haben Sie Martin beauftragt?«

Der Mann, der wie ein typischer Tourist herumlief, trat verlegen von einem Fuß auf den anderen. »Ich bin lediglich gekommen, um mich für seine Hilfe zu bedanken, das ist alles.«

»Dann ist Ihr Fall abgeschlossen?«, hakte Henrik nach.

»Abgeschlossen. Ja, so kann man das sagen. Es tut mir wirklich leid um Ihren Onkel.« Mit diesen Worten drehte Martins ehemaliger Klient sich um und eilte aus dem Antiquariat, ohne seinen Namen genannt zu haben.

40
Helena

Es war halb zehn geworden, bis der Comandante bereit war, sie anzuhören. Beim Betreten seines Büros stellte sie fest, dass er nicht allein war. Ralha, wie immer in Uniform, saß hinter seinem Schreibtisch, vertieft in Dokumente aus einer Unterschriftenmappe, und blickte nicht auf, nicht einmal, als sie unmittelbar vor ihm stand.

»Inspetora Gomes, das ist Inspetor Damasos.« Er deutete mit dem Füller in seiner Hand rüber zum Fenster, wo Sérgio Damasos, adrett in einen marineblauen Anzug gekleidet, eine stramme Haltung angenommen hatte, die ihr affektiert und unnötig vorkam. Der *Neue aus Porto*, wie man ihn nannte, wenn in den Gängen des Präsidiums oder in der Teeküche über ihn gesprochen wurde, war geschätzt einen Meter achtzig groß und hatte nussbraunes Haar, das einen moderneren Schnitt vertragen könnte. Doch vermutlich diente auch seine spießige Frisur dazu, seiner konservativen Einstellung Ausdruck zu verleihen. Helena hatte aufgeschnappt, dass unter den Frauen im Dezernat die einstimmige Meinung vertreten wurde, dass der *Neue aus Porto* ein attraktives Mannsbild war. Dem konnte sie nicht widersprechen, jetzt da sie ihn so unmittelbar vor sich sah. Sérgio Damasos mochte in der Tat gut aussehen und etwas hermachen, wie allgemein hinter seinem Rücken getuschelt wurde, dennoch konnte sie seiner äußeren Erscheinung nichts abgewinnen. Er war nicht ihr Typ, wie man so schön sagte. Ganz und gar nicht. Damasos machte keine Anstalten, ihr die Hand zu reichen, sondern blieb am Fenster stehen und musterte sie aus dunklen, eng stehenden Augen. Sein Gesicht war schmal, die kantigen Unterkiefer verjüngten sich zu einem spitzen Kinn hin. Seine Lippen, die einen fast weiblichen Schwung aufwiesen, wirkten seltsam blutleer. Überhaupt verfügte er über einen auffällig hellen Hautton, als mied er die portugiesische Sonne, was schwer zu bewerkstelligen war, selbst wenn man aus Porto stammte. Obwohl er erst Mitte dreißig war, war er im Rang bereits über ihr. Auch das hatte sie schon vernommen, ohne darauf neidisch zu sein. Karrieren in öffentlichen Ämtern hingen nicht in erster Linie von Fähigkeiten ab, sondern davon, wie gut man sich darauf verstand, Honig ums Maul derjenigen zu schmieren, die einen solchen Aufstieg bewilligten. Und davon, wen diese wiederum für ihr eigenes Bestreben als nützlich erachteten. Inspetora Helena Gomes war in dieser Hinsicht eher das Gegenteil von nützlich. Sie war eine lästige Beamtin, die sich erdreistete, gerne mal die falschen Fragen zu stellen, und die Probleme provozierte, wo man keine gebrauchen konnte. Aber damit konnte sie mittlerweile umgehen.

»Ich weiß nicht, ob Sie sich schon getroffen haben«, redete Ralha in ihre Gedanken hinein. »Inspetor Damasos wird sich um Ihren vermissten Kollegen kümmern.«

Diese Ankündigung bestätigte Damasos mit einem knappen Nicken.

»Dann gehen Sie davon aus, dass ein Verbrechen vorliegt?«, fragte Helena.

»Sie nicht?« Ralha klang überrascht.

Bevor sie eine Antwort darauf geben konnte, verließ Sérgio Damasos nun doch seinen Platz am Fenster. Vielleicht, weil in dieser Sekunde das Sonnenlicht über die Dachkante des Nachbargebäudes rutschte und in einer grellen Kaskade das Büro des Comandante flutete und der *Neue aus Porto* diese Lichtflut scheute. Vielleicht fürchtete, dass er zu Asche zerfiel.

»Was meinen Sie?«, wollte er von ihr wissen.

Kaum, dass Damasos auf eine Armlänge an sie herangetreten war, wollte Helena augenblicklich zurückzuweichen. Es kostete sie immense Willenskraft, nicht zu tun, was ihr Körper so unbedingt verlangte. Es dauerte zwei schnelle Herzschläge lang, bis sie erkannte, was diese heftige Aversion auslöste. Es war sein Geruch, der sie unterbewusst regelrecht verstörte. Sie konnte diesen Mann nicht riechen. Und das lag nicht an seinem herben, ledrigen Rasierwasser und auch nicht daran, dass er an diesem Morgen vielleicht nicht geduscht hatte – denn das hatte er ohne Frage. Helena erinnerte sich nicht daran, jemals bei einer anderen Person so empfunden zu haben. Ihr war, als reagierte sie allergisch auf die körperlichen Ausdünstungen von Sérgio Damasos.

»Meine Meinung«, wiederholte sie, darum bemüht, sich irgendwie unter Kontrolle zu bekommen. »Ich … ja, ich denke, dass ihm was zugestoßen ist. Vielleicht ein Unfall«, schlug sie vor.

»Unfall. Papperlapapp, davon hätten wir längst erfahren. Da muss etwas weit Schwerwiegenderes passiert sein«, entgegnete Ralha. »Ich bin wirklich froh, dass diese Untersuchung nun in den fähigen Händen von Inspetor Damasos ist.« Er suchte den Blick seines neuen Mitarbeiters. »Sie wissen, das hat Vorrang vor allem.«

»Selbstverständlich, Comandante!«

Helena wartete darauf, dass Damasos salutierte, und war froh, als dies nicht passierte. Denn in diesem Fall hätte sie sich trotz der für sie nach wie vor unangenehmen Nähe zu dem Kommissar ein Lachen nur schwer verkneifen können.

»Selbstredend werden wir uns diesbezüglich austauschen müssen«, sagte Damasos an sie gerichtet. »Immerhin hatten Sie den engsten Kontakt zu Inspetor Simões.«

Nicht wirklich, lag ihr auf der Zunge. »Selbstredend«, wiederholte sie stattdessen.

»Gerne auch gleich, wenn Sie Zeit haben.«

»Habe ich nicht«, widersprach Helena.

»Nicht?«, hakte Ralha ungläubig ein. »Was könnte jetzt wichtiger scin?«

»Mein aktueller Fall«, sagte sie und im selben Moment fiel ihr unverhofft noch etwas ein. Ein Gedanke, der schon da gewesen war, ohne dass sie ihn unter den zahllosen Überlegungen, die durch ihren Kopf schwirrten, bislang so deutlich zu fassen bekommen hatte. »Dazu habe ich noch eine Frage, wenn Sie gestatten?« Sie wartete nicht auf die Erlaubnis vonseiten ihres Vorgesetzten. »Wieso haben Sie Inspetor Simões und mich mit der Untersuchung draußen in Cascais beauftragt.«

Ralha schnappte nach Luft. Offenbar schien er wegen ihrer Dreistigkeit zu perplex zu sein, um ihre Frage zu ignorieren. »Ihr Kollege hat mich deswegen doch in aller Frühe angerufen.«

Jetzt war die Überraschung auf ihrer Seite. »Ich verstehe nicht?«

»Montagmorgen, Himmel noch mal. Die Meldung von der Toten am Strand war noch nicht einmal richtig bei uns eingegangen, da hatte ich Simões auch schon in der Leitung. Er hat mich gebeten, die Ermittlung übernehmen zu dürfen. Dachte, das wäre mit Ihnen so abgesprochen.«

»War es nicht«, murmelte Helena. Das zu erfahren, traf sie völlig unvorbereitet. Sowohl Ralha als auch Damasos blickten sie durchdringend an.

»Wie auch immer«, ergriff der Comandante schnell wieder das Wort, weil er ein Mensch war, der ein längeres Schweigen nicht ertragen konnte. »Sie stehen Inspetor Damasos noch heute Rede und Antwort zum Verschwinden Ihres Kollegen! Ansonsten kennen Sie Ihre Aufgabe. Sorgen Sie dafür, dass die Leute draußen in Cascais wieder ungestört ihren Urlaub genießen können.« Er wedelte mit der Hand, in der Absicht sie damit aus seinem Büro zu komplimentieren. Helena reagierte nicht auf die herablassende Geste. »Ist noch was?«, fragte Ralha aufgebracht.

»Ich brauche Ihre Genehmigung für eine Fahndung. Den Antrag und den Vermerk, der meinen Verdacht begründet und die Dringlichkeit unterstreicht, hatte ich Ihnen vorhin bereits per E-Mail geschickt«, sagte Helena.

Der Comandante stierte ihr mit großen Augen entgegen.

»Es geht um das deutsche Ehepaar, diejenigen, die Nadine Weimer nach Portugal eingeladen haben«, erinnerte sie ihn. »Axel und Mona Eichberger.«

Er nickte auf eine Art, die ihr verdeutlichte, dass er sehr wohl wusste, von wem und was sie sprach. »Wie handfest ist Ihr Verdacht hinsichtlich der beiden?«, hakte er nach.

»Nun, es ist, was es ist. Ein Verdacht. Damit fängt unsere Arbeit für gewöhnlich an. Außerdem sind sie meiner Anweisung entgegen nicht in Cascais geblieben, sondern laut einer Information nach Porto gefahren.« Bei der Erwähnung der Stadt schielte sie rüber zu Damasos, der allerdings keinerlei Regung zeigte.

»Nun, sie haben nicht das Land verlassen, oder? Und wir können nicht erwarten, dass unsere Urlaubsgäste rund um die Uhr in ihrer Unterkunft ausharren«, belehrte sie Ralha. »Ich weiß sehr wohl, wie Polizeiarbeit funktioniert, Inspetora«, fügte er mit zornesrotem Gesicht an. »Und aus meiner langjährigen Erfahrung betrachtet, reicht mir Ihre Ahnung nicht aus. Bringen Sie mir handfeste Indizien!«

»Da der Amtshilfeantrag an die deutschen Behörden hinsichtlich der Personenabfragen zum Ehepaar Eichberger ebenfalls noch nicht von Ihnen freigegeben wurde, konnte ich Ihnen dazu bisher auch leider keine tiefschürfenden Informationen liefern«, mahnte Helena an.

»Erdreisten Sie sich jetzt womöglich auch noch, mir vorzuwerfen, ich würde Ihre Ermittlung behindern?!«, fauchte Ralha scharf. Er warf einen Blick rüber zu dem Kommissar aus Porto, der diesen mit einem Stirnrunzeln kommentierte. »Sie hören von mir«, knurrte ihr Vorgesetzter und verwies nun erneut und diesmal unmissverständlich auf die Tür, die aus seinem Büro führte.

41

Hatte sie das so weit richtig verstanden? Sie sollte damit aufhören, Touristen zu belästigen? Das hatte zwar Ralha nicht direkt gesagt, aber es war genau so gemeint. Zerknirscht über das Unvermögen ihres Vorgesetzten, schlich sie durch die Gänge des Reviers. Sie war auch verärgert über sich selbst. Sie hätte von vornherein wissen müssen, dass die Verdachtsmomente nicht genügten, um eine Fahndung nach dem Ehepaar Eichberger gebilligt zu bekommen. Schon gar nicht bei dem öffentlichen Druck, der wegen des Vorfalls in dem Ferienort auf ihrer Abteilung lastete. In weiser Voraussicht hatte sie Alexandra bereits damit beauftragt herauszufinden, in welches Hotel in Porto Axel und Mona Eichberger eingecheckt hatten. Außerdem sollte sie bei den Leihwagenfirmen anfragen, was für ein Auto die Deutschen gemietet hatten. Doch wie sie es drehte und wendete, letztlich wurde sie förmlich dazu gezwungen, ihre Ermittlungen mal wieder auf unkonventionelle Weise voranzutreiben.

Zu allem Überfluss verstörte sie immer noch die Begegnung mit Damasos, dem sie nie wieder so nahe kommen wollte. Ihr graute davor, von ihm zum Verschwinden von Lui befragt zu werden. Ihr war, als könnte sie ihn immer noch riechen. Sie musste raus, raus aus dem Präsidium. Am besten raus bis ans Meer. Gut, dass sie das ohnehin vorhatte. Da sie alles bei sich trug, was sie brauchte, ersparte sie sich einen Abstecher zu ihrem Schreibtisch und bog augenblicklich ins Treppenhaus ab. Eingehende E-Mails konnte sie auch auf dem Handy lesen, und falls sich etwas Entscheidendes auftat, was dem Ermittlerteam für den Verlauf des Falls relevant erschien, würde man sie anrufen.

Und Damasos? Ihr war bewusst, dass er demnächst an ihrem Arbeitsplatz auftauchen würde, um sich über Lui zu informieren. Sie stellte fest, dass es ihr überhaupt nichts ausmachte, wenn er sie dort nicht finden würde.

Drei Minuten später fuhr sie aufs Neue entlang der Avenida Brasília nach Westen. Auch wenn es widersinnig klang, genoss sie es, wieder mir ihrer alten Karre unterwegs zu sein. Sie steckte ihr Handy in die Ladebuchse und sah, dass zwei Nachrichten angezeigt wurden. Die erste kam aus Valado dos Frades. Die Ortspolizei hatte die Surfergemeinde am Strand von Nazaré nach David Lindsey befragt und mehrere Zeugen gefunden, die sein Alibi in der Nacht von Sonntag auf Montag bestätigten. Doch für Helena blieb fraglich, wie wasserdicht diese Aussagen waren.

Die zweite Nachricht war von Tiago. *Kommst du mit dem Bericht zurecht?* Natürlich tat sie das, und das wusste er auch. Sie wusste nicht, was sie mehr aufwühlte. Dass sie Nachrichten von ihm bekam, hinter denen die Absicht steckte, sich bei ihr in Erinnerung zu rufen. Oder dass sie sich darüber freute. Was im Umkehrschluss bedeutete, es würde sie schmerzen, wenn dem nicht so wäre. Bei diesem Gedanken fühlte sie sich sofort wieder als Verräterin. Vor allem, weil sie zurückschreiben wollte. Sie kurbelte das Fenster runter. Der Fahrtwind, egal wie warm er auch war, reichte aus, um den Kopf wieder klar zu bekommen. Als sie unter der Ponte 25 de Abril hindurch war, wählte sie Henriks Nummer. Dieser ging unverhofft schnell ans Telefon. So, als hätte er ihren Anruf erwartet.

»Was machst du?«

»Ich atme Bücherstaub ein«, antwortete er. Es sollte witzig klingen, doch es fehlte die Euphorie in seiner Stimme. Nach ihrer gemeinsamen Nacht hatte sie erwartet, dass er sich fröhlicher anhörte als all die Wochen zuvor. »Und du?«, fragte er, eher aus Höflichkeit als aus Interesse.

»Muss noch mal nach Cascais. Kannst du mir einen Gefallen tun?«

»Du weißt ja, ich hab Zeit.«

Sie klagte ihm ihr Leid über den Comandante. Normalerweise versuchte sie sich dabei möglichst diplomatisch auszudrücken, doch diesmal konnte sie sich nicht beherrschen.

»Sie torpedieren also wieder mal deine Untersuchung. Ich dachte, du wolltest dich darüber nicht mehr aufregen«, versuchte Henrik sie zu besänftigen.

»Tue ich auch nicht«, zischte sie. Es gelang ihr nicht, ihre Wut herunterzuspielen, also atmete sie dreimal tief durch. Danach klang ihre Stimme weniger bebend. »Es war mir nur wichtig, dass du verstehst, warum ich dich um diese Sache bitte.«

»Ich habe euer polizeiinternes Problem schon vor einer ganzen Weile verstanden«, gab er zurück. Er klang, als wäre er zum Streiten aufgelegt. Aber vielleicht irrte sie sich auch. Jedenfalls kam es ihr so vor, als benahm er sich noch seltsamer als sonst in letzter Zeit. Doch sie vermied es, sich nach seinem Befinden zu erkundigen. Dafür fehlte ihr nicht nur die Zeit, sondern im Augenblick auch die Geduld.

»Wie steht es um die Kontakte zu deinen ehemaligen Kollegen von der Kriminalpolizei in Deutschland?«, fragte sie stattdessen. Ihn mit Recherchen zu beschäftigen hatte sich vor drei Tagen noch als probates Mittel gegen seine Depression herausgestellt. Helena baute darauf, dass sie ihn damit erneut aus seiner mentalen Krise locken konnte. Daher wartete sie seine Antwort nicht ab, sondern brachte ihr Anliegen unverzüglich vor. Er unterbrach sie nur ein einziges Mal, als er sie bat, die Namen zu wiederholen, die sie ihm kurz davor genannt hatte. Ihrem Empfinden nach hatte sich Henrik zum Ende ihres Gesprächs hin auch wieder besser angehört. Allerdings blieb auf den nächsten Kilometern, auf denen sie sich dem Atlantik näherte, eine vage Ahnung, dass er noch etwas hatte loswerden wollen.

Ein eingehender Anruf verscheuchte diese Überlegung. Sie erkannte die Nummer der Ortspolizei aus Cascais.

»Hier spricht Kadett Jorge Chaby, Polícia Municipal, Cascais. Man hat mir gesagt, sie suchen nach demjenigen, der das Mobiltelefon der toten Frau am Strand gefunden hat.«

»Das tun wir«, bestätigte Helena und fühlte die Anspannung zurückkehren.

»Nun … das war ich, Inspetora«, gestand die jugendliche Stimme am Telefon, der unverzüglich Helenas ganze Aufmerksamkeit gehörte. »Rühren Sie sich nicht vom Fleck, Cadete Chaby! Ich bin in der nächsten halben Stunde bei Ihnen in der Dienststelle.«

42

Sie schaffte es in zwanzig Minuten. Die Polizeistation befand sich in einem neu gewachsenen Ortsteil. Die erhöhte Lage über dem ursprünglichen Dorf erlaubte einen herrlichen Blick über die Altstadt und weit hinaus aufs Meer. Ansonsten war das Gebäude mit seinem lachsfarbenen Anstrich schmucklos und ausschließlich funktional. Jorge Chaby hatte versprochen, in der kleinen, vorgelagerten Grünanlage auf sie zu warten, was sich für sie anhörte, als wäre es ihm peinlich, sich mit ihr in Anwesenheit seiner Kolleginnen und Kollegen zu treffen. Sie entdeckte ihn im Schatten einer Palmlilie, als sie auf den Parkplatz fuhr. Längst war die Temperatur schon wieder auf über dreißig Grad geklettert. So jungenhaft, wie er dort von einem Bein auf das andere trat, war er vermutlich in seinem ersten Jahr als Polizeianwärter bei der Truppe. Helena stieg aus und ging auf ihn zu. Er hob seine Polizeikappe an, um sie zu grüßen. Eine Geste, die ihr verriet, dass er aus dem Hinterland stammte. Wahrscheinlich war er in einem kleinen Ort aufgewachsen, in dem man diese Form der Höflichkeitsbekundung noch anerzogen bekam. Helena kam nicht darauf, ob sie Chaby am Tag, an dem Nadines Leiche gefunden worden war, am Strand gesehen hatte. Aber natürlich hatte sie nicht auf jeden einzelnen Polizisten geachtet, der dort herumgewuselt war. Außerdem verschafften die Uniformen diesen Männern und Frauen auch immer eine gewisse Anonymität.

»Ich hoffe, ich bekomme jetzt keine Schwierigkeiten«, begann Chaby. Er wirkte sichtlich nervös, wusste nicht, wohin mit seinen Augen. Wenn er sprach, bemerkte man einen auffälligen Überbiss.

»Machen Sie sich darüber keine Gedanken«, beruhigte sie ihn. »Erzählen Sie mir einfach, wie die Sache mit dem Handy abgelaufen ist!«

Der Kadett wirkte nicht so, als glaubte er daran, ungeschoren davonzukommen. Erneut schaute er über seine Schulter, hin zum Eingang des Polizeireviers.

»Niemand reißt Ihnen den Kopf ab«, versicherte Helena. »Was ist am Montag passiert?«

»Ich ... also wir waren mit die Ersten vor Ort.«

»Wir?«, hakte Helena nach.

»Alda, meine ... Offiziersanwärterin Santos, mit der ich üblicherweise auf Streife bin, und ich. Wir hatten Nachtdienst am Sonntag. Unsere Schicht war eigentlich schon rum und wir waren auf dem Rückweg zur Wache, als der Einsatzbefehl reinkam. Die von der Guarda waren schon da. Subcomissário Nave hat angeordnet, welche Bereiche wir absperren sollen. Relativ schnell war klar, dass wir den kompletten Strand samt der Promenade sichern mussten. Damit waren wir eine ganze Weile beschäftigt. Zwischenzeitlich trafen die von der Kriminaltechnik ein und noch mehr von unserem Revier. Jedenfalls, nachdem das mit dem Absperren erledigt war, winkte mich einer von der Spurensicherung heran und wies mich an, den Strand entlang der Wasserlinie abzugehen.«

»Wissen Sie, wer Ihnen diesen Auftrag gab?«

Er zuckte mit seinen schmalen Schultern. »Er trug einen weißen Einwegoverall, hatte die Kapuze über den Kopf gezogen. Nein, tut mir leid, wir haben uns einander nicht vorgestellt.«

»Wo war Ihre Kollegin?«

»Ihr hat man im Prinzip die gleiche Anweisung erteilt, sie bekam nur den Abschnitt entlang der Wehrmauer der Bastion, die den Strand nach Osten hin begrenzt.«

»Wie genau lautete die Anweisung?«

»Augen offen halten und Markierungen setzen, wenn man meinte, etwas gefunden zu haben. Dazu hat mir der Kriminaltechniker einen Packen dieser gelben Schildchen in die Hand gedrückt. Ich gestehe, ich musste das vorher noch nie machen. Und wie Sie sicher wissen, liegt gerade morgens nach der Flut eine Menge Zeug dort herum.«

Helena nickte und sah ihn auffordernd an.

Chaby wusste nicht mehr, wohin mit den Händen, scheute sich jedoch, sie in seine Hosentasche zu stopfen. »Sollte mir was besonders auffallen, war ich angehalten, das nicht nur zu markieren, sondern auch jemanden zu rufen.« Er hielt inne, um sich wieder umzusehen, doch nach wie vor war niemand weiteres vor der Wache aufgetaucht. »Ich gestehe, ich war überfordert mit dieser Aufgabe. Das ganze Strandgut, das da angespült worden war …«

»Kommen Sie doch einfach zum Punkt«, sagte Helena und versuchte, nicht zu ungeduldig zu klingen.

»Sim, sim, Inspetora. Es wurde stellenweise ziemlich viel Seegras angespült in dieser Nacht. Was es nicht einfacher machte, denn das Handy war in so einem Knäuel verheddert, weshalb ich zuerst gar nicht sicher war, was mir daraus entgegenschimmerte. Ich habe danach gegriffen. Wirklich, das war ein Reflex. Außerdem lag es noch halb im Wasser, und jede weitere Welle hätte es überspülen und wieder mit sich ziehen können. Und nachdem ich es dann schon in der Hand hatte, wollte ich es nicht erneut in das Geflecht zurückstecken. Das wäre ja noch blöder gewesen, oder?«

»Sie haben das Richtige getan«, munterte Helena ihn auf, ersparte sich allerdings nachzufragen, ob er wenigstens Handschuhe getragen hatte. »Was ist dann passiert?«

»Der Befehlt lautete ja, auf sich aufmerksam zu machen, wenn man glaubte, was Wichtiges entdeckt zu haben. Was ich dann auch tun wollte. Also rufen, rüber zu den Kriminaltechnikern. Doch da stand plötzlich Ihr Kollege neben mir. Der, mit dem Sie an dem Morgen am Tatort zugange waren.« Er hob seine Hand über seinen Kopf, um Luis Körpergröße anzudeuten. »Er nahm es mir ab, hatte auch gleich einen Beweismittelbeutel parat …« Chaby hielt inne. »Nein, warten Sie. Bevor er es einpackte, hat er versucht es zu starten. Ganz ehrlich, ich war in dem Moment einfach nur froh, von ihm nicht in den Senkel gestellt zu werden, weil ich das Ding angefasst hatte. Ja, und natürlich, dass ich es los war. Weshalb ich nicht groß darüber nachdachte, was ihr Kollege damit macht. Er hat mir noch gesagt, er kümmert sich darum und dass ich weitersuchen soll. Dann ist er gegangen. Das war's eigentlich. Als gestern die Anfrage über die Spurensicherung bei uns eingegangen ist, war mir klar, dass ich den Vorfall melden musste …« Er sah betroffen zu Boden.

»Haben Sie gesehen, wohin er die Beweismitteltüte gebracht hat?«

Chaby schüttelte den Kopf. »Ich ging in die entgegengesetzte Richtung weiter den Strand entlang. Werden Sie mit meinem Kommandanten sprechen?« Die Frage war mehr ein Flehen.

Helena wartete, bis er es schaffte, ihr in die Augen zu sehen. »Sie haben mir sehr geholfen, Kadett Chaby, und ich denke, das kann unter uns bleiben«, verabschiedete sich Helena und ließ einen sichtlich erleichterten Polizeianwärter zurück.

43
Henrik

Nicht einmal Verlangen auf einen frisch gebrühten Bica, diesen konzentrierten Schuss Koffein, den er mit seiner Maschine daheim nicht zufriedenstellend hinbekam, reichte aus, um sich aus dem Haus zu wagen. Dabei waren es bis zur nächsten Pastelaria keine hundert Schritte. Einzig das Telefonat, das er mit einem Bekannten und ehemaligen Kollegen vom Kriminaldauerdienst des Präsidiums in Stuttgart führte, hatte der Beklemmung eine Weile Einhalt geboten. Zusammen mit dem Rätsel über seinen frühen Besucher, das ihn weiterhin beschäftigte. Beides bestätigte, dass das Aufklären von Verbrechen momentan das wirksamste Mittel gegen seine Angststörung zu sein schien. Weshalb er dranblieben sollte. Allerdings setzte das ab einem bestimmten Punkt voraus, dass er über seine Türschwelle treten musste. Doch allein im vertrauten Terrain der Rua do Almada und seines Viertels schien die Furcht heute hinter jeder Ecke zu lauern. Und es gelang ihm nicht, den verängstigen Teil seines Verstands vom Gegenteil zu überzeugen. Gelegentlich kam es ihm so vor, als wäre die Kugel nicht in die Brust, sondern in seinen Kopf eingedrungen und hätte dabei die Vernunft zerschmettert. Wenn er nur daran dachte, nach draußen zu gehen, reduzierte sich die Blutzufuhr des Gehirns und seine Beine wurden weich.

Auf diese Weise gefangen im Antiquariat, war er dankbar, als Helenas Telefonnummer auf dem Display seines Handys erschien. »Hast du was wegen der Eichbergers in Erfahrung bringen können?«, fragte sie ohne den Umweg über eine angemessene

Begrüßung. Das war für Henrik das untrügliche Zeichen, dass sie völlig in ihre Morduntersuchung eingetaucht war. Konzentriert wie der starke portugiesische Espresso, nach dem es ihn verlangte.

»Ich habe jemanden erreicht und auch dazu überreden können, mir die entsprechenden Informationen zukommen zu lassen. Was mich im Übrigen einen Single Malt kostet, mindestens achtzehn Jahre alt.« Er ahnte, das Letzteres sie im Moment nicht interessierte, aber wenigstens bekam er ein genuscheltes »Obrigada!« zu hören. Was die Geduld anging, war sie häufig noch schlechter aufgestellt als er. »So wie du dich anhörst, vermute ich mal, du hast eine neue Spur.«

»Ich glaube, Lui hat irgendwas ausgefressen«, teilte sie ihm mit.

»Was meinst du damit?«

»Das kann ich mir zum jetzigen Zeitpunkt nicht erklären. Es kommt mir völlig widersinnig vor, aber sein Verschwinden hat was mit der Toten zu tun.«

Henriks Gedanken machten einen Satz. »Reden wir immer noch davon, dass er dem Mörder begegnet ist? Oder geht deine Mutmaßung in eine andere Richtung?«

»Keine Ahnung. So weit kann ich gerade nicht denken. Vielmehr, ich will es nicht.«

»Ausschließen kannst du es aber auch nicht mehr.«

»Verdammt, Henrik! Wie sollte er beim bisherigen Ermittlungsstand rausgekriegt haben, wer der Täter ist?«

»Entweder durch Zufall. Oder aber, er …«

»Nein, sprich es nicht aus«, untersagte sie ihm.

»Okay! Wie auch immer, es läuft darauf hinaus, dass Lui mehr darüber weiß, wie Nadine Weimer zu Tode gekommen ist, als du …«

»… und das schon von Beginn an«, vollendete sie seinen Satz. »Darum hat er sich auch Nadines Handy gekrallt, kaum dass es gefunden war und vor allem, bevor die Spurensicherer es in die Hände bekommen haben.«

»Woher weißt du das?«

Helena berichtete kurz von ihrer Unterhaltung mit Cadete Chaby.

»Moment. Du hast doch erzählt, dass es bei den Asservaten ist«, wandte Henrik ein.

»Ja. Ich vermute, dass Lui keine andere Möglichkeit sah, als es den Spezialisten zu überlassen, nachdem er festgestellt hatte, dass er es wegen des Meerwasserschadens nicht mehr aktivieren konnte. Darum hat er es unter die Beweismittel geschmuggelt. Und war deshalb auch hinterher so erpicht darauf, als Erster zu erfahren, ob die Daten ausgelesen werden konnten.«

Nun war es an Henrik, einen leisen Fluch loszuwerden. »Wir sollten das ausdiskutieren, sobald du zu Hause bist.«

»Kann spät werden«, ließ sie ihn wissen, und es klang prophylaktisch.

»Ich habe auch noch was, allerdings ohne jede Gewissheit«, sagte er.

»Kein Spielchen jetzt, Henrik!«, zischte sie.

»Okay, okay! Bleib ruhig. Gut möglich, dass ich mich irre, aber … ich glaube, dieser Eichberger, der war heute Morgen bei mir im Antiquariat.«

»Das ist doch …« Helenas Aufschrei verursachte einen eisigen Schauer in seinem Nacken. Ehe er eine Erklärung einfordern konnte, vernahm er das Quietschen von Reifen. Dann brach die Verbindung ab.

44
Helena

Durch das heftige Bremsen rutschte das Handy aus der Ladestation und landete im Fußraum des Beifahrersitzes. Damit kappte auch die Verbindung mit der Freisprechanlage. Doch nichts von all dem interessierte sie im Moment. Nicht, dass Henrik vermutlich aus der Leitung geflogen war. Und auch nicht das Gehupe der Autos, die durch ihren abrupten Stopp ebenfalls rüde zum Halten gezwungen wurden. Ihr Plan war es, sich erneut Rebocho vorzuknöpfen. Sie wollte ihm die Hölle heiß machen, wenn er ihr nichts Brauchbares über den Verbleib der Eichbergers lieferte. Irgendetwas, das ihr half, die beiden aufzuspüren. Auf dem Weg zum *Pequeno Paraíso* zwang sie die Umleitung einer Baustelle auf die Westumfahrung des Orts auszuweichen, die sie entlang der Küste und vorbei an den großen Hotelanlagen und dem Jachthafen wieder in den alten Stadtkern zurückführte. Dabei war sie gerade in Höhe des Palácio dos Condes da Guarda angekommen, als sie während ihres Telefonats mit Henrik einen schnellen Blick in den Rückspiegel geworfen hatte. Nur um in der Kürze eines Wimpernschlags zu erhaschen, wer dort, eine Verkehrslücke nutzend, hinter ihrem Wagen über die Straße huschte. Diese Beobachtung verleitete sie zu der harschen Vollbremsung, die mangels eines Antiblockiersystems in ihrem Peugeot mit einem schrillen Kreischen der abgefahrenen Reifen kommentiert wurde. Sie kurbelte wild am Lenkrad, der Wagen machte einen gewaltigen Satz über den Randstein, den die Stoßdämpfer nur mit einem ungesunden Knirschen hinnahmen, dann parkte sie auch schon mitten auf der Strandpromenade. Ohne sich die Zeit zu nehmen, ihr Handy von der Fußmatte zu fischen, stieg sie aus und knallte die Autotür hinter sich zu. Den Unmut, den ihr Fußgänger und Radfahrer, die auf dem gepflasterten Boulevard unterwegs waren, entgegenbrachten, bekam sie nur am Rande mit. Ihre ganze Aufmerksamkeit gehörte der Frau, die in Richtung Altstadt über den Rathausplatz eilte und bei der es sich eindeutig um Rachel Monahan handelte. Sie hatte sich nicht geirrt.

Helena erhaschte gerade noch, wie die Irin zwischen ein paar Marktständen verschwand. Der durch ihr abruptes Manöver verursachte Lärm hatte offenbar auch Rachels Aufmerksamkeit erregt. Denn sie sah sich um, als Helena bereits ebenfalls durch die Verkaufsstände hetzte. Obwohl die Distanz zwischen ihnen an die dreißig Meter betrug, trafen sich ihre Blicke. Und auch der Kellnerin schien in dieser kurzen Sekunde einzufallen, wer da auf sie zu rannte. Rachel bog sofort nach rechts in die nächste Gasse ab. Ungeachtet der vielen Leute, die sich hier um den Rathausplatz tummelten, stürmte Helena hinterher.

Sie hätte nicht gedacht, dass es sich einmal auszahlen würde, die Innenstadt von Cascais wie ihre Westentasche zu kennen. Doch seit ihre Eltern hier herausgezogen waren, war sie schon unzählige Male mit ihnen und Sara durch das Gewirr dieser Gassen gebummelt. Daher musste sie nicht lang überlegen, um Rachels Fluchtmöglichkeiten abzuwägen. Mit schnellen Beinen tanzte sie durch die Tischreihen der Restaurants und Bars, welche die Straßenzüge und kleinen Plätze in diesem Teil des Ortskerns für ihre Außengastronomie in Anspruch nahmen und zustellten. Einen besonders weit in den Laufweg gerückten Stuhl meisterte sie wie eine Hürdenläuferin. Sie konnte froh darüber sein, dass am frühen Nachmittag nicht allzu viele Gäste das Kneipenviertel bevölkerten. Gegen Abend wäre hier kein so einfaches Durchkommen mehr. Natürlich gehörte auch ein Quäntchen Glück dazu, dass ihre Abkürzung tatsächlich genügte, um Rachel an der nächsten Ecke, in Höhe der Grünanlage Jardim Visconde da Luz, einzuholen. Wegen des dichten Verkehrs auf der Rua Valbom konnte sich die Kellnerin nicht auf die andere Straßenseite retten, ehe Helenas Hand ihren Oberarm packte.

Mit der letzten ihr verbliebenen Luft stieß Rachel einen wütenden Schrei aus, der viele Blicke auf sich zog. Doch das war schon alles an Gegenwehr. Helena beruhigte die umstehenden Passanten mit ihrem Dienstausweis, den sie über den Kopf gehoben in die Runde zeigte. »Polícia, alles in Ordnung! Bitte gehen Sie weiter!«, presste sie keuchend hervor. Dann zeigte sie rüber zu dem Café, das gleich am Kreisverkehr vor dem kleinen Stadtpark lag. »Wir unterhalten uns jetzt!«, machte sie der Kellnerin unmissverständlich klar, bevor sie deren Arm wieder freigab.

Das Angebot, hier in der Öffentlichkeit in einem Straßencafé verhört zu werden, war ein Kompromiss, mit dem Rachel Monahan klarzukommen schien. Jedenfalls blieb sie friedlich und setzte sich brav auf den ihr zugewiesenen Stuhl. Sie waren allein, was Helena begrüßte. Die niedrig wachsenden Palmen spendeten wohltuenden Schatten nach der schweißtreibenden Hetzjagd. Dennoch wünschte sie sich, sie hätte eine Bluse zum Wechseln im Auto. Da vorhin alles so überstürzt ablief, hatte sie vergessen die Sonnenblende runterzuklappen, an der der Hinweis auf einen *Dienstwagen im Einsatz* klebte. Wenn sie Pech hatte, würde man ihren widerrechtlich auf der Strandpromenade abgestellten Peugeot früher oder später abschleppen. Aber das war jetzt alles nicht wichtig. Helena suchte Rachels Blick. »Warum sind Sie weggelaufen, an dem Morgen, als Sie uns im Pub gesehen haben?«

»Hey, das bin ich gar nicht, hatte nur was zu Hause vergessen. Das war alles. Sorry, dass es für Sie anders ausgesehen hat.«

»Ich glaube Ihnen nicht!«, machte Helena klar. »Außerdem sind Sie vorhin erneut vor mir getürmt. Welche Ausrede haben Sie diesmal?«

Die Irin setzte zu einer weiteren Erklärung an, doch dann kam kein Wort zwischen ihren schmalen Lippen hervor. Auch ihr rann der Schweiß über die geröteten Wangen. »Markie sieht es nicht so gern, wenn man mit Bullen spricht«, murmelte sie schließlich, gedrängt durch Helenas unnachgiebigen Blick. Helena merkte ihr sofort an, dass sie diesen Satz unverzüglich bereute. Da war ihr etwas herausgerutscht, das sie nicht hatte offen aussprechen wollen.

»Markie? Meinen Sie Markus Mulholland? Den Türsteher des O'Learys?«, hakte Helena sogleich nach.

Rachel schüttelte den Kopf, doch die Angst, die von einem Wimpernschlag auf den anderen den Trotz in ihren Augen verdrängte, verriet das Gegenteil. »Erklären Sie mir, was es *Markie* angeht, wenn Sie sich mit der Polizei unterhalten!«, verlangte Helena, einer plötzlichen Eingebung folgend. »Oder es passiert genau das, was Sie unbedingt zu verhindern suchten. Ich lasse eine Streife kommen, die Sie aufs Revier bringt. Hier vor aller Augen.« Eine leere Drohung, wie ihr sogleich einfiel, da ihr Handy im Auto lag. Rachel zögerte. Der Verkehrslärm, ja sämtliche Geräusche der Stadt, rückten mit jeder verstreichenden Sekunde in den Hintergrund. Auch ließ sich nach wie vor keine Bedienung blicken. Im Inneren des Cafés regte sich nichts, so als ahnte das Personal, dass man sie in Ruhe lassen sollte. »Noch sieht es für alle Unbeteiligten so aus, als säßen sie hier mit einer Freundin. Es ist ihre Entscheidung«, insistierte Helena.

»Nein, bitte. Machen Sie das nicht«, flehte Rachel schließlich mit kaum vernehmlicher Stimme.

»Ihre Entscheidung«, wiederholte Helena.

»Fuck, fuck, fuck«, zischte Rachel und blickte sich hektisch um. Sie sah aus, als stünde sie kurz davor, hysterisch zu werden.

»Was ist passiert?«, fragte Helena so sanft, wie sie das eben in dieser Situation hinbekam.

Rachel wischte sich eine störrische Haarsträhne aus der Stirn. »Markie hat Wind davon bekommen, dass ich mit einem Bullen gequatscht habe. Einer seiner Leute hat beobachtet, wie Ihr Kollege auf mich eingeredet hat, und es Markie natürlich sofort gesteckt.«

»Einer seiner Leute?«, wiederholte Helena, schwenkte dann gedanklich aber sofort zurück zum eigentlichen Kern von Rachels Aussage. »Dann hat Lui Sie doch eingeholt, nachdem Sie aus dem Pub gestürmt waren?« Sie spürte, wie die Aufregung sie noch stärker erfasste.

»Hat er Ihnen erzählt, ich sei entkommen? Dieses langbeinige Arschloch.«

Helena musste sich darum bemühen, ihre Gedanken zusammenzuhalten. Lui hatte sie angelogen. Das war ihr nicht sonderlich fremd, aber natürlich kam es immer auch auf die Situation an. Ihr Blut pulsierte nun spürbar schneller durch die Adern. »Was hat mein Kollege zu Ihnen gesagt?«

»Was denken Sie denn? Dass ich das Maul halten soll, darüber, dass ich ihn mit dieser Frau gesehen habe. Sonntagabend. Und am nächsten Morgen ist sie plötzlich tot. Ganz ehrlich …«

Mit jedem von Rachels Worten verstärkte sich das eiskalte Kribbeln, das sich ungeachtet der dreißig Sonnengrade an Helenas Wirbelsäule nach oben arbeitete. *Lui und Nadine? Was zur Hölle!* War Lui derjenige, mit dem sie sich laut Dave Lindsey hatte treffen wollen, anstatt mit ihm zum Surfen nach Nazaré zu fahren? Wie konnte das sein? Was hatte Lindsey gesagt? *Ein Bekannter aus Studienzeiten. Heiligemariamuttergottes!*

Rachel sah sie weiterhin aus verängstigten Rehaugen an. Sie musste sich jetzt zusammenreißen. Der Moment war entscheidend, sie konnte ihn nicht ungenutzt verstreichen lassen. Es galt, jede Sekunde zu nutzen, in der die junge Frau bereit war, mit allem herauszurücken, was sie wusste.

»Lui hat Ihnen also untersagt, darüber zu sprechen, dass Sie ihn mit der Deutschen gesehen haben. Wo war das? Im Pub?«

Rachel schüttelte den Kopf. »In einem Café, in der Rua das Flores. Es heißt Beiramar oder so ähnlich. Bin da nur zufällig vorbeigeschlendert, aber ich hab die Frau wiedererkannt. Ich wusste sofort, dass sie es war, die am Tag zuvor mit Dave rumgemacht hat. Hab mir natürlich nichts weiter dabei gedacht, konnte es mir allerdings auch nicht verkneifen, sie zu grüßen. Sie hat ein bisschen blöd gekuckt, weil sie ja auch gleich überrissen hat, dass ich im O'Learys arbeite. Das war eigentlich schon alles.«

Nicht nur Nadine, auch Lui wusste am Montagmorgen sofort, wer da ins Pub kam. Rachel kapierte unverzüglich, dass Lui bei der Polizei war. Also suchte sie augenblicklich das Weite. »Wann genau sind Sie sonntagabends auf die beiden getroffen?«, hakte Helena nach.

»Weiß nicht, so gegen elf vielleicht. Ich kam vom Strand, war noch schwimmen. Um diese Zeit, in der Abenddämmerung, hat man das Meer fast für sich alleine. Jedenfalls war ich auf dem Heimweg, weil ich am nächsten Tag die Frühschicht hatte. Und den Rest kennen Sie ja.«

Nadine hatte Lui getroffen, nachdem sie zuvor mit den Eichbergers beim Abendessen gewesen war. Zwei Stunden später hatte man sie im Meer ertränkt. Helena musste erst einmal verdauen, was sie eben aus dem Mund der Irin zu hören bekommen hatte. Fest stand nur, dass es keinen ersichtlichen Grund für Rachel gab, ihr irgendetwas vorzulügen. *Lui und Nadine? Merda!*

Immer noch war kein Kellner aufgetaucht. Einerseits könnte sie jetzt etwas zu trinken gebrauchen, um die Trockenheit in ihrem Hals zu lindern. Andererseits wollte sie ihre Vernehmung mit Rachel nicht durch das Heranrufen einer Servicekraft ins Stocken bringen. »Zurück zu Mulholland«, nahm sie den Faden wieder auf. »Was genau hat er geglaubt, dass Sie Lui erzählt haben könnten?«

Wieder brauchte Rachel ein paar Sekunden, um eine Antwort zu formulieren. »Hören Sie, der Mann ist ein bisschen paranoid, wenn es um die Polizei geht. Ich hab wirklich keine Ahnung. Er hat mir nur den Rat gegeben, ein paar Tage von der Bildfläche zu verschwinden, bis sich alles beruhigt hat.«

»Was meinte er damit? Was sollte sich beruhigen?«

»Schätze mal, es machte ihn nervös, dass wegen dieser toten Touristin so viele Bullen in der Stadt herumliefen.«

Helena versuchte zu verstehen, was sie gerade gehört hatte. Der Ire wollte keine Polizisten im Ort? Warum? Immerhin war vor allem in der Hauptsaison nicht allein die Ortspolizei präsent, man stockte in dieser Zeit auch die Mannstärke der Guarda auf. Oder wollte Mulholland einfach keine Kripobeamten in Cascais herumschnüffeln wissen? Ohne eine Antwort darauf zu finden, schoss ihr ein anderer Gedanke durch den Kopf. »Am Montagmorgen, als Sie Ihre Arbeit antreten wollten, da konnten Sie doch noch gar nicht wissen, was uns ins O'Learys geführt hat …«

Rachels Reaktion war überdeutlich. Die Kellnerin wusste sofort, worauf sie abzielte. »Ich habe die Meldung von dem Leichenfund am Praia da Duquesa gleich nach dem Aufstehen im Radio gehört«, fuhr sie ihr ins Wort.

»Okay, das mag gut sein, dass im Radio bereits darüber berichtet wurde. Aber mehr, als dass dort eine tote Person gefunden worden war, war zu diesem Zeitpunkt noch nicht öffentlich bekannt. Trotzdem haben Sie diese Nachricht sofort mit Nadine und folglich auch mit Lui in Verbindung gebracht. Demnach wussten sie zu diesem Zeitpunkt bereits, um wem es sich bei dem Leichenfund handelte. Das müssen Sie mir verdammt noch mal erklären!«

45
Henrik

Mehrfach hatte er Helenas Nummer gewählt, war aber immer nur auf ihrer Mailbox gelandet. Schließlich hatte er aufgegeben, und seither rang er mit sich, ob er nicht hinaus nach Cascais fahren sollte. Doch was hätte er dort schon ausrichten können, solange er nicht wusste, wo genau er nach Helena Ausschau halten sollte? Sie war doch in ihrem Auto gewesen, als das Telefonat jäh unterbrochen wurde. Was war ihr bloß zugestoßen?

Es machte keinen Sinn, sich deswegen jetzt verrückt zu machen. Für eine Sekunde hatte er vorhin gedacht, dass ihre heftige Reaktion am Telefon von seinem Bericht über den morgendlichen Besucher ausgelöst worden war. Dass ihr das Handy irgendwie aus den Fingern gerutscht war. Aber dann hätte sie bestimmt unverzüglich zurückgerufen. Also doch ein Autounfall? Ihm fiel nichts ein, was sonst vernünftig erklärte, warum sie nicht mehr zu erreichen war. Außer, sie war angegriffen worden.

In Phasen besonderer Anspannung vollführte sein Gehirn hin und wieder nicht verständliche Kapriolen. Urplötzlich überkam ihn der Gedanke an die Prepaidnummer, die er bei Rebocho hinterlassen hatte. Das hatte er komplett verdrängt. Und auch jetzt konnte er nicht abschätzen, ob das überhaupt noch wichtig war. Trotzdem eilte er ins Büro und riss die Schublade am Schreibtisch auf, in der er die Wegwerftelefone verwahrte. Er fand das entsprechende Gerät, musste es aber vorher mit Strom versorgen, um es einschalten zu können. Als es endlich zu leuchten begann, zeigte das Display zwei Anrufe derselben Nummer. Beide von gestern Abend. Der Hotelier hatte also tatsächlich versucht, ihn zu erreichen. Wollte er sich das von Henrik vorgeschlagene Geschäft sichern? Hatte er die Anrufe direkt vom Jachthafen aus getätigt? Wenn dem so war, wusste Rebocho, dass Henrik ihm einen Bären aufgebunden hatte. Weshalb er sich erst recht fragen dürfte, was für eine Absicht hinter Henriks Auftritt im Hotel steckte. Die Bedenken, dass er damit auf irgendeine Weise Helena in Gefahr gebracht hatte, ließen sich nicht mehr aufhalten. Vielleicht hatte Rebocho Helena nach ihrem ersten Aufeinandertreffen im Zuge ihrer Ermittlung ja beschatten lassen. Henrik dachte an den zerstochenen Reifen. An den schwarzen BMW, der sie tags darauf geschnitten hatte. Diese subtilen Botschaften, die ihr vermittelten, dass man sie im Auge hatte. Das war wenig abwegig, wenn er bedachte, dass der Mann früher für ein Drogensyndikat tätig gewesen war. Hatte Rebocho herausgefunden, dass die Kommissarin und der angebliche Jachtbesitzer ein Paar waren? Bei dieser Überlegung geriet Henrik spürbar ins Taumeln. Die Enge seines Büros half ihm dabei, auf den Beinen zu bleiben. Sie verhinderte jedoch nicht, dass er in einen Gedankenstrudel gesogen wurde.

Als er wieder klarsah, stellte er fest, dass er hinaus ins Antiquariat geschlurft war, dorthin, wo vor wenigen Stunden der Mann gestanden hatte, den er für Axel Eichberger hielt. Ungeachtet dessen, dass seitdem offensichtlich einige Zeit verstrichen war, in der er sich mal wieder in einem Tunnel befunden hatte. Einem Tunnel, dessen Wände mit Furcht bekleistert waren. Er konnte nicht einmal sagen, ob sich zwischenzeitlich irgendwelche Kunden im Laden aufgehalten hatten. Die Benommenheit verflüchtigte sich mit dem nächsten, tiefen Atemzug. Ein Blick auf sein Handy verriet ihm, das Helena immer noch nicht zurückgerufen hatte. Doch seine Besorgnis deswegen war weniger geworden.

Dass Rebocho ihr etwas angetan haben könnte, kam ihm mit einem Mal widersinnig vor. Dazu bestand überhaupt kein Anlass. Im Gegenteil: Rebocho würde doch alles daransetzen, weiterhin als unbescholtener Unternehmer dazustehen. Warum also glaubte er, Helena von dieser Seite in Gefahr zu wähnen?

Außerdem war es nicht Henrique Rebocho, der ihm heute Früh einen Besuch abgestattet hatte. *Verdammt noch mal, reiß dich jetzt zusammen!* Er lenkte seine Überlegungen hin zu diesem Eichberger. *Es ging um was Persönliches zwischen Ihrem Onkel und mir. Ich bin lediglich gekommen, um mich für seine Hilfe zu bedanken, das ist alles.*

... der Fall ist abgeschlossen ...

Henrik fühlte die Klarheit in seinen Kopf zurückkehren. Womit ihm auch bewusst wurde, was er schon längst hätte tun sollen, statt in wirren Spekulationen zu ertrinken. Es war schleunigst angesagt, im Antiquariat nach Hinweisen auf Eichberger zu suchen. Wenn Martin diesem Mann geholfen hatte, musste das hier irgendwo dokumentiert sein. Ebenso wie Henrique Rebocho war auch Axel Eichberger nicht in *Falkners Liste* erfasst, so viel wusste er sicher. Also musste er zwangsläufig woanders suchen. Martins Einfallsreichtum beim Verstecken der Fakten zu den ungeklärten Verbrechen war bisweilen ziemlich verquer. Man durfte nichts ausschließen und musste kreativ denken. Sein Einfall diesbezüglich erschien abwegig, doch er wollte es auf einen Versuch ankommen lassen.

Manchmal ging es schneller, als man es zu hoffen wagte, stellte Henrik eine Viertelstunde später triumphierend fest. In seinen Händen hielt er einen Wälzer über *Quercus suber*. Quercus suber, die anspruchslose portugiesische Korkeiche, diesen immergrünen Laubbaum, dessen besondere Rinde seit Jahrhunderten eine nachhaltige Lagerung von Weinen zu verdanken war. Der arg zerfledderte Bildband, der sich ohnehin nicht mehr verkaufen lassen würde, stammte aus den 1970er-Jahren, die meisten Fotografien darin waren in Schwarz-Weiß. Zwischen den einzelnen Abbildungen war viel Platz geblieben für Martins Anmerkungen, die er in diesem seltenen Fall sogar datiert hatte. Axel Eichbergers letzter Besuch im Antiquariat war vor fünf Jahren gewesen. Auch die nachfolgenden Notizen waren diesmal überaus aufschlussreich und verständlich. Es bedurfte zweier weiterer Bücher, auf die verschlüsselt verwiesen wurde. Doch Henrik hatte diesen Code für Querverweise von Martin schon vor einer Weile geknackt. Innerhalb der nächsten Stunde erstellte er damit eine Übersicht der Faktenlage. Damit blieb kein Zweifel mehr. Axel Eichberger hatte um Martins Hilfe bei der Aufklärung eines Verbrechens gebeten und diese, nach dessen Auftritt von heute Morgen zu schließen, offenbar auch erhalten. Doch das war nicht alles an Erkenntnis, was Henrik aus dem ziehen konnte, was sein Onkel im *Buch der Korkeichen* zusammengefasst hatte. Nachdem Henrik verstand, was er vorgefunden hatte, beschleunigte eine aufkeimende Angst seinen Herzschlag. Eine andere als jene, die ihn seit Wochen immer wieder heimsuchte. Er musste sich gegen die Verkaufstheke lehnen, weil er aufs Neue Gummi in den Beinen fühlte. Da er auch sonst nicht wusste, wie er weitermachen sollte, wählte er mit wenig Hoffnung erneut Helenas Nummer. Diesmal endete die Folge der Ruftöne nicht wie bei all den Versuchen zuvor auf der Mailbox. Das Gespräch fand einen Empfänger. »Alô?«, meldete sich eine männliche Stimme.

»Wer spricht da?«

»Hier ist die Polícia Municipal, Cadete Jorge Chaby. Wer sind Sie?«

»Wo ist Inspetora Gomes?«, fragte Henrik, der sich zügeln musste, nicht laut loszubrüllen.

»Das fragen wir uns auch«, bekam er als Antwort, gefolgt von der erneuten Aufforderung sich zu erkennen zu geben.

»Ich bin ihr … ihr Lebensgefährte. Ist ihr was zugestoßen?«

»Nennen Sie Ihren Namen!«

Henrik ballte die Hand zur Faust, mit der er eben noch Halt gesucht hatte. »Falkner. Henrik Falkner. Was ist mit Helena? Reden Sie schon, Cadete Chaby, verdammt noch mal!«

Es folgte eine Pause. Henrik vermutete, dass der Polizist Rücksprache mit jemandem hielt. Das Herz schlug ihm bis zum Hals. »Wir wissen es nicht«, bekam er schließlich nach einer gefühlten Ewigkeit zu hören.

»Wie? Was soll das heißen, Sie wissen es nicht?«

»Hören Sie, Senhor Falkner. Ich habe die Inspetora vor gut zwei Stunden bei uns auf dem Revier getroffen, daher kenne ich ihr Auto. Das parkt jetzt hier widerrechtlich auf dem Gehweg direkt am Praia da Ribeiro. Der Wagen ist nicht abgeschlossen. Ihr Handy lag im Fußraum auf der Beifahrerseite. Hätten Sie nicht gerade angerufen, hätte ich es gar nicht bemerkt.«

»Ich komme«, zischte Henrik und trennte die Verbindung. Die Angst, die ihn nach diesem kurzen Telefonat gänzlich aushöhlte und nun in aller Deutlichkeit ihre Berechtigung hatte, galt nicht mehr ihm selbst, sondern einzig und allein der Frau, die er liebte.

46
Helena

Etwas war in Bewegung geraten. Unerwartet und heftig. Die Untersuchung zum Tod von Nadine Weimer hatte eine Wendung erfahren. Den Durchbruch, auf den sie gewartet hatte. Doch er war in eine Richtung erfolgt, mit der sie momentan schwer zurechtkam. Sie waren unterwegs zu Rachels Wohnung, um zu holen, womit die Irin ihre Aussage bestätigen wollte. Helena war sich ziemlich sicher, dass Rachel keine Dummheiten machen würde, weshalb sie auf Handschellen verzichtete. Dennoch würde sie nicht um eine Festnahme der Kellnerin herumkommen. Und Rachel war schlau genug, das zu wissen. Helena behielt sie also trotz der vermeintlichen Einigung, die sie vorhin im Café getroffen hatten, wachsam im Auge. Dabei drifteten ihre Gedanken hin zu dem, was ihr Henrik erzählt hatte, kurz bevor sie entlang der Küstenstraße auf Rachel gestoßen war. *Ich glaube, dieser Eichberger, der war heute Morgen bei mir im Antiquariat.* Noch so ein Ereignis, das ihr momentan völlig absurd erschien. Axel Eichberger verirrte sich in Henriks Laden. Nüchtern betrachtet hörte sich das nach einem unmöglichen Zufall an. Mittlerweile bereute sie schmerzlich, trotz aller gebotenen Eile ihr Handy nicht mitgenommen zu haben.

»Da sind wir«, hörte sie Rachel neben sich sagen. Helena nickte mechanisch. Sie hatte der Irin bisher nicht verraten, dass sie ihr Appartement bereits vor zwei Tagen inspiziert hatte. Verschwörerisch leise stiegen sie die Treppe hoch. Die kleine Promenadenmischung der argwöhnischen Nachbarin schlug dennoch an, und sein hohes Gebell begleitete sie hinauf ins Obergeschoss. »Verfluchter Köter«, raunte Rachel und öffnete die Tür, die Helena am Dienstag beim Verlassen der Wohnung einfach hinter sich zugezogen hatte. Die Irin wirkte jedenfalls nicht verwundert darüber, sie nicht verriegelt vorzufinden, obwohl sie ihr Appartement laut eigener Angabe vier Tage unbewohnt gelassen hatte. Vier Tage, die sie bei einer Freundin in Lissabon verbracht hatte. Weil Markus Mulholland verlangte, dass sie der Polizei aus dem Weg ging …

Jedenfalls schien sie nicht zu registrieren, dass sie ihre Wohnungstür nicht ordentlich abgeschlossen hatte. Helena folgte Rachel in den Flur. Die Luft war noch stickiger geworden. Im Türrahmen zum Wohn-Ess-Bereich hielt sie Rachel zurück. »Sehen Sie sich genau um! Ist alles so, wie Sie es verlassen haben?«

Rachel bekam große Augen. »Sie haben es echt drauf, einem Angst zu machen.« Zögerlich schritt sie rüber zur Küchennische, am Esstisch vorbei, auf dem die Müslischale stand, deren Inhalt mittlerweile grünliche Haare bekommen hatte. Vor der Tür zum Schlafzimmer blieb sie stehen und sah Hilfe suchend zu Helena. Die nickte auffordernd, und Rachel wagte sich in den abgedunkelten Raum. Sie tastete nach dem Lichtschalter. Eine nackte Glühbirne flammte auf und machte die Unordnung, die hier herrschte, noch deutlicher. Das zerwühlte Bett, die Kleider, die auf dem Boden verstreut herumlagen. Nichts davon versetzte Rachel in Unruhe. »Hat leider keiner aufgeräumt«, sagte sie und grinste schmal.

»Und auch niemand was gesucht?«, hakte Helena nach, die auch beim diesmaligen Betreten der Wohnung nicht von dem Gefühl loskam, dass zwischenzeitlich jemand hier gewesen war.

Rachel zuckte mit den Schultern.

»Es war nicht abgeschlossen«, erinnerte Helena.

»Jetzt, da Sie es sagen«, entgegnete die Irin. »Bin hin und wieder ziemlich nachlässig …« Für Helena hörte sich das nach einer schwachen Ausrede an. Womöglich wusste Rachel, wer sich hier umgesehen und wonach er gesucht hatte. Vielleicht war es auch Lui gewesen. Auch das hielt Helena nicht mehr für abwegig. Sie betrachtete die Kellnerin aufmerksam. Die Lässigkeit, die sie nun wieder an den Tag legte, war gespielt. Was auch immer sie einschüchterte, sie bemühte sich darum, es hinter diesem vermeintlich souveränen Auftreten zu verbergen.

»Gut! Zeigen Sie mir, was Sie in der Nacht auf Montag am Strand gefunden haben!«, verlangte Helena.

Rachel huschte an ihr vorbei, rüber zur Küche. Ungeachtet der Lebensmittelpackungen und Weinflaschen, die auf dem vergilbten Kühlschrank standen, schob sie das Gerät von der gekachelten Wand weg. So schwungvoll, dass eine Schachtel Cornflakes darauf umkippte und ihren Inhalt auf den Bodenfliesen verteilte. Hinter dem Kühlschrank war eine Holzplatte angebracht, die vorher nicht zu sehen war. Rachel löste sie aus der Wand und öffnete damit eine Vertiefung im Mauerwerk. »Keine Ahnung, wofür das mal vorgesehen war, ist jedenfalls ein prima Versteck«, kommentierte sie und holte aus diesem *Versteck* einen schwarzen Müllsack hervor. »Der Beweis, dass ich die Wahrheit sage«, verkündete sie und streckte Helena den Beutel triumphierend entgegen.

47

Sie war so, wie Mona Eichberger sie beschrieben hatte. In Helenas Augen ein nicht sonderlich schönes Teil, das sie sich niemals über die Schulter hängen würde.

»Ich hab sofort gesehen, dass sie echt ist«, behauptete Rachel und bekam ein Funkeln in den Augen wegen dem, was Helena aus dem Müllsack gefischt hatte. Nachdem Mona Eichberger ihr das Modelabel anvertraut hatte, hatte Helena im Internet dazu recherchiert und wusste nun, dass sie für diesen unförmigen Lederlappen etwa ein Monatsgehalt hinblättern müsste. Sie streifte Einweghandschuhe über und prüfte den Inhalt, der sich nicht wesentlich von dem unterschied, was andere Frauen in deutlich billigeren Ausführungen mit sich herumtrugen. Was sie überdies fand – Ausweis und Führerschein sowie Kredit- und Bankkarten –, zeigte Helena, dass Rachel zumindest hier die Wahrheit gesagt hatte. Die Kellnerin hatte ihr Nadine Weimers vermisste Designerhandtasche überreicht.

»Sie müssen mir die genaue Stelle zeigen, an der Sie die Tasche gefunden haben!«, verlangte Helena.

»Auf einem der Felsen, unterhalb der Bastionsmauer. Sorgsam dort abgelegt«, wiederholte Rachel.

»Das reicht nicht, ich muss es sehen. Wir werden da zusammen hingehen müssen«, machte Helena klar, was der Irin nicht schmeckte. Wenn Rachels Aussage stimmte, war die Handtasche nicht einfach zwischen die schroffen, vom Meer geformten Felsen geworfen worden. Was vermuten ließ, dass Nadine sie selbst dort deponiert hatte, bevor sie ins Wasser gegangen war. Freiwillig, um ein nächtliches Bad zu nehmen. Demzufolge war sie zu diesem

Zeitpunkt noch Herr ihrer Sinne und nicht durch Schlafmittel betäubt gewesen. Damit zerfiel Helenas Theorie, dass Nadine gegen ihren Willen zum Strand geschleppt worden war. »Noch mal zum Verständnis. Sie haben von der Promenade aus die Handtasche auf dem Felsen liegen gesehen, sind hin, haben sie sich geschnappt und sofort wieder das Weite gesucht«, fasste sie zusammen.

»Ich war angetrunken«, verteidigte sich Rachel.

»Und die Kleider?«

»Lagen auch dabei. Eine Bluse, ein Rock, Sandalen«, bestätigte Rachel. »Wegen der hellen Kleidungsstücke bin ich doch überhaupt erst darauf aufmerksam geworden, es war ja mitten in der Nacht. Die Klamotten jedenfalls hab ich nicht angerührt. Wenn ihr die nicht am Morgen gefunden habt, konnte jemand anderes sie brauchen.«

»Und da war kein Handy bei den Sachen?«

Kopfschütteln.

»Und auch nirgendwo Leute? Nichts, was Ihnen verdächtig vorkam?«

»Abgesehen von dem herrenlosen Zeug auf dem Felsen?«

»Abgesehen davon.«

»Nein, nichts. Mir war allerdings auch nicht danach, dort länger zu verweilen als nötig.«

»Klauen Sie öfter Taschen am Strand?«

»Hey, wirklich! Wenn dort jemand gewesen wäre oder ich auch nur Stimmen gehört hätte oder so, hätte ich mich nicht dazu verleiten lassen ...«

»Und Ihnen ist nicht in den Sinn gekommen, dass der Frau, der diese Sachen gehörten, vielleicht was passiert sein könnte? Mitten in der Nacht, am Strand, im Meer?«

»Ich war ja auch nicht ganz nüchtern, wie schon erwähnt.«

»Sie sagten, es war circa zwei Uhr nachts, als Sie die Tasche an sich nahmen. Wann sind Sie dahintergekommen, wem sie gehört?«

Rachel hatte sich zwischenzeitlich auf den einzig benutzbaren Stuhl an ihrem Tisch gesetzt. »Na, als ich in der Wohnung war und mir bei Licht ansehen konnte, was ich … Sie wissen schon.«

»Gestohlen habe«, vollendete Helena.

»Als ich den Führerschein rausgezogen habe, wurde mir klar, wem die Tasche gehörte. Ab da war's mir dann echt peinlich. Auch wegen Dave und so. Weil ich doch wusste, dass er was mit der Frau am Laufen hatte. Sie auf eBay zu verscherbeln war damit irgendwie keine Option mehr. Also hab ich sie erst mal im Geheimfach deponiert.«

»Wie ging es danach weiter, am nächsten Morgen, bevor Sie ins Pub gekommen sind?«, wollte Helena wissen.

Rachel zupfte an ihren Haaren herum, als helfe ihr das beim Überlegen. »Bin mit einem Kater aufgewacht und musste mich ein wenig beeilen. Kenny hat mich ohnehin schon auf dem Kieker, weil ich nicht immer pünktlich bin. Auf dem Weg ins Pub habe ich trotzdem mitbekommen, dass ungewöhnlich viele Bullen in der Stadt unterwegs waren. Dass in der Nacht jemand ertrunken ist, wusste ich ja schon aus dem Radio. Also nicht, dass es eine Frau war, aber dass wir eine Leiche am Strand haben. Ab da war es nicht schwer, eins und eins zusammenzuzählen. Scheiße, nachdem ich das überrissen hatte, ging mir mein Arsch echt auf Grundeis. Immerhin hatte ich die Handtasche bei mir in der Wohnung deponiert. Hey, ich dachte auch gleich an Dave und dass er ziemliche Schwierigkeiten deswegen kriegen könnte. Hatte sich ja nicht gerade versteckt, als er mit der Deutschen rumgemacht hat. Doch dann fiel mir der Typ wieder ein, mit dem ich sie am Abend zuvor gesehen habe. Und dass Dave beim Surfen war. Ich sagte mir also: ›Komm wieder runter, geh erst mal arbeiten und verhalte dich wie immer‹. Nur, als ich Sie dann zusammen mit dem Langen am Tresen stehen gesehen habe, da war mein Plan, unauffällig zu bleiben, in Nullkommanichts dahin.«

»Darum sind Sie getürmt. Nicht nur weil Sie Nadines Handtasche stibitzt haben, sondern auch, weil Sie meinen Kollegen als denjenigen wiedererkannten, der Nadine getroffen hatte, wenige Stunden bevor sie zu Tode kam«, fasste Helena zusammen. »Und als Lui Sie erwischte, hat er Ihnen gedroht, kein Wort darüber zu verlieren, was Sie beobachtet haben.«

Rachels Blick reichte als Bestätigung aus.

»Ich bringe Sie jetzt aufs Revier der Ortspolizei, dort können wir Ihre Aussage aufzeichnen.«

»Nein, verdammt, Sie hatten gesagt, wenn ich Ihnen die Tasche aushändige, wäre die Sache damit erledigt«, entgegnete Rachel. Unverhofft hatte sie Tränen in den Augen.

»Es geht leider nicht anders. Durch Ihre Aussage rückt ein mit den Ermittlungen dieses Falls betrauter Kriminalkommissar in den Kreis der Verdächtigen. Wir brauchen daher schleunigst Rückendeckung von der Staatsanwaltschaft. Auch, um Sie in Sicherheit zu wissen.« Helena verzichtete darauf, von Schutzgewahrsam zu sprechen, aber sie ging davon aus, dass es darauf hinauslaufen würde.

»Packen Sie ein paar Sachen ein, Zahnbürste und was Sie für die nächsten Tage brauchen! Ich warte draußen.« Rachel schlurfte mit hängenden Schultern ins Schlafzimmer. Offensichtlich hatte sie verstanden, dass ihr Helena keine andere Wahl ließ.

Helena stopfte die Designerhandtasche zurück in den Plastikbeutel, ging damit zur Wohnungstür und öffnete sie. Ihr Herz setzte für zwei Schläge aus. Im Treppenhaus stand David Lindsey. Und er richtete eine Pistole auf sie.

48

»Stecken Sie die Pistole weg!«, sagte Helena, weniger perplex, als sie sich fühlte. Lindsey wirkte ebenso überrascht, sie vor sich zu haben. Und für eine Sekunde sah er tatsächlich danach aus, als beabsichtigte er zu tun, was sie ihm auftrug. Er drehte seine Hand ein Stück, blickte verwundert auf die Waffe, ein Kleinkaliber in mattem Schwarz, zielte aber weiter in ihre Richtung. »Das tut mir wirklich leid, Inspetora«, erwiderte er, ohne zu erklären, was genau er an der Situation bedauerte.

»Was wollen Sie?«, herrschte Helena ihn an, entschlossen, nicht weiter auf Diplomatie zu setzen. Das war ohnehin nicht ihr Ding.

»Kenny meinte, ich muss was gutmachen, weil ich ihm die Bullen ins Haus geholt hatte, wegen meiner Weibergeschichten. Und dass ich ein Auge auf Rachel haben soll, die sich nicht an die Abmachung gehalten hat.«

»Welche Abmachung?«

Er schielte kurz runter in den Treppenschacht. »Bin eigentlich nicht scharf auf ein Verhör in der Öffentlichkeit, Inspetora«, gab er zurück. »Warum gehen wir nicht in die Wohnung?!«

»Lassen Sie ihn nicht rein!«, rief Rachel aus dem Flur.

Lindsey grinste. »Sie ist ein Sturkopf«, murmelte er Helena zu, bevor er laut wurde. »Wieso bist du nicht einfach in Lissabon geblieben, wie er es dir verklickert hat, verdammt noch mal!« Wieder sah er sich um. Ein Stockwerk tiefer fing der Hund erneut zu kläffen an. Helena bewegte sich rückwärts in Rachels Appartement hinein. Sie wollte nicht riskieren, dass auch noch Unbeteiligte in diese prekäre Lage involviert wurden. Lindsey folgte ihr und warf die Tür hinter sich zu.

»Wie genau sieht Ihr Plan mit Rachel aus, Dave?«, fragte Helena.

Mit der freien Hand wischte er sich seine blonden Surferlocken aus der Stirn. Er schwitzte. Offensichtlich fühlte er sich deutlich unwohl. Helena wurde klar, dass er weniger abgebrüht war, als er vorgab zu sein, und in einer Lage steckte, der er nicht gewachsen war. Das machte die Sache vermutlich noch unberechenbarer. Lindsey zuckte mit den Schultern.

»Also kein Plan. Nur ein wenig mit der Waffe drohen und sehen, was passiert?«, hakte sie nach. »Kann mir nicht vorstellen, dass Kennys Anweisungen so unpräzise waren. Wovor hat Ihr Onkel solchen Schiss?«

Das verunsicherte ihn noch mehr. Er war ein Surfer, einer dieser *Hang-Loose*-Typen, die vor allem in den Sommermonaten in Scharen die Strände Portugals unsicher machten und in den Tag hineinlebten. Lindseys Interessen waren auf Wellen und Meer beschränkt. Und auf Frauen. Doch mit einem Mal erwartete sein Onkel, dass er etwas gutmachte. *Wegen meiner Weibergeschichten.* Helena versuchte fieberhaft zu verstehen, was dahintersteckte. Was war bloß los mit diesen Iren aus dem O'Learys? Dass Dave Lindsey weiterhin die Pistole umklammerte und sie damit nicht aus den Augen ließ, hielt sie nicht davon ab nachzudenken. Ohne Frage, sie und Rachel befanden sich in akuter Gefahr. Aber sie war ebenfalls bewaffnet. Auch wenn ihr Handy in ihrem Auto liegen geblieben war, ihre Dienstwaffe steckte im Holster ihres Gürtels. Verborgen durch die leichte Jacke, die sie trotz der Sommerhitze genau deshalb immer trug. Auch wenn sie die Ärmel heute bis über die Ellbogen hochgekrempelt hatte, um sie aushalten zu können. Jedenfalls war Lindsey noch nicht auf die Idee gekommen, sie aufzufordern, sich zu entwaffnen. Ein kleiner Triumph in dieser verfahrenen Situation. Und nicht der einzige, wie sie plötzlich feststellte. *Die Iren aus dem O'Learys. Markie Mulholland und seine*

Leute. Da trieb etwas an die Oberfläche, das ihr Unterbewusstsein bislang verborgen gehalten hatte. Nicht nur, was den Union Jack an der Wohnungstür von Rachel Monahan anging, den sie bis zu diesem Moment einfach als gegeben hingenommen hatte. Und der bei genauerer Überlegung einen Widerspruch für jemanden darstellte, der aus der Republik Irland stammte. Was aber eben genau nicht der Fall war. Mit einem Mal war er da, dieser Geistesblitz. Darüber, woher Monahan stammte, ebenso wie Lengston. *Nicht irisch grün. Nein, blau-rot-weiß. Oder, in Kennys Fall blau-weiß. Die Nummer zehn.* Das Trikot. Linfield. Sie hatte ein bisschen von der Leidenschaft ihres Vaters für Fußball geerbt und kannte sich daher nicht nur mit portugiesischen Vereinen aus, sondern auch in den europäischen Ligen. Kenny Lengston war Fan des Linfield Football Clubs, einer Mannschaft, die nicht in der irischen Premier League spielte, sondern in der von Nordirland. Nordirland, das zum Britischen Königreich gehörte. Was Rachel mit ihrer Fahne an der der Tür bekundete … Allerdings waren nicht alle Nordiren von dieser Staatszugehörigkeit besonders angetan. Helenas Gedankenkarussell geriet jetzt so richtig in Fahrt. Kenny Lengston hatte wegen der Mordermittlung im Ort die Polizei in seinem Pub. Außerdem einen Neffen, der mit dem Mordopfer angebandelt hatte. Und dazu beschäftigte er eine Kellnerin, die der Toten die Handtasche geklaut hatte. Wovon er, auf welche Weise auch immer, Wind bekommen hatte, wie es schien. Jedenfalls ergab sich daraus eine Verkettung ungünstiger Umstände, die Lengston als Risikofaktor betrachtete, weil sie das O'Learys förmlich zum Magneten für die Kriminalpolizei machte. Und das schien dem Pubbesitzer und auch seinem Sicherheitsmann eindeutig zu viel zu sein. Zu viel für einen Patrioten wie Lengston, der einst dort beheimatet war, wo auch eine der gefährlichsten Terrororganisationen Europas herstammte. Nordirland, die Wiege der IRA.

49
Henrik

Er konnte Gisela dazu überreden, sich um Sara zu kümmern. Sie versprach, das Mädchen vom Kindergarten abzuholen und mit ihr in seiner Wohnung zu bleiben, bis er zurück war. Vermutlich würde sie Pizza bestellen und ihm wieder mal eine saftige Rechnung hinterlassen. Doch das war jetzt komplett nebensächlich. Er musste nach Helena sehen. Sie finden. Das Gespräch mit dem Polizisten hallte noch immer in seinen Ohren. Ihr verlassenes Auto am Strand, das Handy, das sie darin hatte liegen lassen. Alles zusammengenommen hörte sich fast so an, als wäre sie entführt worden. Aber am helllichten Tag, an einem so belebten Ort? Das ergab keinen Sinn. Ihm fiel kein Grund ein, warum das hätte passieren können. Außer dem, dass sie den Mörder von Nadine Weimer getroffen hatte. So wie ihr Kollege Lui, der nach dieser vermeintlichen Begegnung ebenfalls nicht mehr aufgetaucht war. Auch wenn er keine echte Erklärung für all das fand, hatte Henrik damit jeden Grund, erneut hinaus nach Cascais zu fahren.

Und er wollte vorbereitet sein. Keine Aussetzer mehr riskieren. Deshalb hatte er nun doch nach den Psychopharmaka in seinem Spiegelschrank im Bad gegriffen. Getan, was er aus Sturheit oder aus Angst, weil er nicht wusste, was das Zeug mit seinem Verstand machte, so lang vermieden hatte. Noch eine Sorge mehr, mit der er jetzt klarkommen musste. Doch nun trieb ihn eine echte Angst an, keine Einbildung. Seine tiefgreifende Furcht um Helena rückte alles andere, was ihn quälte, in den Schatten. Darum das Doxepin. Eine halbe Tablette. Mehr traute er sich nicht. Und vermutlich handelte es sich auch um den absolut falschen Zeitpunkt, um damit zu beginnen. Allein wegen der Nebenwirkungen, angefangen bei Müdigkeit und der betäubenden Wirkung auf sein Denken. Darüber hatte ihn die Ärztin im Krankenhaus aufgeklärt. Und darüber, dass sein Körper an die drei Wochen benötige, um sich auf das Medikament einzustellen. Er hatte demnach keine Vorstellung, was nach dieser ersten Dosis mit ihm passieren würde. Doch trotz der Gefahr von Benommenheit, fühlte er sich damit auch gewappnet im Kampf gegen seine Traumatasymptome. Wollte er Helena zu Hilfe kommen, blieb ihm keine Wahl.

So kam es, dass er den zweiten Tag in Folge im Zug saß. Er spürte die Bewegungen des Waggons, wenn dieser über Weichen hinwegglitt. Hörte die Stimmen der anderen Fahrgäste. Nahm alles um sich herum wahr. Nicht schärfer als sonst, aber auch nicht gedämpfter. Womöglich wirkte die Pille noch gar nicht, und bislang war es nur der Placeboeffekt, der seine Nerven im Zaum hielt.

Das Vibrieren des Handys schreckte ihn auf. Es war nicht Helenas Nummer, was das kurze Aufflackern von Hoffnung sofort wieder zunichtemachte. Der Anruf kam aus Deutschland. Er hatte darauf gewartet, aber nicht so zeitnah damit gerechnet.

»Hier ist Karlheinz«, meldete sich sein ehemaliger Kollege aus dem Dezernat I der Kriminalpolizei in Stuttgart.

»Das ging schnell«, sagte Henrik. Sein Hals war schon wieder schrecklich trocken und er musste sich bemühen, die Worte verständlich herauszupressen.

Karlheinz stand kurz vor seiner Pensionierung. Von dem stets unaufgeregten Schwaben hatte Henrik in den zwölf Jahren ihrer Zusammenarbeit gelernt, sein kriminalistisches Handwerk zu verfeinern. Dafür war er Karlheinz überaus dankbar, weshalb es Henrik auch ziemlich schwer gefallen war, ihn um etwas zu bitten, das der Hauptkommissar eigentlich hinsichtlich seiner stets korrekten Dienstauffassung von vornherein hätte ablehnen müssen. Doch wie es schien, setzte Karlheinz der Gewissenskonflikt weit weniger zu, als Henrik befürchtet hatte. Gut möglich, dass der nahende Abschied in den Ruhestand Karlheinz dazu verleitete, nicht mehr so akribisch auf die Vorschriften zu achten.

»Die Personenabfrage war kein großes Kunststück, aber das wusstest du ja schon, als du mich darauf angesetzt hast. Meine Bedenken gehen nur dahin, was ich dir davon tatsächlich mitteilen darf …«

Karlheinz Worte wurden von einer Durchsage unterbrochen, die blechern durchs Abteil hallte.

»Sitzt du gerade in einem Zug?«

»Ja, bin unterwegs, raus ans Meer.«

»Mach mich nur neidisch, Kollege! Du kannst dich gleich darauf einrichten, dass ich demnächst vor deiner Tür stehe. Und ich bleibe nicht nur ein paar Tage. Bald habe ich alle Zeit der Welt.«

»Wie gesagt, du bist jederzeit willkommen, wenn du dir den Ruhestand versüßen willst. Ich habe eine ganze Dachgeschosswohnung für dich frei.«

Seit Henrik in Lissabon lebte, hatten sie allerhöchstens vier Mal miteinander telefoniert. Dabei hatte es Karlheinz nie ausgelassen, mit seinem Besuch zu *drohen*. Henrik war nicht sicher, ob es je dazu kommen würde. Und in dem psychisch labilen Zustand, in dem er sich gerade befand, wäre es ihm eher unangenehm, den dann pensionierten Hauptkommissar bei sich zu beherbergen. Es war für Henrik schon auf gewisse Weise entwürdigend, dass Karlheinz ihn während seiner depressiven Phase nach Ninas Tod erlebt hatte. Ein weiteres Mal wäre nur noch beschämend.

»Lass uns zu meinem Anliegen zurückkommen, muss nämlich die nächste Station raus«, sagte er daher schnell. So sehr er

Karlheinz schätzte und mochte, er hatte jetzt schlichtweg keinen Nerv für weiteren Small Talk.

»Mir scheint, du hast den südländischen Lebensstil immer noch nicht verinnerlicht, mein Freund. Aber gut, wie du meinst. Ich sagte dir ja, ich werde dir nichts per E-Mail schicken. Ist mir zu riskant, nicht dass sie mir noch die Pension kürzen, wegen dir. Also spitz die Lauscher! Alles, was ich über diesen Axel Eichberger habe, sind ein paar Strafzettel wegen zu schnellem Fahren oder Falschparken. Was das angeht, würde ich also behaupten, der Mann ist absolut unbescholten.« Karlheinz holte Luft. »Was sein Unternehmen betrifft, diesen Möbelvertrieb, nun, da ist er in den letzten Jahren ziemlich ins Schlingern geraten. Unseren Freunden vom Dezernat für Wirtschaftsdelikte liegt ein Antrag der Finanzbehörden vor. Sie sollen eine mögliche Insolvenzverschleppung untersuchen. Näheres habe ich dazu in der Kürze der Zeit nicht herausgekriegt. Aber wenn du mich fragst, sollte Eichberger sich lieber um seine Firma kümmern, statt Urlaub in Portugal zu machen.«

Über Eichbergers finanzielle Schieflage wollte Henrik später nachdenken. »Hast du auch was zu seiner Frau?«, fragte er daher unverzüglich.

Karlheinz brummelte ein wenig vor sich hin. Anscheinend sortierte er Blätter. Er gehörte zu der Generation, die alles noch ausdruckte, bevor sie es las und weiterbearbeitete. »Mal sehen ... Aha, da ... Mona Eichberger, geborene Neumayer. Auch sie hatte noch nichts mit uns zu tun. Unauffällige Unternehmergattin, wenn du so willst. Keine Ahnung, ob das interessant für dich ist, aber sie arbeitet im Pharmazievertrieb ihres Bruders Helmut Neumayer. Mittelständisches Unternehmen in Reutlingen. Klingt für mich unspektakulär.«

Nicht für mich, dachte Henrik sofort. Helena hatte im Zusammenhang mit Nadine Weimers Tod von verschreibungspflichtigen

Medikamenten gesprochen, mit denen sie willenlos gemacht worden war. »Ja, hört sich ziemlich harmlos an«, bestätigte er und hängte ein leicht enttäuscht klingendes »Ist das alles?« an.

»Nicht ganz«, sagte Karlheinz, und schon im Tonfall wurde Henrik bewusst, dass sich sein einstiger Mentor das aus seiner Sicht Bedeutsamste bis zum Schluss aufgehoben hatte.

»Ich höre!«, erwiderte Henrik und spürte, wie er sich trotz des Downers in seinem Blut, mit einem Mal richtig wach fühlte.

50
Helena

Vielleicht war gar nicht Lengston die treibende Kraft, sondern dieser Mulholland, dachte Helena im selben Moment, als die Müslischale samt ihrem verschimmelten Inhalt gegen Lindseys Schädel knallte. Der Surfer kam ins Straucheln. Sie warf sich zur Seite, instinktiv, weil im selben Wimpernschlag genau das passierte, was ihr Verstand überhaupt noch nicht realisierte. Wohl aber ihre Beinmuskeln. Erschrocken wegen der Detonation an seiner linken Schläfe, drückte Lindsey den Abzug und jagte eine Kugel in den Fliesenboden. Unmittelbar dorthin, wo eben noch Helena gestanden hatte. Keramiksplitter spritzen auf, eine Staubwolke wirbelte auf und hüllte sie ein. Helena landete unsanft auf der Hüfte, weil sie die Arme nach oben riss, um ihr Gesicht zu schützen. Auch das erfolgte nur aus einem Reflex heraus. Der Schmerz der nadelspitzen Bruchstücke, die in ihre Unterarme eindrangen, war schneller in ihrem Hirn als jede Erkenntnis darüber, was sich gerade abspielte. Der Schalldruck des abgefeuerten Projektils wattierte ihre Gehörgänge. Trotzdem vernahm sie ein Rumpeln, gefolgt von einem schrillen Kreischen. Danach kehrte für einen unbestimmbaren Zeitraum Stille ein, die nur vom Rauschen des Bluts in ihren Ohren unterlegt war. Als Nächstes drang der beißende Geruch des Schießpulvers in ihre Nase. Helena nahm die Arme wieder runter. Das Zimmer war vom Staub vernebelt. Lindsey lag halb unter dem Esstisch und drückte mit seinem Handballen gegen die Platzwunde an der Stirnseite. Blut quoll zwischen seinen Fingern hervor. Die Waffe, mit der er geschossen hatte, lag außerhalb seiner Reichweite, mitten im Raum. Rachel lehnte an der Wand neben der Tür, eigentümlich nach vorne gebeugt, und wimmerte nahezu lautlos.

Helena richtete sich auf. Sie blutete aus mehreren Schrammen an den Armen und fühlte etwas Warmes über ihre Wange rinnen. Sie wagte nicht, danach zu tasten. Stattdessen zog sie ihre Dienstpistole und richtete sie auf Lindsey. Erst dann mühte sie sich wieder auf die Beine. In ihren Ohren begann es zu pfeifen. Mit der freien Hand hielt sie sich die Nase zu und versuchte den Druck auf den Trommelfellen loszuwerden, was ihr nur bedingt Linderung verschaffte. Sie machte zwei Schritte und bückte sich nach Lindseys Waffe. Es war eine Luger, neun Millimeter. Gesichert steckte sie sie in ihren Gürtel.

Der Surfer blinzelte zwischen seinen blutverschmierten Fingern hindurch in ihre Richtung. Er sah verstört aus. »Keinen Mucks!«, befahl Helena und tastete dahin, wo üblicherweise ihr Handy steckte. *Merda!*

»Rachel! Sind Sie noch bei mir?«, fragte sie, ohne Lindsey aus den Augen zu lassen. Während Lindseys Aufmerksamkeit auf sie gerichtet war, musste die Kellnerin die Müslischale vom Tisch genommen haben, um sie dem Iren an den Kopf zu schleudern.

»Fuck, fuck, fuck«, kam es leise zurück. Erst jetzt erkannte Helena, dass auch der Irin Blut aus einer Wunde am Hals lief.

»Wählen Sie den Notruf!«, verlangte Helena unmissverständlich.

51

Einer der Ersten, die in die Wohnung von Rachel Monahan gestürmt kamen, war Kadett Jorge Chaby. Und irgendwie war Helena froh darüber, auch wenn sein besorgter Gesichtsausdruck, kaum dass er sie erblickte, nichts Gutes erahnen ließ. Doch vermutlich sah sie schlimmer aus, als es tatsächlich der Fall war. Bepudert mit Keramikstaub, durchzogen von dunkelroten Bahnen gestockten Blutes.

»Der Notarzt ist gleich da«, verkündete er und überreichte ihr dann überraschend ihr Handy. Obwohl sie aussehen musste, als käme sie geradewegs aus einem Bombenkrater gekrochen, rang ihm ihr Gesichtsausdruck ein kurzes Lächeln ab. »Hab's in Ihrem Auto gefunden.«

»Obrigada!«, bedankte sie sich und deutete dann hin zu Lindsey. Während sie auf die Ankunft der Einsatzkräfte wartete, hatte sie ihm Handschellen verpasst und ihm ein Handtuch aus dem Bad geholt, mit dem er seine Wunde abdrücken konnte. »Der kommt erst mal in eure Zelle«, sagte sie. »Alles Weitere klären wir auf dem Revier.«

Für einen kurzen Moment glaubte sie, Kadett Chaby würde vor ihr salutieren, und war erleichtert darüber, dass er es sich dann doch verkniff, bevor er sich um Lindsey kümmerte. Danach wimmelte es in dem kleinen Appartement innerhalb weniger Minuten von Polizisten. Sie ordnete noch an, dass Rachel, nachdem sie ärztlich versorgt worden war, in Sicherheitsverwahrung genommen wurde, und versprach auch hier, bald eine Erklärung für diesen Befehl nachzuliefern. Gleich darauf kam ein Sanitäter, der sie sanft, aber bestimmt ins Schlafzimmer der Irin lenkte und darauf bestand, dass sie sich dort aufs Bett setzte. Sie ließ sich widerwillig verarzten. Die Splitter der zerschossenen Bodenfliese konnte der Nothelfer problemlos mit einer Pinzette entfernen, bevor er beide Unterarme aus ihrer Sicht übertrieben dick bandagierte. Danach reinigte er behutsam ihr Gesicht, ehe er sich um den Kratzer auf ihrer Wange kümmerte. Sie bekam ein Pflaster und das Versprechen des Sanitäters, dass keine Narbe zurückbleiben würde. Das half ihr dabei, etwas ruhiger zu werden. Eine Ruhe, die nicht allzu lange vorhielt. Nur bis zu dem Moment, als unverhofft Comandante Ralha in der Wohnung auftauchte. *Was zur Hölle macht der in Cascais?*

Er sah wütend aus, wie er da hereingestürmt kam. Helena war noch damit beschäftigt zu begreifen, wie ihr Vorgesetzter so schnell an Ort und Stelle sein konnte, und irgendwie funktionierten ihre Ohren noch immer nicht so recht, denn seine ersten Sätze verhallten ungehört. Oder aber, sie wollte einfach gar nicht wissen, welche Vorhaltungen er ihr gegenüber losließ.

»… mir das erklären?«, schallte es dann doch bis zu ihr durch.

Sie erhob sich von Rachels Bett und realisierte erst dadurch, dass sie dort immer noch gesessen hatte, obwohl der nette Sanitäter schon eine Weile fort war. »Können Sie alles in meinem Bericht lesen«, antwortete sie, weshalb der Comandante mitten in seinem nächsten Satz verstummte. »Bericht?«, raunte er und schnappte nach Luft. Sein Hals trug längst schon wieder die dunkelrote Färbung eines erregten Truthahns. »Sicher machen Sie hierüber keinen Bericht, Inspetora! Haben Sie mich nicht gehört? Darum kümmert sich ab sofort die Bundespolizei, die Kollegen vom Dezernat Organisierte Kriminalität. Wir verlieren kein Wort darüber, was sich heute hier zugetragen hat, ist das bei Ihnen angekommen?«

»Die Polícia Federal? Wieso?«

»Das liegt außerhalb Ihres Zuständigkeitsbereichs«, machte er ihr klar.

»Und die Mordermittlung?«, zischte Helena aufgebracht.

»Hat ja wohl nichts mit dem hier zu tun«, knurrte Ralha ebenso bestimmt zurück.

Helena schaute sich um. Aber die Spurensicherung hatte schon eingepackt, worauf sie abzielte. »Die Frau, die hier wohnt, war im Besitz der Handtasche, die der Toten gehört hat. Das ist doch Beweis genug, dass dieser Vorfall hier etwas mit meinen Ermittlungen zu tun hat.«

»Und verraten Sie mir auch, wie sie in den Besitz dieser Tasche …« Er blickte sich um. Offensichtlich angewidert von der Unordnung. »… dieser Ausländerin gekommen ist?«

»Laut ihrer Aussage hat sie die Tasche unten am Strand auf einem der Felsen liegen sehen und mitgenommen.«

Er glotzte ihr oberlehrerhaft entgegen. »Glauben Sie ihr das?«

Helena nickte.

»Da haben wir's!« Ralha hob die Hände zur Siegergeste. »Ein einziges Indiz, Inspetora. Zufällig hier hingeraten. Diese Tasche hätte jeder mitnehmen können, der sie dort hatte liegen sehen. Stimmen Sie mir zu!«

»Zufall?«, wiederholte Helena fassungslos.

»Zufall!«, bekräftigte der Comandante. »Das Verhör der Engländerin und alle weiteren Untersuchungen, was diese Angelegenheit angeht, übernimmt die Bundespolizei. Sie sind davon entbunden.«

Sie ist Irin, dachte Helena, korrigierte Ralha aber nicht. Auch hielt sie damit hintern Berg, dass Rachel von Lui bedroht wurde. Ganz abgesehen davon, dass Lui derjenige war, den Nadine Weimer am Abend ihres Todes getroffen hatte. Helena wusste, dass sie sich zügeln musste, um nicht auch noch die Morduntersuchung zu verlieren. Doch so ganz schaffte sie es nicht, ihre Wut zu unterdrücken. »Wie können Sie nur … Meinen Sie nicht, Sie schulden mir eine Erklärung dafür, warum auf mich geschossen wurde?«

Der Comandante kam noch einen Schritt näher. Nah genug, um zu riechen, dass er kürzlich eine kräftig mit Knoblauch gewürzte Speise zu sich genommen hatte. »Als Ihr Vorgesetzter schulde ich Ihnen gar nichts, Inspetora. Machen Sie sich sauber und gehen Sie wieder an die Arbeit, sofern Sie dazu fähig sind. Falls nicht, erwarte ich Ihre Krankmeldung morgen früh auf meinem Schreibtisch!« Er hatte sich bereits halb abgewandt, doch dann drehte er sich nochmals zu ihr um. »Unten wartet Inspetor Damasos auf Sie«, verkündete er gereizt.

52
Henrik

Kaum war er aus dem Bahnhof raus, vernahm er die Polizeisirenen. Diese allzu vertrauten Geräusche, die niemals etwas Gutes verhießen, brachten ihn noch mehr auf. Von einer Sekunde auf die andere fühlte er, dass seine Angst um Helena begründet war. Was auch immer in Cascais vorgefallen war, es bedurfte der Präsenz von Einsatzkräften, und der Gedanke ließ sich nicht mehr von sich schieben, dass die Frau, die er liebte, darin verwickelt war. Wie ferngesteuert folgte er dem durchdringenden Heulen und entfernte sich dabei von der Küste und dem alten Stadtkern. Darauf fokussiert, dorthin zu gelangen, wohin ihn die Sirenen leiteten, achtete er nicht sonderlich auf seine Umgebung. Doch ihm war schnell klar, dass der Stau auf der Durchfahrtsstraße mit der Anwesenheit von Polizei- und Rettungskräften zu tun hatte. Über der nächsten Kreuzung stieß er auf einen Pulk von Leuten, die dort zusammengelaufen waren. Es galt als ungeschriebenes Gesetz, dass das Kreiseln von Blaulichtern die Neugierigen anlockte wie Straßenlaternen die Motten. Seine Körpergröße reichte aus, um über die Köpfe der dort Versammelten hinwegzusehen. Uniformierte waren damit beschäftigt, den Straßenabschnitt von Autos und Schaulustigen freizuhalten. Henrik wusste, er musste diese Absperrung überwinden und sich irgendwie an den Sicherheitskräften vorbeimogeln. Nur wenige Augenblicke waren verstrichen, seit er sich hinter den Gaffern eingefunden hatte, doch als er sich umdrehte, stand er bereits mitten in der Menge. Und es schmeckte den Leuten nicht, dass er sich nun wieder hinausdrängte und dabei gegen hochgestreckte Arme stieß, die aufnahmebereite Handys in den Himmel reckten. Sobald er freie Bahn hatte, rannte er los, bog nach fünfzig Metern von der gesperrten Hauptverkehrsader ab, um es in der parallel dazu verlaufenden Straße zu versuchen. Die Rua das Grutas entpuppte sich als Sackgasse, deren Ende eine Autowerkstatt bildete. Seine Gedanken rasten schneller, als sein Herz es tat. So sehr außer Form war er noch nie gewesen. Selbst dann nicht, als er noch zwanzig Kilo mehr auf die Waage gebracht hatte. Henrik blinzelte hinauf in den klaren, von der Sonne ausgebleichten Himmel. Versuchte abzuschätzen, ob die Richtung stimmte und auf welcher Höhe zur Durchgangsstraße er sich in etwa befand. Ihm blieb keine Wahl, er musste pokern. Das Tor der Autowerkstatt stand offen. Darin war das Rattern eines Pressluftschraubers zu hören. Henrik betrat die Halle. Der eigenwillige Geruch von Schmierstoffen, Gummi und Alteisen hüllte ihn ein. Der Betonboden war mit schwarzem Schlick aus Reifenabrieb, Metallspänen, Bremsstaub und all dem anderen Dreck überzogen, den die zur Reparatur abgestellten Wagen über Jahre dort hinterlassen hatten. Er sah zwei Mechaniker, beide in ölverschmierten Overalls. Einer davon duckte sich unter die Motorhaube eines Renault, der andere wechselte die Reifen an einem aufgebockten VW Golf. Keiner nahm von ihm Notiz, als er die Werkstatt durchquerte und auf die verbeulte Stahltür zuging, an der ein Schild darauf verwies, dass diese nur vom Personal benutzt werden durfte. Sie war nicht verschlossen und öffnete sich mit einem Scharren, weil das Türblatt über den Boden schleifte. Auch das erregte niemandes Aufmerksamkeit. Henrik betrat den Gang, der von einer Neonröhre kalt ausgeleuchtet wurde. Verblichene Poster und abgelaufene Monatskalender mit leicht bis gar nicht bekleideten Frauen zierten die graustichigen Wände. Es zweigten drei Türen ab, die allesamt schwarze Finger- und Handabdrücke aufwiesen. Im Flur roch es nach Schweiß und anderen Körpergerüchen, aber auch nach den chemischen Komponenten von Lösungsmitteln, Lacken und Reinigern, was auf ein Materiallager hindeutete. Bevor er sich entscheiden konnte, welche der Türen er zuerst öffnete, schwang die mittlere davon auf – dem Gestank nach die Toilette – und ein Hüne betrat den Gang, der nichts als eine Latzhose zu tragen schien. Er präsentierte einen feisten Oberkörper, der für größtenteils missglückte Tätowierungen hatte herhalten müssen. Die Hände waren glänzend schwarz, als hätte er sie in Altöl gebadet. Sein kahl rasierter Kopf glich einem Fass, aus dem Henrik zwei knopfige Rattenaugen entgegenstarrten. Von einer Sekunde auf die andere wurde ihm die Beklemmung bewusst, die ihm schon seit einer Weile wieder folgte. Bisher hatte er oder vielmehr die Psychopille ihr Einhalt gebieten können.

»Verlaufen?«, fragte der Mechaniker mit einer zum vorhandenen Resonanzraum unpassend hohen Stimme.

»Gibt's einen Durchgang zur Hauptstraße«, entgegnete Henrik, zu perplex, um seine Anwesenheit mit einer Lüge zu erklären. Gleichzeitig machte er sich auf eine Konfrontation gefasst, die seiner Einschätzung nach nur auf körperliche Gewalt hinauslaufen konnte. Eine Auseinandersetzung, bei der er kräftemäßig unterliegen würde, und er bezweifelte, dies mit Schnelligkeit ausgleichen zu können. Die Verletzung durch den Schuss hatte ihn im Brustbereich steif und unbeweglich gemacht, und er war in den vergangenen Wochen nicht gerade fleißig darin gewesen, dieses Defizit durch intensives Physiotraining wieder auszugleichen.

»Letzte Tür, durchs Lager. Da ist eine Rampe. Das Rolltor ist offen«, gab der Glatzkopf zu seinem Erstaunen bereitwillig Auskunft. Dann drückte er sich an ihm vorbei und verschwand hinaus in die Werkstatt.

Henrik verharrte für mehrere Sekunden irritiert unter der sirrenden Neonröhre. Gedämpft war durch die Stahltür wieder das schlagende Geräusch des Pressluftschraubers zu hören. Ihm kam in den Sinn, welche brisante Information Karlheinz noch zu Axel und Mona Eichberger beigesteuert hatte. Eine Information, die er unbedingt an Helena weiterreichen musste. Die überbrandende Sorge, dass ihr etwas zugestoßen war, brachte ihn dazu, sich endlich in Bewegung zu setzen.

Er folgte dem Weg wie beschrieben, und als er von der Laderampe hinaus ins Sonnenlicht sprang, stellte er fest, dass er sich tatsächlich innerhalb der polizeilichen Absperrung befand. Was für ein irres Glück, gestand er sich ein und mahnte sich gleichwohl, es nicht weiter zu strapazieren. Schnell verbarg er sich hinter einer der dicht nebeneinander gepflanzten Platanen, welche den Straßenzug hier überschatteten. Offensichtlich hatte die Polizei es geschafft, alle Anwohner innerhalb der Sperrzone in ihren Häusern zu halten, weshalb er als nunmehr einziger Zivilist schnell auffallen könnte. Er zählte vier Streifenwagen der Ortspolizei, einen Geländewagen der Guarda, einen Transporter, der nach Spurensicherung aussah, und einen weiteren, der womöglich mit einem mobilen Verhörraum ausgestattet war. Dazu kamen zwei Rettungswagen. Alle Fahrzeuge und die Einsatzkräfte konzentrierten sich um einen schlichten Betonklotz in der Häuserfront. Es handelte sich hierbei nicht um einen koordinierten Zugriff, wie etwa bei einer Verhaftung. Nein, hier war etwas Dramatisches passiert, bei dem es Verletzte gab. Natürlich musste er dabei gleich wieder an Helena denken. Ehe er sich weiter das Hirn darüber zermarterte, wo er da hineingeraten war, entdeckte er sie. Sein Herz setzte einen Schlag aus. Die Schiebetür des rund zwanzig Meter entfernten Verhör-Transporters war soeben aufgeglitten, und er konnte sehen, wie sie ausstieg. Aufrecht, auf beiden Beinen, was ihn für den ersten Moment erleichterte. Doch dann registrierte er, dass sie aussah, als hätte man sie mit Gips eingepudert. Und auch die Blutflecke auf ihrer Bluse entgingen ihm nicht, genauso wenig wie die Bandagen an den Armen und das Pflaster auf ihrer Wange.

Er musste sie auf sich aufmerksam machen. Hielt sie da ein Mobiltelefon in der Hand? Mit flinken Fingern tippte er eine Textnachricht, in der Hoffnung, dass es tatsächlich ihres war, das sie auf welchem Wege auch immer wiederbekommen hatte.

Schau nach links, dritter Baum.

Helena reagierte auf die Vibration in ihrer Hand. Las die Aufforderung und sah auf. Er zeigt sich nur kurz und verbarg sich dann wieder hinter dem Stamm der Platane. Gleich darauf erschien die Antwort auf seinem Display.

Hinterm Rettungswagen!

Henrik wusste, welchen sie meinte. Geduckt schlich er im Schutz der parkenden Autos dorthin. Die Crew des Rettungswagens war offenbar woanders zugange, jedenfalls konnte er niemanden sehen. Es war lediglich ein statisches Knacken aus dem Funk zu hören. Er bekam keine Atempause, da tauchte Helena auch schon auf. »Was machst du hier?«, zischte sie aufgebracht.

»Du bist verletzt«, stellte er besorgt fest, statt zu antworten.

Sie schaute auf ihre verbundenen Arme. »Nicht der Rede wert. Henrik, bitte, wenn man dich hier sieht!«

»Verdammt, ich habe versucht, dich zu erreichen … und als ich statt dir einen Polizisten an deinem Handy hatte, der seinerseits nicht wusste, wo du steckst …«

Sie hob die Hand und gebot ihm zu schweigen. »Erkläre ich dir alles heute Abend. Wie gesagt, mir geht's gut. Aber du musst hier sofort weg!«

»Nein, es gibt eine wichtige Neuigkeit, was deinen Fall angeht«, wandte er ein. »Mein ehemaliger Kollege aus Deutschland …«

»Inspetora Gomes!«, tönte es da von der anderen Seite des Rettungswagens. Helena legte ihren Finger auf die Lippen und Henrik schluckte runter, was er soeben loswerden wollte. »Warte!«, verlangte Helena tonlos und huschte davon. »Inspetor Damasos, Sie auch hier?«, hörte er sie von jenseits des Einsatzfahrzeuges fragen.

53
Helena

Nachdem sie vorhin Rachels Appartement verlassen hatte, hatte sie Damasos nicht wie vom Comandante angekündigt vor dem Wohngebäude abgepasst. Doch die Erleichterung darüber, dass der *Neue aus Porto* vielleicht doch nicht auftauchte, war jetzt dahin. Sie würde nicht darum herumkommen, mit ihm zu sprechen, das war ihr klar. Nur wieso musste er sie ausgerechnet dann aufstöbern, wenn sie eine versteckte Unterhaltung mit Henrik führte? »Sind Sie in Ordnung?«, fragte Damasos. Wieder steckte er in einem ziemlich perfekt sitzenden Anzug. Heute in Taubenblau. Sie bemerkte sofort, dass seine Nähe im Freien besser zu ertragen war. Offenbar umschwirrten sie genügend andere Gerüche, die die Köperausdünstung des Kommissars überlagerten. Jetzt galt es einfach, das Beste aus der Situation zu machen. Und womöglich war Damasos auch eine Chance für sie. Auch wenn Ralha von den Zusammenhängen nichts wissen wollte, sofern Damasos der Ermittler war, für den man ihn hielt, würde er sich anhören, was sie zu sagen hatte. »Ich brauche nur eine Dusche«, spielte sie ihren Zustand herunter. »Haben Sie schon was wegen Lui herausgefunden?«

Er schenkte ihr ein schmallippiges Grinsen. »Nicht sonderlich viel, da mir diejenige, von der ich mir die brauchbarsten Informationen erhoffe, bislang aus dem Weg gegangen ist.« Diesen Seitenhieb musste sie wohl oder übel einstecken. Sie deutete hoch zu dem Fenster, das zu Rachels Appartement gehörte. »Der Fall hält mich auf Trab, wie Sie sehen. Deshalb muss ich jetzt auch dringend rüber ins Revier der Polícia Municipal, um die Frau zu vernehmen, deretwegen es vorhin zu dem Zwischenfall gekommen war. Und natürlich auch den Mann, der den Schuss abgegeben hat.«

»Ich fürchte, das wird nicht passieren«, entgegnete Damasos. »Die beiden Ausländer sind bereits in Gewahrsam der Bundespolizei.«

Ralha hatte also keinen Unsinn gefaselt. So wie die Lage sich darstellte, würde sie weder von Rachel noch Dave Lindsey weitere Antworten erhalten. Das war bitter, aber dennoch fühlte sie auch ein wenig Genugtuung. Wenn die Polícia Federal jetzt involviert war, bestätigte das womöglich ihre Theorie hinsichtlich dieser Nordirland-Geschichte. Andererseits wurde sie dadurch von diesem Ast ihrer Ermittlungen abgeschnitten. Aber vielleicht gehörte Damasos zu den Eingeweihten? »Wissen Sie was über die Geschäfte, die im Hinterzimmer dieses Irish Pub ablaufen?«

Sie konnte seine Überraschung nicht deuten. Wirkte er plötzlich weniger gelassen, weil sie über die Dinge Bescheid wusste, über die selbst er nicht informiert war? Oder aber, weil sie hinter etwas gekommen war, das, wie der Comandante betont hatte, außerhalb ihres Zuständigkeitsbereichs lag?

»Nicht unsere Besoldungsstufe, Inspetora«, scherzte Damasos, jedoch ohne die Aussage mit einem Lächeln zu unterstreichen.

»Und deshalb reden wir nicht darüber?«, herrschte sie ihn an. Kurz sah er über seine Schulter, um sich zu vergewissern, dass sie außer Hörweite der Einsatzkräfte waren. »Sie liegen richtig«, sagte er leise. »Ihre Mordermittlung hat gewisse Leute in Cascais nervös gemacht. Auch wenn das eine mit dem anderen meiner Meinung absolut nichts zu tun hat. Abgesehen davon, dass der Zeitpunkt für eine Leiche am Strand denkbar ungünstig für einen gewissen Personenkreis ist.«

»Einen Personenkreis, den wir nicht benennen dürfen? Verdammt, Sérgio, spucken Sie's aus! Oder haben Sie Angst, dass

Ralha hinterm nächsten Baum lauert«, fauchte sie, wohl wissend dass sie tatsächlich einen versteckten Zuhörer hatten.

Er behielt die Fassung. Schüttelte nur leicht den Kopf. »Bedauere, ich kenne keine Details«, sagte Damasos auf eine Art, als bemühte er sich, etwas bei ihr gutzumachen. Wofür es ihrem Empfinden nach aber keinen Grund gab. Seine Stimme blieb leise, als er weitersprach. »Wie ich gehört habe, soll ein Waffendeal abgewickelt werden. Die Ware kommt über Gibraltar rein, und der Weitertransport erfolgt die Küste hoch in unauffälligen Booten. Vielleicht Fischtrawler, aber das ist geraten. Ich bezweifle, ob die für diese Operation zuständigen Behörden genau wissen, wie diese Transaktion ablaufen soll. Jedenfalls heißt es, dass jemand vor ein paar Tagen ans Kap gekommen ist, der ein Auge auf den Ablauf haben soll.«

»Einer von der IRA«, fügte Helena hinzu, um das Kind endlich beim Namen zu nennen.

Damasos nickte kaum vernehmlich. »Die Bundespolizei hat schon vor einer Weile Wind davon bekommen und setzt seitdem alles daran, unauffällig zu bleiben, bis ihr der Termin bekannt ist, an dem das Geschäft vonstatten gehen soll.«

»Darum hat die ständige Anwesenheit der Kripo den guten Kenny und seine Gesellen ein wenig ins Schwitzen gebracht«, murmelte sie eher an sich selbst gerichtet, während ihre Gedanken weiterhin um die Person kreisten, die den Waffendeal überwachte. Ein hochrangiges IRA-Mitglied womöglich. Einer, der sich ihrer Beobachtung nach bereits in Cascais aufhielt. Sie war ziemlich sicher, ihn vor drei Tagen kennengelernt zu haben. Markus Mulholland.

»Sie verstehen, dass Ihre Ermittlung nicht nur die Terroristen nervös gemacht hat, sondern auch unsere Kollegen bei der Polícia Federal nicht erfreut darüber waren«, redete Damasos weiter, während Helena im Kopf ein paar lose Fäden verknüpfte. Kenny Lengston ahnte, dass Rachel irgendwie in diese Morduntersuchung verwickelt war, deshalb wollte er sie von hier weghaben. Um zu verhindern, dass Helena wegen ihr erneut im Pub auftauchte. Vermutlich alles auf Mulhollands Geheiß hin. Und als sie heute wieder im Ort auftauchte, schickten sie Lindsey, um das leidige Problem zu lösen. Und wer sollte sich um sie kümmern? Fuhr Markie Mulholland eventuell einen schwarzen BMW? Hatte er sie seit dem ersten Tag der Ermittlung im Visier? Er oder einer seiner Handlanger, der nicht nur Kellnerinnen ausspioniert, sondern auch mal einen Reifen zersticht, um einen Gruß zu hinterlassen? Alles Spekulationen, auf die sie nie eine Antwort erhalten würde. Denn die Sache war eine Nummer zu groß für eine Kommissarin aus dem Dezernat für Gewaltverbrechen. Um das Organisierte Verbrechen kümmerten sich Leute, die weit über ihrem Rang fungierten. Aus deren Sicht stand sie da sie nur im Weg … Merda!

»Besser, wir bemühen uns endlich darum herauszufinden, was Inspetor Simões zugestoßen ist«, redete Damasos in ihre Überlegungen hinein. Und sie musste ihm recht geben. Sie hatte Luis Verschwinden nicht ernst genommen. Zumindest nicht so, wie es eine erfahrene Ermittlerin hätte tun sollen. Nicht, bevor Rachel ihr vorhin im Café ihre Beobachtung geschildert hatte.

Lui und Nadine. Alte Bekannte aus Studienzeiten, die zwanzig Jahre zurücklagen.

Nadine war tot. Was war Lui zugestoßen? Eine Ahnung schlich sich jetzt hinterrücks in ihren Kopf. Hatte Henrik es nicht bereits angeschnitten? *Vielleicht hat Lui euren Mörder aufgespürt. Oder der Mörder ihn.*

Ihre Ahnung begann zu rumoren.

54

Sie versprach Damasos, gleich morgen früh das Verschwinden von Lui mit ihm aufzuarbeiten. Alles beizusteuern, was sie konnte. Er war nicht begeistert, und vermutlich verdankte sie es allein ihrem lädierten Äußeren, dass er sich auf diesen Handel einließ. Vorrangig ging es ihr darum, ihn loszuwerden, bevor er oder irgendein anderer der Polizisten, die immer noch hier zugange waren, auf Henrik aufmerksam wurde. Dessen privatermittlerische Tätigkeiten waren den Behörden durchaus bekannt und das nicht unbedingt im positiven Sinne. Vermutlich spielte es keine große Rolle in dem ganzen Durcheinander dieses irren Tages, aber sie hatte schlichtweg keinen Nerv, irgendwem die Anwesenheit ihres Lebensgefährten zu erklären. Nicht Damasos und erst recht nicht Ralha, sofern der überhaupt noch vor Ort war.

»IRA! Ernsthaft?«, waren Henriks erste Worte, als sie um die Rückseite des Rettungswagens kam. Wieder gebot sie ihm, still zu sein. »Wir müssen hier sofort weg«, raunte sie. »Wie bist du hinter die Absperrung gelangt?«

Henrik suchte die gegenüberliegende Häuserzeile ab und schüttelte den Kopf. »Mist aber auch«, murmelte er.

»Was?«

»Ich bin über die Laderampe einer Autowerkstatt hergekommen, aber jetzt hat jemand das Tor heruntergelassen.«

»Es geht auch anders«, beschloss Helena und wies auf die quergestellten Einsatzfahrzeuge, die zwanzig Meter entfernt die Straße blockierten. Zwei Uniformierte waren dort mit dem Rücken zum Geschehen postiert. »Bleib hinter mir!«, sagte sie und ging los.

Als sie wenige Schritte vor der Absperrung waren, drehte sich einer der Polizisten zu ihnen um und schloss damit gleichzeitig die Lücke zwischen den Stoßstangen der Streifenwagen, durch die sie sich hatte davonstehlen wollen. Der Polizist war Jorge Chaby. »Inspetora Gomes?«

»Olá cadete Chaby. Immer noch im Dienst?«

»Ihr Tag war härter als meiner«, erwiderte er. Seine Augen waren bereits zu Henrik gewandert.

»Haben Sie mein Auto eigentlich abschleppen lassen?«, fragte Helena, womit sie wieder seine Aufmerksamkeit bekam.

»Wäre es nach meiner Kollegin gegangen, hätten Sie Pech gehabt. Aber ich konnte sie überzeugen …« Er sah zu der Uniformierten, die ihren Posten neben dem seinen hatte und deren Interesse nun ebenfalls geweckt war. Helena erwartete jede Sekunde die Frage nach ihrem Begleiter. »Offiziersanwärterin Santos, richtig?«, fiel ihr der Name der Polizistin ein, die ihre Tage auf Patrouille zusammen mit Chaby verbrachte. »Dann muss ich mich wohl vor allem bei Ihnen bedanken, dass der Wagen noch da ist.«

»Offensichtlich hatten Sie's eilig«, gab Santos zurück. Ihre Stimmlage machte deutlich, dass sie das widerrechtliche Abstellen auf der Strandpromenade nicht guthieß. »Ich habe mir erlaubt, die Berechtigung, die den Wagen als Dienstfahrzeug ausweist, sichtbar hinter die Windschutzscheibe zu klemmen.«

»Das war sehr freundlich von Ihnen«, schleimte Helena. »Ich fahre ihn jetzt auch umgehend von dort weg, versprochen.«

Sowohl Santos als auch Chaby musterten abwechselnd Henrik, der eine unverfängliche Miene aufgesetzt hatte, die förmlich dazu aufforderte, ihn nach dem Grund seiner Anwesenheit zu fragen. Die Uniformierten tauschten einen erneuten Blick, dann nickte Santos knapp und Chaby hob das Absperrband an.

»Es tut mir leid«, sagte er, bevor sie passieren konnten.

»Was?«, fragte Helena und ihre Anspannung schnellte wieder nach oben.

»Dass Sie die zwei nicht selbst verhören können. Aber kaum hatten wir die Meldung abgesetzt, tauchten Beamte der Bundespolizei auf, um die beiden Ausländer mitzunehmen.«

»Nicht Ihre Schuld, Jorge«, erwiderte Helena und schlüpfte unter dem Absperrband hindurch, dicht gefolgt von Henrik. Danach zwang sie sich, gerade so schnell zu gehen, dass es nicht verdächtig aussah. »Ich hoffe, du hast jemanden für Sara organisiert!«, sagte sie zu Henrik, als sie sich außer Hörweite der Polizisten wähnte.

»Gisela«, antwortete er, was Helena nicht sonderlich besänftigte.

»Wir können sie anrufen und Bescheid geben, dass wir in der nächsten Stunde daheim sind«, schlug er vor.

»Kann ich nicht versprechen«, gab sie knurrend zurück. Sie zweigte von der Hauptstraße ab und beschleunigte ihren Schritt. Dabei sah sie ihn von der Seite her an. »Hast du was genommen?«

»Was meinst du?«

»Du kommst mir so vor.«

»Hab heute mit meiner Medikation begonnen«, gestand er. Sie merkte, dass er Mühe hatte, mit ihr Schritt zu halten, und machte langsamer.

»Glaubst du, die IRA hat etwas mit Luis Verschwinden zu tun?«, fragte er kurzatmig. »Aufgrund einer Vermutung, dass ihm diese Kellnerin was gesteckt hat?«

»Das wäre ein mögliches Szenario«, antwortete Helena. Endlich kam der Hafen in Sicht. Sie hatte mit dem Gedanken gespielt, Henrik mit ihrem Wagen zurück nach Lissabon zu schicken, doch jetzt, da er unter dem Einfluss von Psychopharmaka stand, brauchte sie einen anderen Plan. Jedenfalls konnte sie noch nicht einfach weg aus Cascais. Nicht, solange ihr noch ein paar Antworten fehlten. Von denen sie nicht wusste, wie sie sie bekommen konnte, nachdem ihr nicht mehr gestattet wurde, sich mit Rachel oder Lindsey zu unterhalten. Aber natürlich waren da immer noch Kenny Lengston und sein *Türsteher* Markie Mulholland.

»Aber würde das nicht voraussetzen, dass diese Rachel die Pläne der IRA kannte? Das klingt unwahrscheinlich für mich«, redete Henrik weiter. »Einerseits setzen sie alles daran, keine Aufmerksamkeit zu erregen, andererseits lassen sie einen Bullen verschwinden, was in der Konsequenz doch logischerweise noch mehr Polizeiaufgebot im Ort hervorbringt …«

»Ist ja auch nur *eine* Theorie«, brummte Helena. Sie erreichten die Küstenstraße. Als Folge der immer noch gesperrten Durchgangsstraße drängte sich der Verkehr hier zäh in beide Richtungen. Die Blechlawine nötigte Helena dazu, stehen zu bleiben. Sie sah zu Henrik und stellte fest, dass er missmutig dreinschaute. Ihr wurde bewusst, dass er ihr schon die ganze Zeit etwas Wichtiges mitteilen wollte. Sofort bereute sie, ihn nicht gleich angehört zu haben. Was war bloß los mit ihr? Hatten die jüngsten Ereignisse sie dermaßen aus dem Konzept gebracht? Ihr kam in den Sinn, dass während der ganzen Jahre im Polizeidienst vorher noch nie auf sie geschossen worden war. Und dass sie vielleicht ebenso wie Henrik die Nachwirkungen in ihrer Psyche zu spüren bekam, auch wenn die Kugel sie nicht getroffen hatte. Was nicht bedeutete, dass sie nicht auch einen Schock davongetragen hatte. Und dass dessen Auswirkungen ähnlich verzögert eintraten wie nun auch die Schmerzen der Schnitte an ihren Unterarmen. Jetzt, da das Adrenalin sich verflüchtigt hatte und diese nicht mehr zu dämpfen vermochte.

»Was hast du rausgefunden?«, fragte sie mit belegter Stimme. Beschämt über ihr Verhalten und ganz plötzlich den Tränen nah.

»Wie vorhin schon erwähnt, ich habe mit jemanden von der Kripo in Stuttgart telefoniert«, setzte Henrik an, doch dann unterbrach ihn das Klingeln ihres Mobiltelefons. Ihr war nicht aufgefallen, dass sie es in der Hand trug. Sie schielte aufs Display und erkannte, dass es Alexandra aus ihrem Ermittlungsteam war.

»Na geh schon ran«, hörte sie Henrik sagen.

55

Während sie zuhörte, nutzten sie eine kleine Lücke zwischen den Fahrzeugen, um auf die Strandpromenade zu gelangen.

»... in keinem der renommierten Hotels und auch nicht in den kleineren Herbergen in Porto. Wenn sie nicht in irgendeiner Absteige ein Zimmer genommen oder über Airbnb gebucht haben, wage ich die Behauptung, dass das Ehepaar niemals in den Norden gefahren ist«, informierte sie Alexandra. »Mehr Glück hatte ich beim Leihwagen. Der wurde von Axel Eichberger bereits letzte Woche am Flughafen angemietet. Ich habe dem Mitarbeiter dort klargemacht, dass wir von diesem Kunden eine wichtige Zeugenaussage brauchen, was ja nicht mal gelogen ist. Jedenfalls konnte ich ihn dazu bewegen, uns die Daten freizuschalten, damit wir das Mietauto tracken dürfen. Sobald ich die Links erhalte, hole ich mir die Genehmigung vom Comandante, dann wissen wir, wohin sie unterwegs sind.«

Helena und Henrik waren mittlerweile bei ihrem Peugeot angekommen. Bei allen vier Rädern war noch Luft im Reifen. Mit einer Geste gebot sie Henrik, dass er einsteigen sollte, während sie ihr Gespräch mit Alexandra fortsetzte. »Damit brauchst du nicht zu Ralha gehen, ich erteile dir die Freigabe, die Fahrzeugdaten auszuwerten.«

Sie merkte, dass Alexandra zögerte, doch sie fragte nicht nach, ob Helena dazu tatsächlich berechtigt war. »Du musst noch etwas herausfinden!«, ordnete Helena weiter an. »Frag bei den Grundbuchämtern nach, ob Axel Eichberger in Lissabon oder der Umgebung eine Immobilie besitzt!«

»Wieso glaubst du das?«

»Nur so ein Gedanke. Und auch davon vorerst kein Wort zum Comandante, wir machen das jetzt einfach!« Sie ließ sich versichern, dass Alexandra alles verstanden hatte, drückte sie dann schnell weg und setzte sich hinters Lenkrad. Henrik hatte den Kopf in den Nacken gelegt und die Augen geschlossen. »Bist du noch bei mir?« Er zuckte leicht zusammen. »Wo sollte ich sonst sein?«

»Gut. Dann lass mal hören, was dein deutscher Kollege zu berichten wusste!«, ermunterte sie Henrik, nachdem sie sich in die Autoschlange eingereiht hatte, die sich nach nur wenigen Metern nur noch im Schritttempo durch die Innenstadt schlängelte.

Henrik fasste knapp zusammen, was er über die Eichbergers erfahren hatte. Den Verdacht auf Insolvenzverschleppung, was den Möbelhandel betraf, und dass Mona über ihre Arbeit Zugang zu pharmazeutischen Produkten hatte, waren auf jeden Fall wichtige Informationen. Vor allem letztere half zu erklären, wie es zum mutmaßlichen Missbrauch dieses verschreibungspflichtigen Schlafmittelpräparats kommen konnte, das Tiago in Nadines Körper nachgewiesen hatte. Helena sah Henrik an, dass er mit seinem Bericht noch nicht fertig war. »Es kommt noch was, oder?«, fragte sie daher.

»Es gab eine Tochter«, fuhr Henrik fort. »Franziska Eichberger. Sie starb vor rund zwanzig Jahren. Besser gesagt, sie hat Suizid begangen.«

»Das ist lange her«, wandte Helena ein, aber Henrik hob den Zeigefinger, um zu signalisieren, dass das noch nicht das Ende der Geschichte war. »Nach der Jahrtausendwende hatte Franziska in Lissabon ein Studium begonnen. Wobei sie bereits im ersten Semester vorzeitig abgebrochen hat. Kurz nach ihrer Rückkehr brachte sie sich dann um.«

»Die Familie Eichberger hatte also damals schon eine Verbindung zu Portugal«, fasste Helena für sich zusammen. Trotz der professionellen Distanz, die sie zu ihren Fällen immer zu wahren versuchte, verspürte sie Betroffenheit. »Weißt du auch, wie genau sie gestorben ist?«

»An einer Überdosis. Laut des Autopsieberichts, aus dem Karlheinz mir vorgelesen hat, ließ der Drogencocktail, den sie sich verabreichte, nur die Schlussfolgerung zu, dass sie damit ihr Leben beenden wollte. Zu dieser Zeit litt sie bereits seit Monaten an schweren psychotischen Zuständen.«

»Kannte man die Ursache dafür?«, hakte Helena sofort ein. Der Stau hin zum zentralen Kreisverkehr, der sie zurück nach Lissabon bringen würde, löste sich allmählich auf.

»Erstaunlicherweise war die Akte recht komplex. Was daran lag, dass Franziska unmittelbar nach ihrer Rückkehr nach Deutschland einen sexuellen Übergriff zur Anzeige brachte.«

»Vergewaltigung?«

»Genau davon sprechen wir«, bestätigte Henrik. »Laut ihrer Aussage hatte man sie auf einer Studentenparty mit bewusstseinstrübenden Mitteln gefügig gemacht und sich dann an ihr vergangen.«

»Schlaftabletten ... wie bei Nadine«, murmelte Helena und spürte trotz der Hitze im Wagen einen Hauch von Kälte über ihren Nacken streichen.

»Nadine, die ebenfalls Studienzeit in Lissabon zugebracht hatte«, fügte Henrik an. »Gemessen an ihrem Alter, könnte das zeitlich hinkommen. Doch zurück zu Franziska. Sie war nicht in der Lage, Namen zu nennen, was den Übergriff anging. Die Ermittlungen sind laut der Akte, in die Karlheinz Einsicht hatte, daher sehr schnell wieder eingestellt worden. Die Faktenlage war einfach zu dünn. Doch es deutete alles daraufhin, dass Franziska sich von dem Missbrauch nicht wieder erholt hatte und schließlich bis zum Äußersten gegangen ist.«

Endlich konnte Helena auf die N6 abbiegen, auf der sich die Verkehrssituation schnell entzerrte. »Dennoch, es liegen über zwei Jahrzehnte zwischen der Vergewaltigung von Franziska und dem Mord an Nadine«, wandte sie ein.

»Aus der Erfahrung, die mir Martins Erbe immer wieder aufs Neue im Antiquariat beschert, habe ich gelernt, dass es gelegentlich viele Jahre dauert, bis man die Wahrheit hinter einem vor langer Zeit verübten Verbrechen erkennt. Ich sagte dir bereits, dass es vermutlich Axel Eichberger war, der mich heute Morgen im Laden aufgesucht hat. Um sich bei meinem Onkel zu bedanken. Wofür, das liegt meines Erachtens auf der Hand. Martin hat ihm dabei geholfen, die Wahrheit zu ergründen, die das Schicksal seiner Tochter auf so tragische Weise beendet hat.«

»Willst du mir damit sagen, dass Nadine Weimer damals, als Franziska auf dieser Studentenparty unter Drogen gesetzt und vergewaltigt wurde, eine Schlüsselrolle gespielt hat?«

»Das trägt meiner Erfahrung nach als Theorie und wäre auch ein Motiv für den Mord an ihr. Ich wage mal zu behaupten, Nadine wusste darüber Bescheid, wer sich an Franziska vergangen hatte.«

»Weshalb Axel Eichberger sie ausfindig gemacht und unter welchem Vorwand auch immer zu sich in seine Firma geholt hat. Um sie auszuhorchen?«, wandte Helena ein.

»Denkbar. Aber er und seine Frau gingen noch weiter. Sie luden Nadine nach Portugal ein, brachten sie dorthin zurück, wo ihrer Tochter unerträgliches Leid zugefügt worden war.«

»Lässt sich davon irgendwas mit Beweisen belegen?«, dachte Helena laut.

Henrik schwieg für einen halben Kilometer. »Es gibt da noch was, was mein ehemaliger Kollege herausgefunden hat und das dich interessieren wird …«

»Verdammt, Henrik, spann mich nicht auf die Folter!«, rief sie und schlug mit dem Handballen gegen das Lenkrad.

»Schon gut … Laut den Daten, die Karlheinz einsehen konnte, war bei den zuständigen Behörden in München vor drei Tagen eine Anfrage aus Portugal eingegangen. Jemand von der Divisão de Investigação Criminal hat sich über die Familie Eichberger erkundigt. Und wollte dabei explizit auch Auskunft über das Ableben von Franziska.«

»Lui?«, entfuhr es Helena, und Henrik konnte nur bestätigend nicken.

56
Henrik

Die Sonne versank im Atlantik, und das rotgoldene Licht, in das sie dabei die Landschaft tauchte, illuminierte den berühmten, aus nahezu weißem Sandstein erbauten Torre de Belém und das ebenfalls am Ufer befindlichen Padrão dos Descobrimentos, das Denkmal der Entdeckungen, auf malerische Weise. Gleich darauf tauchte linker Hand das weltbekannte Kloster Mosteiro dos Jerónimos auf, an dem sie ihr Weg zurück nach Lissabon vorbeiführte. Ihm kam in den Sinn, dass er sich in den letzten Monaten nicht mehr von dieser wunderbaren Stadt mit ihrer Vielzahl an faszinierenden Orten, Plätzen und Bauwerken hatte verzaubern lassen. Und nun schien es, dass er sich mit einem Mal wieder dafür empfänglich fühlte. Dass die Scheuklappen abgenommen worden waren, welche die psychische Erkrankung ihm angelegt hatte. Er fragte sich, ob es nur allein an der Doxepin-Tablette lag.

Helena war still geworden. Sie erweckte den Anschein, dass sie sich auf den Verkehr konzentrierte, der wieder dichter wurde, je näher sie dem Zentrum kamen. Doch Henrik wusste sehr wohl, dass sie tief in Gedanken versunken war. Damit beschäftigt, alles, was sie in den letzten Tagen an Bruchstücken und losen Teilen bei ihrer Ermittlung zusammengetragen hatte, in eine verständliche Ordnung zu bringen. Weshalb er es vorerst unterließ, sie in ihren Überlegungen zu unterbrechen, und sich stattdessen seinen eigenen Ablauf der Vorkommnisse konstruierte, die zum Tod von Nadine Weimer und zum Verschwinden von Lui führten.

Was war passiert, seit Axel Eichberger vor einem halben Jahrzehnt erstmals zu Martin ins Antiquariat gekommen war? Fest stand, Eichberger hatte Hilfe bei seinem Onkel gesucht. Er wollte wissen, wer sich fünfzehn Jahre zuvor an seiner Tochter vergangen hatte. Wieso er bis dahin so viel Zeit verstreichen ließ, konnte Eichberger nur selbst beantworten. Vielleicht benötigte es ein ganz bestimmtes Ereignis, um die alte Wunde wieder aufzureißen. Eine Wunde, die ohnehin nie ganz verheilt war, was Eichberger letztlich veranlasste, den Schmerz, den er mit sich herumtrug, verstehen zu lernen. Und das ging nur, wenn man die Wahrheit kannte. Folglich musste er herauszufinden, was sich wirklich zugetragen und dazu geführt hatte, dass Franziska sich schließlich das Leben nahm. Und er musste denjenigen finden, den er dafür verantwortlich machen konnte.

Sehr wahrscheinlich hatte Eichberger bereits vorher nach dem Schuldigen gesucht, war aber an einem Punkt angekommen, an dem er nicht weiterkam. Darum Martin. Henrik hatte auch nach über zwei Jahren nicht verstanden, wie dieses System über drei Jahrzehnte funktionieren konnte. Auf welche Weise verzweifelte Leute, die sich von den Ermittlungsbehörden im Stich gelassen fühlten, den Weg zu seinem Onkel ins Antiquariat gefunden hatten. Doch wie auch immer, es war passiert und es hatte auch Axel Eichberger zu dem Mann geführt, der sich dieser vergessenen Opfer und seiner Angehörigen annahm.

Und selbstverständlich hatte Martin seinen Job gemacht. Der Besuch von Eichberger an diesem Morgen bestätigte das. Wie genau sein Onkel es angestellt hatte, ließ sich aus seinen Aufzeichnungen darüber nicht folgern. Henrik schloss die Möglichkeit nicht aus, dass Eichberger zu diesem Zeitpunkt schon mehr wusste als das, was die Polizei über die Vergewaltigung seiner Tochter hatte aufdecken können. Henrik konnte hier nur spekulieren. Auch darüber, ob zu diesem Zeitpunkt schon ein Verdacht gegenüber einer bestimmten Person bestand. Und ob es Martins Aufgabe gewesen war, diesen Verdacht zu erhärten.

Sein Polizistenverstand arbeitete zäher als sonst. Trotzdem war er sich bei einer Sache relativ sicher. Nadine Weimer kannte den Täter von damals, und dieses Wissen wurde ihr vor vier Tagen zum Verhängnis. Und auch wenn seine geistige Leistung heute deutlich unter hundert Prozent lag, so kam er dennoch zu dem Schluss, dass noch eine weitere Person Kenntnis darüber hatte, was Franziska Eichberger während ihrer Studienzeit in Lissabon angetan worden war. Eine Person, die seit rund achtundvierzig Stunden nicht mehr auffindbar war. Allerdings hatte Henrik bis jetzt keine Vorstellung davon, wie auch immer Helenas Kollege Lui in diese üble, zwanzig Jahre alte Geschichte verstrickt war.

Helena bremste scharf, wodurch er hart in den Gurt gepresst wurde. Erstaunt stellte er fest, dass sie vor der Rua do Almada Nummer 38 angehalten hatte, um ihn aussteigen zu lassen. Die letzten Kilometer über war er offenbar zu vertieft in seine Überlegungen gewesen, um zu registrieren, dass sie zu Hause angekommen waren. Es war spät geworden, auch wenn vom langen Sommertag immer noch Licht übrig war.

»Ich kann auch einen Parkplatz suchen«, bot er an, doch Helena schüttelte den Kopf. Sie sah schrecklich müde aus.

»Komm schon! Um diese Zeit dauert es mindestens eine Viertelstunde, bis du irgendwo eine Lücke findest. Geh doch lieber hoch und spring unter die Dusche!«

Ihr Handy in der Ladestation ertönte und unterband die Diskussion darüber, wer den Wagen abstellte. Henrik erkannte die Nummer, die das Display anzeigte. Es war Helenas Dienststelle. Sie suchte seinen Blick, bestand aber nicht darauf, das Telefonat in seiner Abwesenheit zu führen. Also blieb er sitzen, betrachtete sie dabei, wie sie das Gespräch entgegennahm und lauschte. Sie hörte nur zu, sagte selbst nichts, bis sie sich eigenwillig verhalten verabschiedete.

»Schon wieder eine Hiobsbotschaft?«, fragte er, weil er ihre Miene nicht anders zu deuten wusste.

»Eigentlich nicht«, antwortete sie leise. »Axel Eichberger hat sich gestellt.«

57
Helena

Noch vor einer Minute wollte sie nichts als schlafen. Doch kaum, dass Henrik die Autotür zugeworfen hatte, drückte sie aufs Gas und raste die engen Kopfsteinpflastergassen runter zum Tejo. Dabei machte die Eile, die sie an den Tag legte, überhaupt keinen Sinn. Eichberger wäre auch in dreißig Minuten noch da. Oder in einer Stunde. Er würde so lange im Dezernat ausharren, bis sie eintraf, um ihn zu verhören. Es war Damasos, der sie angerufen und informiert hatte. Darüber, dass Axel Eichberger sie zu sprechen wünschte. Ausschließlich sie, Inspetora Helena Gomes, um ein Verbrechen im Zusammenhang mit dem Tod von Nadine Weimer zu gestehen. Es bestand demnach kein Grund für die Hetze, und dennoch konnte sie kaum an sich halten. Am liebsten wäre ihr jetzt ein Blaulicht gewesen, das sie aufs Dach hätte stellen können, damit man ihr Platz machte.

Fünfzehn Minuten, schneller schaffte sie es trotz der vorgerückten Stunde nicht. Wer der steten Hitze dieses Sommers ein wenig entkommen wollte, dem blieb nur die Milde der Nacht. Dann, wenn sich vom Fluss her eine wohltuende Kühle über die Stadt legte. Und es waren auch heute viele, die diese Erfrischung suchten, egal ob in den Straßencafés oder später in den Clubs bei den ehemaligen Docks, die mit musikbeschallten Outdoorbereichen lockten. Mit Tanzflächen direkt am Ufer. Überall dorthin waren die Leute unterwegs. In Autos. Aber viele auch zu Fuß. Ungeachtet der Ampelschaltungen pilgerten sie von den Innenstadtvierteln heran und querten, wo immer möglich, die Avenida

24 de Julho, hin zur Uferpromenade, auf der das Leben tobte. Und das alles auf ihrem Weg ins Präsidium.

Trotzdem, nur fünfzehn Minuten, die ihr jedoch deutlich länger vorgekommen waren. Sérgio Damasos erwartete sie im dritten Stock, vor der Tür des Verhörraums. Vielleicht hatte nun auch der *Neue aus Porto* verstanden, dass Helenas Fall und seine Untersuchung, das Verschwinden von Lui betreffend, hier und jetzt zusammenliefen. Womöglich wusste er es aber auch schon länger und wollte sehen, wann sie ihn endlich mit ins Boot holte.

»Hat er in der Zwischenzeit mit jemandem geredet?«, fragte Helena.

Damasos schüttele den Kopf. »Ich werde zuhören«, verriet er ihr. Das war für sie in Ordnung. Sie hätte ihm ohnehin nicht verweigern können, der Vernehmung im Nebenraum mit den Monitoren und Aufzeichnungsgeräten beizuwohnen. Auch wenn sie ihn nicht riechen konnte, war sie in diesem Moment dankbar für ein weiteres aufmerksames Augen- und Ohrenpaar. Dankbar für den stillen Zuhörer, als den er sich anbot, ohne daraus einen Befehl zu machen, dem sie Folge zu leisten hatte.

Er reichte ihr eine Mappe. Abgegriffen, mit geknickten Ecken. Ein paar Ausdrucke des Ermittlungsprotokolls, zusammen mit Fotos vom Strand. Von der toten Nadine Weimer. Sie konnte dies alles im Verhörzimmer auch digital auf einem Tablet aufrufen, weshalb diese Pappkladde eigentlich längst nicht mehr nötig war. Sie vor sich auf den Tisch zu legen diente allein dem psychologischen Effekt. *Hier drin sind alle deine Schandtaten gesammelt, egal was du uns erzählst, wir haben dich.* Helena war nur nicht sicher, wie und vor allem ob sie damit auch bei Axel Eichberger Eindruck schinden konnte. Da er freiwillig zu ihnen gekommen war, lag die Vermutung nahe, dass er ohnehin vorhatte zu gestehen. Ihr drängte sich eher die Frage auf, welche Ungesetzlichkeit er genau auf sich nehmen wollte.

Helena betrat den hell erleuchteten, fensterlosen Raum, der nichts enthielt außer einem schlichten Tisch und zwei Stühlen. Eichberger saß auf einem davon und zuckte leicht. Vielleicht war es nur ihr Aussehen, das ihn für eine Sekunde erschreckte. Nach wie vor hatte sie nicht geduscht, und die Bandagen an ihren Armen machten mittlerweile keinen allzu frischen Eindruck mehr. Es sah aus, als hegte Eichberger für den Moment die Absicht, der Anstandsregel zu folgen und aufzustehen, blieb dann aber doch sitzen. Er trug keine Handschellen, denn noch war er kein überführter Verbrecher. Neben ihm standen eine Flasche Wasser und ein Pappbecher Kaffee. Nichts davon hatte er angerührt, während er auf sie wartete. Helena legte die Aktenmappe auf die graue Tischplatte und nahm ihm gegenüber Platz.

»Ich muss Sie darüber in Kenntnis setzen, dass dieses Gespräch aufgezeichnet wird. Sollte sich im Verlauf der Unterredung herausstellen, dass Sie aufgrund Ihrer Aussage eines Vergehens bezichtigt werden können, steht es Ihnen frei, einen Anwalt hinzuzuziehen. Haben Sie das verstanden?«

Eichberger nickte.

»Sprechen Sie es bitte aus!«, verlangte Helena.

»Ja!«

»Nennen Sie Ihren vollständigen Namen, Ihr Geburtsdatum und Ihren Wohnort!«

Axel Eichberger tat, wie ihm aufgetragen wurde.

»Wo ist Ihre Frau?«, wollte Helena daraufhin wissen.

»Mona hat mit all dem nichts zu tun«, erwiderte Eichberger.

»Von was reden wir?«

»Davon, dass Nadine ertrunken ist.«

Helena sah ihn durchdringend an. »Möchten Sie jetzt einen Anwalt anrufen?«

»Nein!«

»Sie sind sich bewusst, dass alles, was Sie ab jetzt von sich geben, bei einer Anklageerhebung Verwendung findet.«

»Das habe ich verstanden«, sagte Eichberger gefasst.

Helena sah kurz hoch zu der Kamera. Insgesamt waren vier Objektive auf Eichberger und sie gerichtet, und ihre Stimmen wurden von zwei Mikrofonen erfasst. Sie suchte in den graublauen Augen ihres Gegenübers nach irgendeiner Regung, die ihr half, dessen Absicht hinter all dem zu verstehen. Wieso war er aus freien Stücken gekommen? Und selbst wenn er keinen anderen Ausweg gesehen hatte, warum dann ohne Rechtsbeistand? Was bezweckte Axel Eichberger damit? Sie fand keine Antwort im Gesicht des Möbelhändlers. Erkannte auch keine Spur der Reue. Oder den Wunsch nach Vergebung.

»Haben Sie aktiv daran mitgewirkt, dass Senhora Weimer zu Tode gekommen ist?«, fragte sie schließlich direkt heraus.

Eichberger senkte den Blick und betrachtete seine gebräunten Hände, die er flach auf den Tisch abgelegt hatte. Der goldene Ehering, den er trug, saß ihm auffällig lose am Finger. »Es war unumgänglich«, flüsterte er.

»Kann ich das als Geständnis werten? Haben Sie Nadine Weimer in der Absicht unter Wasser getaucht, ihr das Leben zu nehmen?«

»Wie gesagt, unumgänglich.«

Sie ließ ein paar Sekunden verstreichen, in denen sie darauf wartete, ob Eichberger dem noch etwas hinzuzufügen hatte. »Und Ihre Frau, war sie ebenfalls daran beteiligt?«

Eichberger, bislang mehr als gefasst, verkniff den Mund, als hätte er einen Schlag auf die Wange erhalten. »Ich wiederhole mich, Mona weiß von all dem nichts!«

»Aber von Ihrer Frau kam das Schlafmittel, das Sie Nadine verabreicht haben, um sie überwältigen zu können«, schoss Helena ins Blaue.

»Nein, nein, nein!«

»Aus dem Pharmazievertrieb Ihres Schwagers, bei dem Mona arbeitet«, legte Helena nach.

»Lächerlich! Ich war sehr wohl selbst in der Lage, mir ein entsprechendes Präparat zu besorgen.«

Sofern diese Aussage in das Geständnis mit einfloss, war aus dem Totschlag ein vorsätzlicher Mord geworden. Doch Helena wollte nicht überhastet vorpreschen. Ihr war es wichtig, die Hintergründe zu verstehen. »Wo waren Sie, nachdem Sie gestern das Hotel verlassen haben?«, schaltete sie also einen Gang zurück.

Eichberger hob überrascht die Brauen, bevor er antwortete. »Ich musste ein paar Dinge regeln. Hier in der Gegend.«

»Dann war Porto nur eine Ausrede?«

»Gewissermaßen.«

»Und Ihre Frau, war sie bei Ihnen, während Sie die Dinge geregelt haben?«

Dazu sagte er nichts.

»Wir werden mit ihr reden müssen, das verstehen Sie doch?«

Schweigen. Helena sah wieder hinauf zu der Kameralinse. Sie ging irgendwie davon aus, dass Damasos ihren Blick erwiderte. Vielleicht nickte er sogar auffordernd, weil er selbst über den digitalen Umweg des Bildschirms ahnte, welche Frage sie als Nächstes beabsichtigte. »Wo ist Inspetor Simões?«

»Ich verstehe nicht?«, entgegnete Eichberger. Zu schnell. Keine Nachfrage, wer gemeint war. Sie wusste sofort, dass er log. Ebenso wie bei der Frage, ob seine Frau in die Tat verwickelt war. Sie beschloss, ihm noch ein wenig Zeit zur Besinnung einzuräumen, bevor sie ihn deswegen in die Mangel nahm. »Wir müssen von vorne anfangen«, entschied Helena. »Sie sind zu uns gekommen, um darüber zu reden, was Sie getan haben. Erklären Sie mir Ihr Motiv, das zu diesem Verbrechen führte!«, forderte sie ihn auf.

Eichberger betrachtete den Pappbecher mit dem kalt gewordenen Kaffee. Gab er jetzt tatsächlich vor, er müsste sich die Worte erst zusammenreimen? Auch das nahm sie ihm nicht ab. Wenn jemand aus eigenen Stücken zur Polizei ging, konnte man davon ausgehen, dass er vorher genau überlegt hatte, was er sagen wollte.

»Nachdem Sie mir gestern die Nachricht auf die Mailbox gesprochen haben, wusste ich, dass Sie mir auf der Spur waren. Leider schneller, als ich erhofft hatte. Und da ohnehin alles erledigt war, entschied ich, Ihnen etwas entgegenzukommen.«

Sie verstand nicht, wieso er ihr nun auch noch Honig ums Maul schmierte. »Warum musste Nadine sterben?«, fragte sie erneut, doch Eichberger starrte wieder nur seine Hände an. Was genau verstand er unter *entgegenkommen*? Ihre Absicht, geduldig zu sein, geriet bereits wieder ins Wanken. »War es wegen Franziska?«, fragte sie daher in der Erwartung, die Atmosphäre im Raum damit zum Knistern zu bringen. Und sie behielt recht. Sofort war zu erkennen, dass er nicht damit gerechnet hatte, den Namen seiner toten Tochter aus Helenas Mund zu hören. Sie musste jetzt nachlegen. »Ich rede von Franziskas Freitod, nachdem sie aus Lissabon zurückkam. Sie hat ihr Auslandssemester abgebrochen, weil etwas vorgefallen war, das sie verstört hat«, half Helena ihm auf die Sprünge.

»Etwas vorgefallen«, wiederholte Eichberger abfällig. Für einen kurzen Moment rechnete sie damit, dass er Kaffee und Wasserflasche vom Tisch wischte.

»Wurde sie sexuell missbraucht?«

Er konnte seinen Zorn nun nicht mehr verbergen. Erneut schaute sie eine gefühlte Ewigkeit in die geweiteten Augen des

Mannes. »Sie hat nie darüber gesprochen«, murmelte er schließlich. »Nicht uns gegenüber. Wir haben sie bedrängt, zur Polizei zu gehen, wozu sie sich irgendwann bereit erklärte. Aber die Untersuchung, die danach eingeleitet wurde, war ein Witz. Länderübergreifende Ermittlungen, die zu nichts führten. Ich hatte nie den Eindruck, dass die deutschen Beamten sie sonderlich ernst nahmen, und was vonseiten der Portugiesen geschah, führte erst recht zu nichts. Franziska versuchte es derweil mit einer Therapeutin, doch auch das scheiterte. Ich weiß nicht mehr, woran es lag. Diese schwierige Zeit, nachdem Franziska aus Portugal zurückkehrte, liegt für mich immer noch wie im Nebel. Mona und ich waren hilflos, und dann war Franziska plötzlich tot.«

»Wie ging es weiter?«, drängte Helena.

Sein Unterkiefer mahlte, bevor er antwortete. »Wir trugen sie zu Grabe. Versuchten mit dem Verlust und der Trauer fertig zu werden. Unsere Ehe stand bald darauf auf der Kippe, und doch machten wir weiter. Eigentümlicherweise fragten wir uns sehr lange nicht, wie es so weit hatte kommen können. Was sie dazu getrieben hat. Nein«, korrigierte er sich, »das *Was* kannten wir freilich …«

Wieder entstand eine Pause, die an ihren Nerven zerrte. »Wie ging es weiter?«

»Zuerst haben wir versucht, den Tod unserer Tochter als gegeben hinzunehmen. Wir haben uns selbst damit belogen, oder vielmehr jeder den anderen, was unsere Gefühle anging. Das funktionierte eine Weile. Von Franziska hatten wir verlangt, dass sie darüber reden sollte, aber selbst hüllten wir uns in Schweigen. Innerlich isoliert, war es natürlich unmöglich, damit abzuschließen, sowohl für Mona als auch für mich. Trotzdem verging nahezu eine Dekade, bevor etwas passierte, das uns endlich dazu brachte, uns gegenseitig den Spiegel vorzuhalten.«

Diesmal schwieg Helena. Wollte nicht schon wieder drängen. Die Müdigkeit, mit der sie auf der Fahrt von Cascais noch zu kämpfen hatte, war zwar dahin. Dennoch fühlte sie sich ausgelaugt, und das war ihrer Konzentration nicht förderlich.

»Vor ihrem Studium im Ausland hatte Franziska bei uns gewohnt. Und nach Lissabon natürlich auch, bis … ja, Sie wissen schon. Danach war ihr Zimmer erst mal tabu. Es zu betreten, bedeutete über Jahre die Hölle für mich. Daher verstrich all diese Zeit. Ungenutzt, möchte ich behaupten, bis wir uns endlich aufraffen konnten, ihre Sachen … es ging nicht darum, alles leer zu räumen, verstehen Sie?«

Fragend blickte er ihr entgegen. »Sie haben was gefunden«, schloss sie aus dem, was er in Worte zu fassen versuchte.

»Früher lachte sie immer darüber, wenn ich ihr vorschlug, ein Tagebuch zu führen. Aber nach Portugal war ohnehin alles anders. Jedenfalls fanden wir Aufzeichnungen von ihr, die sie begonnen hatte, nachdem sie heimgekommen war. Das zu lesen, was unsere Tochter dort verfasst hatte, warf mich erneut in ein dunkles Loch. Allerdings öffnete es uns auch ein gutes Stück die Augen. Danach hörten Mona und ich auf, uns zu belügen, und kamen überein, dass wir es nicht einfach auf sich beruhen lassen konnten, was ihr angetan worden war.«

58

»Hat sie in ihrem Tagebuch Namen hinterlassen?«
Er schüttelte den Kopf. »Das hätte es einfacher gemacht. Aber, nein. Keine Namen, nur vage Andeutungen. Als wäre sie nicht in der Lage gewesen, die Täter zu benennen. Es waren ohnehin nur ein paar schwer entzifferbare Seiten. Dabei hatte sie immer eine klar lesbare Handschrift. Doch man konnte diesen Notizen förmlich ansehen, dass sie sie aus sich herausgequält hat.«

»Der Fund des Tagebuchs erklärt, warum sie nach zehn Jahren beschlossen haben, das Schicksal ihrer Tochter erneut zu hinterfragen. Doch wie ging es danach weiter?«

»Zuerst habe ich es mit einem Privatdetektiv versucht, doch der kam nicht voran. Rechnete nur überteuerte Reisespesen nach Lissabon ab. Also habe ich entschieden, mein Möbelgeschäft auf Portugal auszuweiten. Suchte mir hier Hersteller, um einen Grund vorgeben zu können hierherzukommen.«

Sie überlegte, ob sie ihn auf die finanziellen Schwierigkeiten seiner Firma ansprechen sollte. Irgendwie lag es für Helena auf der Hand, dass Eichbergers Obsession, den oder die Schuldigen am Tod seiner Tochter zu finden, der Auslöser dafür war, dass sein Unternehmen unmittelbar vor einer Pleite stand. Doch sie entschied sich anders. »Sie haben also angefangen, auf eigene Faust zu recherchieren?«, fasste sie stattdessen zusammen.

Wieder ein Nicken. »Das war blauäugig. Ich brauchte nicht lang, um einzusehen, dass zu viel Zeit verstrichen war. Die Spur war kalt, wie Sie vermutlich sagen würden. Nicht, dass ich aufgeben wollte. Ganz bestimmt nicht. Doch die Verzweiflung darüber, dass ich auch hier versagen würde, wuchs mit jedem Tag.«

»Zu versagen, so wie es Ihnen nicht gelungen war, Ihre Tochter zu retten. Meinen Sie das damit?«

Er strich sich durch sein schütteres Haar. »Man redet sich ein, dass man es nicht verhindern konnte. Aber damit lügt man sich in die eigene Tasche.« Eichberger beugte sich weit über den Tisch. »Es gab nur noch eine Sache, die ich für Franziska und so gesehen auch für Mona tun konnte. Der Wunsch nach Rache ist gewachsen, in diesen Jahren. Aufzuhören war keine Option mehr. Und es zahlte sich aus. Ich weiß nicht mehr, wann oder wer mir bei einer meiner Geschäftsreisen nach Lissabon von diesem Deutschen erzählte. Diesem Falkner, der mit dem Antiquariat.«

»Von dem habe ich gehört«, sagte Helena. Ihr war klar, sie musste dennoch nachhaken, allein schon wegen der Aufzeichnung und natürlich, weil Damasos ihr Gespräch mitverfolgte. »Ist er nicht auch Privatermittler?«

»Besser. Dieser Falkner verfügt über gute Kontakte … verfügte«, korrigierte sich Eichberger. »Hab erfahren, er ist verstorben. Schade ist das …«

»Was hat er für Sie herausgefunden?«, fragte Helena schnell hinterher, auch wenn sie die Erwähnung von Henriks Onkel dadurch nicht ungeschehen machen konnte.

»Genug.«

»Genug? Heißt das, er fand heraus, wer für die Vergewaltigung von Franziska während ihres Auslandssemesters vor zwanzig Jahren verantwortlich war?« Helena ging davon aus, dass Henrik ihr alles weitergetragen hatte, was zu diesem Fall im Antiquariat zu finden war. Doch offensichtlich war das deutlich weniger an Information als das, was Axel Eichberger von Martin erhalten hatte.

»Er konnte mir Namen nennen, ja«, bestätigte der Möbelhändler.

»Und Sie hegten keinerlei Zweifel an dem, was dieser Falkner ausgraben hat?«

»Sie meinen, ob ich befürchten musste, die Falschen zur Rechenschaft zu ziehen?«

Helena nickte. »Mir wäre zumindest dieser Gedanke gekommen. Immerhin sind zwanzig Jahre eine lange Zeit. Da muss nicht mehr jede Erinnerung hundertprozentig hieb- und stichfest sein.«

Eichberger schüttelte den Kopf. »Ich weiß, ich habe die richtigen erwischt.«

»Nadine Weimer.«

»Nadine Weimer«, bestätigte Eichberger.

»Nadine trug allenfalls eine Mitschuld, konnte aber schwerlich den Gewaltakt ausgeführt haben. Oder wie muss ich ihre Beteiligung an dem Verbrechen verstehen?«

Eichberger stützte die Ellbogen auf den Tisch und legte das Gesicht in seine Hände, weshalb seine nächsten Worte gedämpft klangen. »Nadine hat im selben Jahr hier studiert wie meine Franziska. Da blieb es nicht aus, dass man sich begegnete. Ich kann mir gut vorstellen, dass sie manchmal ganz froh war, jemandem aus der Heimat zu treffen. Was nicht hieß, dass Franziska und Nadine Freundinnen waren. Kommilitoninnen, aber keine Freundinnen. Dafür nahm Franziska ihr Studium zu ernst. Nadine hingegen ließ keine Party aus. Keine Party und nichts, was dazugehörte.«

»Drogen?«, fasste Helena nach.

»Drogen, Alkohol, Sex.« Er blickte auf. »Als Sie uns erzählten, Sie hätten Kokain bei ihr gefunden, hat mich das nicht überrascht.«

»Ihre Frau hat gut geschauspielert, in diesem Moment.« Dass sie erneut Mona erwähnte, brachte ihr wieder einen zornigen Blick ein. Sie hob beschwichtigend die Hände und bat ihn weiterzusprechen.

»Jedenfalls hat sich Franziska von Nadine wohl doch hin und wieder mitreißen lassen. Nadine besaß ein Talent dafür, andere um den Finger zu wickeln. Allem Anschein nach kannte sie bereits viele Leute, verkehrte in gewissen Kreisen … einschlägigen Kreisen. Wie auch immer, es steht außer Frage, dass Nadine sie verleitet hat. Vielleicht schon vorher, aber definitiv auf dieser Party.«

»Ist es nicht ein bisschen einfach, Nadine dafür verantwortlich zu machen, dass Ihre Tochter Drogen ausprobiert hat?«

»Franziska hätte das niemals gemacht, wenn sie nicht bedrängt worden wäre«, entgegnete Eichberger. Helena kannte derartige Sätze von Eltern, deren Kinder gelegentlich Dinge taten, die nicht in ihr Weltbild passten. Eichberger hob seine Tochter auf einen Sockel, und vermutlich war diese Denkweise für einen liebenden Vater ein Stück weit normal.

»Sie haben Nadine also im Meer ertränkt, weil sie Franziska auf einer zwei Jahrzehnte zurückliegenden Studentenparty angeblich Drogen eingeflößt hat?«

»Nicht allein deshalb.«

»Wieso noch?«

»Weil sie es nicht verhindert hat?«

»Nicht verhindert, dass jemand Franziska vergewaltigte?«, fasste Helena nach.

Eichberger schlug mit der flachen Hand auf den Tisch, so heftig, dass Kaffee aus dem Pappbecher schwappte. »Nadine deckte ihn auch noch, diesen Mistkerl. Über all die Zeit«, brüllte er. Speichel spritzte aus seinem Mund. Axel Eichberger bebte. Die Adern am Hals traten weit hervor.

»Wen?«, fragte Helena.

Sie erhielt keine Antwort. Stattdessen klopfte es an der Tür des Vernehmungsraums.

59

Auf dem Gang wartete Alexandra. Damasos stand neben ihr. Helena verbarg nicht, dass man sie in einem denkbar ungünstigen Moment unterbrochen hatte. »Blöder Zeitpunkt, ich weiß«, entschuldigte sich Alexandra sogleich. »Aber wir haben den Standort des Mietautos.«

»Es war meine Entscheidung, Sie da rauszuholen«, sprang Damasos ihr bei. »Aber Sie müssen das wissen!«

»Du lagst richtig, was die Immobilie betrifft. Axel Eichberger besitzt eine Lagerhalle im Industriegebiet von Amadora. Nur dreißig Minuten von Cascais entfernt.«

»Ich weiß, wo das ist«, unterbrach Helena ihre Kollegin. »Was noch?«

»Laut dem GPS-Tracking parkt der Leihwagen direkt bei oder sogar in dieser Halle«, ergänzte Alexandra.

»Ist eine Streife dorthin unterwegs?«

Alexandra nickte.

»Ich fahre ebenfalls gleich los«, erklärte Damasos.

»Informiert mich umgehend!«, verlangte Helena. Wieder musste sie Abstand zu ihm wahren, was Damasos nicht entging. »Das machen wir«, sagte er und sah sie betroffen an. »Wir sollten auf das gefasst sein, was wir dort vorfinden werden.«

Diese Worte blieben so stehen. Helena wandte sich ab und betrat erneut den Verhörraum. Eichberger wirkte weit weniger souverän als zu Beginn ihrer Unterhaltung. Vermutlich ahnte er, dass etwas vorgefallen war. Es war ihm anzusehen, wie er mit sich kämpfte, nicht danach zu fragen. Es war, als verfolgte er einen bestimmten Plan und bemerkte in diesem Moment, dass er nicht aufgehen würde. Wieder fragte sich Helena, wieso er sich ihnen freiwillig ausgeliefert hatte. Auch wenn sie kaum an sich halten konnte, endlich die ganze Wahrheit und vor allem den Namen desjenigen zu erfahren, den Eichberger für Franziskas Tod verantwortlich machte, knüpfte sie nicht an ihrer letzten Frage an. »Wie haben Sie Nadine ausfindig gemacht?«

Er verzog das Gesicht, als würden ihn Krämpfe plagen. »Sobald man einen Namen hat, wird es einfacher. Sicher, man braucht dennoch Geduld, aber mich darin zu üben, habe ich über die Jahre gelernt. Leider hat sich Nadine in den sozialen Medien recht zurückgehalten. Vielleicht ahnte sie, dass sie aufgrund ihrer Vergangenheit nicht so extrovertiert alles von sich mit der Welt teilen durfte. Aber wer lange gräbt, wird fündig. Falkner war hilfreich, was ihre Zeit in Lissabon anging. Der Rest ließ sich ergänzen. Auch wenn man mit Bedacht agierte, das Internet ist ein Sieb mit sehr engen Maschen. Früher oder später bleibt man zwangsläufig darin hängen. Schließlich hatte ich genug Anhaltspunkte, die mir bei der Suche halfen. Ich fand raus, dass sie als Dolmetscherin häufig auf internationalen Messen gebucht war. Den Rest der Geschichte kennen Sie bereits.«

»Und sie hat nie Verdacht geschöpft?«

»In ihrer Anwesenheit ist der Name unserer Tochter nie gefallen. Und allein unser Nachname reichte offenbar nicht aus. Sie hielt uns für ein kinderloses Paar, es gab auch keine Fragen von ihr in diese Richtung. Darum ist sie auch vorbehaltlos mit uns nach Portugal gereist. Hier musste ich dann natürlich dafür sorgen, dass ihr nach und nach die Augen geöffnet wurden. Denn sie hatte ja schließlich einen Job zu erledigen, von dem sie vor unserer Reise nichts wusste.«

»Sie war der Lockvogel«, folgerte Helena.

»Richtig«, bestätigte Eichberger, der sich von seiner zwischenzeitlichen Schwächephase erholt zu haben schien. »Das war von

Anfang an ihre Aufgabe gewesen. Denn sie war immer diejenige, die wusste, nach wem ich suche.«

»Sie hatten doch trotz allem keine Gewissheit, dass sie mit ihm Kontakt aufnehmen würde.«

»Aber sie hat es getan, und nur das zählte!«

Helena lehnte sich zurück. Sie musterte den Mann, der ihr gegenübersaß, und versuchte sein Handeln zu begreifen. »Sie hätten zur Polizei gehen können, nachdem Sie meinten, den Täter von damals ausfindig gemacht zu haben.«

Eichberger lächelte schmallippig. »Glauben Sie wirklich, ich hätte jemanden gefunden, der gegen diesen Bastard ermittelt?«

Mich, lag ihr auf der Zunge. *Ich hätte es getan.*

»Was hatte Nadine in all den Jahren für einen Grund gehabt, den Täter zu decken?«

»Abgesehen davon, dass sie Franziska mit ihren Drogen gefügig gemacht hat, war sie auch aktiv an der Vergewaltigung beteiligt. Das mag sich absurd anhören, aber so habe ich Franziskas Tagebuchaufzeichnungen interpretiert. Sie waren es beide, irgendwie. Dennoch war anfangs nicht vorgesehen, dass Nadine sterben sollte«, sagte er zu ihrer Überraschung.

»Wieso haben Sie sich anders entschieden?«

Eichberger schwieg.

»Es war Mona, die das entschieden hat, richtig?«

Wieder wurde er wütend. »Nein, verdammt! Mona weiß von all dem nichts.« Es gelang ihm nicht, sich unter Kontrolle zu halten. Das war gut. Ihn aus der Fassung zu bringen, machte es leichter, den Druck zu erhöhen. »Ich weiß, dass Sie Ihre Frau decken. Sie haben das nicht allein durchgezogen. Mona war mit Ihnen am Strand, als Sie Nadine dort ertränkten, nachdem Sie sie mit den Schlaftabletten betäubt hatten.«

»Das ist absurd, wie kommen Sie darauf?«

»Ihre Frau brachte es nicht übers Herz, die Luxushandtasche, die sie Nadine geschenkt hatte, ins Meer zu werfen. Stattdessen hat sie die Tasche achtsam auf einen Felsen abgelegt. Zusammen mit den Kleidern, die sie Nadine ausgezogen hatten. Einzig und allein das Handy hat sie Ihnen überlassen, um es im Meer zu entsorgen. Sie mussten es loswerden, weil Sie davon ausgehen konnten, dass darauf Informationen gespeichert waren, die Ihre Absichten verrieten.«

Er schüttelte heftig den Kopf und ballte mehrfach die Hände zu Fäusten.

»Ich weiß noch nicht, wie Sie es angestellt haben, dass Nadine an diesem Abend einen Badeanzug unter ihren Sachen trug. Aber vielleicht hatte sie ja tatsächlich vorgehabt, nachts noch ans Meer zu gehen? Und womöglich kannten Sie diesen Plan. Ich bin zumindest sicher, dass Sie Nadine abgepasst haben, als sie von ihrer Verabredung zurück ins Hotel kam. Sie auf welche Weise auch immer dazu verleitet haben, mit Ihnen noch etwas zu trinken. Vermutlich in Ihrer Suite, wo Sie dann nur noch darauf warten mussten, bis das Schlafmittel wirkte, um sie danach in ihrem benommenen Zustand an den Strand zu bringen. Und zwar nicht Sie allein, Senhor Eichberger, sondern zusammen mit Ihrer Frau.«

»Das ist nicht wahr«, kreischte er.

»Warum decken Sie Mona? Wieso nehmen Sie die Schuld allein auf sich?«

Kopfschütteln. So in die Enge gedrängt, sah Eichberger weit weniger harmlos aus als zu Beginn ihrer Vernehmung. Für einen Moment war Helena wirklich geneigt, ihm Handschellen anlegen zu lassen. Doch sie wollte jetzt keine weitere Unterbrechung riskieren. »Geben Sie es endlich zu. Es war Mona. Sie hat Nadine unter Wasser gedrückt. Ihre Frau wollte sich nicht allein darauf verlassen, dass Nadine den einstigen Peiniger Ihrer Tochter getroffen hat. Sie wollte sichergehen, dass er sich Ihnen gegenüber auch wirklich zeigte. Aus der Sicht von Mona war eine tote Nadine deutlich wirksamer, um denjenigen aus der Reserve zu locken, auf den Sie es abgesehen hatten. Und Ihre Frau hat recht behalten. Er ist zu Ihnen gekommen, und Sie bekamen Ihre Rache.«

60

Luis Leiche lag im Kofferraum des Leihwagens, der wiederum in Eichbergers Lagerhalle in Amadora abgestellt worden war. Tiago legte für sie eine Nachtschicht ein und konnte um halb sechs Uhr morgens einen Vorabbericht liefern. Inspetor Lui Simões war bei seinem Auffinden durch die örtlichen Einsatzkräfte bereits seit rund sechsunddreißig Stunden tot. Er wurde durch einen Elektroschocker außer Gefecht gesetzt und im bewusstlosen Zustand mittels der Injektion eines Insulinpräparats in ein hypoglykämisches Koma versetzt, aus dem er nicht wieder erwachte.

Helena beobachtete von einem der Bürofenster aus den Sonnenaufgang jenseits des Sunds und des Naturreservats Estuário do Tejo. Eine Weile hatte sie sich auf einer Pritsche in einem der Umkleideräume darum bemüht, ein wenig Schlaf zu finden. Dies war erfolglos geblieben, trotz der Müdigkeit, die nach wie vor bleischwer auf ihr lastete. Gerade hatte sie angeordnet, dass Axel Eichberger wieder aus dem Zellentrakt im Keller in das Verhörzimmer im dritten Stock überstellt wurde. Den Blick nach Osten gerichtet, ließ sie weitere fünf Minuten verstreichen, bevor sie sich auf den Weg dorthin machte. Wieder begegnete ihr Sérgio Damasos. Obwohl auch er die Nacht durchgearbeitet hatte, wirkte er erstaunlich frisch. Offensichtlich hatte er nach der Ortsbesichtigung in Amadora sogar das Hemd gewechselt. »Comandante Ralha ist über alles informiert. Er besteht darauf, dass ich die Befragung fortführe …«

Helena setzte an, um zu protestieren, doch er hob beschwichtigend die Hand. »… aber ich habe ihm zu verstehen gegeben, dass Sie es zu Ende bringen werden.«

»Obrigada!«, bedankte sie sich und betrat den Vernehmungsraum. Sofort verspürte sie Genugtuung darüber, dass Eichberger ebenfalls nicht danach aussah, als hätte er auch nur eine Sekunde Ruhe finden können. Diesmal war auch darauf verzichtet worden, ihm Kaffee und Wasser hinzustellen.

Sie nahm ihren Platz ein, und für unbestimmte Zeit starrten sie sich nur gegenseitig in die rot geränderten Augen. Schließlich startete sie das Aufnahmeprotokoll, in dem sie Datum, Uhrzeit, die Anwesenden und den Grund der Befragung nannte. Dann schwieg sie, den Blick auf Eichberger fokussiert.

»Sie haben ihn gefunden«, stellte er fest, als er dieses Schweigen nicht mehr aushielt.

»Hat der Privatdetektiv Sie darauf gebracht, dass der Vergewaltiger Ihrer Tochter jetzt Polizist ist?«

»Das zu erfahren war ein Schlag ins Gesicht. Gestern fragten Sie mich, wieso wir uns nicht erneut an die Behörden gewandt haben. Aber dieser Weg war uns damit endgültig abgeschnitten.«

Helena versuchte nicht, seinen Irrtum zu korrigieren. Vermutlich, weil ein Teil von ihr glaubte, dass er recht hatte. Hätte man aufgrund der Anschuldigung, die Eichberger vorbringen konnte, gegen Lui ermittelt? Sie wusste es nicht, und diese Ungewissheit schmerzte sie. Auch, weil Nadine dann noch leben könnte. Aber das waren Überlegungen, die jetzt ohnehin zu nichts mehr führten. »Ihr Racheplan hat funktioniert, aber was danach kam, war nicht richtig durchdacht. Es stellt sich mir so dar, als hätten Sie von Beginn nicht darauf spekuliert, damit davonzukommen. Das ist es, was mir nicht so ganz einleuchtet. Gut, ich weiß, dass Ihre Firma finanziell am Abgrund steht, und vielleicht ist Ihnen deshalb egal, was aus Ihnen wird. Aber was ist mit Ihrer Frau?«

»Wir teilen nicht nur das Schicksal, unsere Tochter verloren zu haben. Ich sagte Ihnen, dieser Verlust hat uns ausgehöhlt. Wir haben uns davon nie erholt, nicht seelisch, aber auch nicht körperlich«, ließ Eichberger sie wissen. Ein weiteres Mal nahm sie ihn genau in Augenschein, studierte und analysierte seinen Zustand. Und ihr ging ein Licht auf. Diese übertriebene Urlaubsbräune, das provokant jugendliche Auftreten, mit dem sich das Paar ihr gegenüber präsentiert hatte. Alles nur Schein. Eine Verkleidung. Helena verstand. »Sie mussten es jetzt tun, die Vergeltung hatte nicht länger warten können, deute ich das richtig?«

Eichberger nickte. Plötzlich sah er zwanzig Jahre älter aus. Die Maske war endgültig gefallen. »Pankreaskarzinom. Mir bleiben vielleicht noch zwei Monate.«

»Und Mona?«

»Ihre Diagnose liegt schon sieben Jahre zurück. Eierstockkrebs. Zweimal hat die Chemo bei ihr angeschlagen, doch er kam immer wieder. Zuletzt hat man es vor acht Monaten mit einer Operation versucht. Ihre Chancen stünden fünfzig-fünfzig, hat man ihr gesagt. Fünfzig-fünfzig war zu wenig. Wir wollten es erledigt wissen, bevor es mit uns zu Ende geht. Frieden mit allem machen, wenn Sie so wollen.«

»Zwei Menschen zu töten, würde ich nicht als *Frieden machen* bezeichnen. Wo ist Ihre Frau, Senhor Eichberger!«, verlangte Helena zu wissen. Sie sollte Nachsicht haben mit diesem vom Leben gezeichneten Mann, aber sie konnte nicht.

»Mir ist bewusst, dass Sie das anders sehen als ich. Doch Sie können mir glauben, ich fühle mich schon deutlich besser. Und jetzt tun Sie mir den Gefallen und bringen Sie mich zurück in meine Zelle!«

61

Es dauerte einen weiteren Tag, bis sie herausfanden, dass Mona Eichberger zur selben Stunde, als ihr Mann sich den Behörden stellte, ein Kreuzfahrtschiff betreten hatte. Die Silversea, ein Fünf-Sterne-Luxusliner der Hyperion-Klasse, der unter bahamaischer Flagge fuhr, lag zu diesem Zeitpunkt am Hafenterminal II in Lissabon vor Anker. Mit der morgendlich einsetzenden Flut war er tags darauf ausgelaufen und mit der aufgehenden Sonne im Heck durch das Flussdelta des Tejo in den Weiten des Atlantiks entschwunden. Mit Kurs auf die Karibik, wie das Seefahrtamt Helena mitteilte.

Nachdem Monas Name auf der Passagierliste der Silversea entdeckt worden war, kontaktierte Helena mithilfe der Küstenwache unverzüglich das Schiff. Es vergingen erneut drei Stunden, bis vom Ersten Offizier die Rückmeldung kam, dass die Passagierin Mona Eichberger nirgendwo auf den achtzehn Decks, über die das Schiff verfügte, aufzufinden war. Nicht in ihrer zweiunddreißig Quadratmeter großen Suite, nicht auf einem der Sonnendecks, nicht an den Pools, auch nicht in den diversen Spas und Wellnessbereichen, nicht im Theater oder in einem der sieben Restaurants oder den zahlreichen Boutiquen und Einkaufsläden. Der Erste Offizier versprach, man würde die Suche weiter fortsetzen und nun auch auf die Bereiche ausdehnen, die der Crew vorbehalten waren.

Als das Kreuzfahrtschiff am Folgetag in Ponta Delgada auf den Azoren anlegte, um den rund dreitausend Passagieren einen Landgang zu ermöglichen, wurde die Besatzung von der hiesigen Inselpolizei bei der Suche nach der flüchtigen Deutschen unterstützt. Doch auch diese Maßnahme wurde nach sechs Stunden erfolglos eingestellt. Helena stand in all der Zeit in unmittelbarem Kontakt zu den Behörden vor Ort und dem Offiziersstab der Silversea. Mona Eichberger wurde nicht gefunden. Auch nicht in den Tagen und Wochen danach.

Später erhielt die Polizeiakte von Mona Eichberger den Vermerk, dass sich die zur Fahndung ausgeschriebene Deutsche dem Zugriff durch die Polizeibehörden durch mutmaßliche Selbsttötung entzogen hatte. Man ging mit höchster Wahrscheinlichkeit davon aus, dass sie bereits in der ersten Nacht auf der Silversea über die Reling in den Atlantik gesprungen war. Helena konnte nur spekulieren, dass sie die paar Monate, die ihre Krebserkrankung sie noch am Leben gelassen hätte, doch nicht wie mit ihrem Mann vereinbart, auf einer Karibikinsel verbringen wollte. Nicht allein und in ihrer Trauer um Tochter und Ehegatten gefangen.

Nachdem Axel Eichberger darüber informiert worden war, dass seine Frau nie am Ziel ihrer letzten Reise angekommen war, verschlechterte sich sein gesundheitlicher Zustand rapide. Nur drei Wochen nach seiner Verhaftung wegen des Verdachts auf zweifachen, heimtückischen Mord verstarb er, in Untersuchungshaft befindlich, im Gefängniskrankenhaus von Èvora an Bauchspeicheldrüsenkrebs.

Damit stand fest, dass niemand für die Tötung von Kriminalinspektor Lui Simões zur Verantwortung gezogen werden konnte. Über den genauen Ablauf dieses Verbrechens hat Axel Eichberger geschwiegen. Helena ging davon aus, dass es ebenfalls seine Frau war, die den Mord ausgeführt, während er nur mitgemacht hatte. Aus Liebe? Was sonst könnte ihn dazu gebracht haben?

Auch darüber, wie es überhaupt zu dem Aufeinandertreffen kam, das Lui das Leben kostete, konnte Helena nur spekulieren. Nachdem Nadine Weimer Verdacht geschöpft hatte, wer die

Leute wirklich waren, die ihr eine Reise nach Portugal geschenkt hatten, musste sie Lui kontaktiert haben. Ob die beiden über all die Jahre in Verbindung gestanden hatten, konnte Helena nicht herausfinden. Die Daten auf Nadines Handy, die womöglich mehr Aufschluss darüber gegeben hätten, konnten nicht wiederhergestellt werden. Dennoch war es irgendwie anzunehmen. Nadine und Lui hatten sich kurz nach der Jahrtausendwende durch ihr Vergehen an Franziska Eichberger ein Geheimnis geschaffen, das sie auf welche Art auch immer zusammenschweißte. Und beide waren daran interessiert, dass ihre Untat weiterhin im Verborgenen blieb. Also hatte Nadine sich mit Lui getroffen und ihm ihren Verdacht darüber geäußert, dass sie sich mit den Eltern jener Studentin in Cascais aufhielt, die von ihnen zwanzig Jahre zuvor sexuell missbraucht worden war. Noch in derselben Nacht wurde Nadine ermordet. Folglich konnte Lui sich von Anfang an denken, was Sache war und wer die Tat begangen hatte. Allerdings musste er dieses Wissen für sich behalten, weil er keine Ermittlung gegen sich riskieren wollte. Er spielte den Ahnungslosen, sorgte sogar dafür, dass keine Beweise auftauchten, die ihn mit Nadine in Verbindung brachten. Gefangen in dieser Misere, beschloss er schließlich, die Eichbergers zu konfrontieren, und vereinbarte ein Treffen. Was hatte Lui sich davon versprochen? Was hätte er erreichen können? Wollte er etwas aushandeln? *Ich verrate nicht, was ihr Nadine angetan habt, und halte euch aus den Ermittlungen raus, dafür fällt von eurer Seite kein Wort über Franziska!* War das sein Plan gewesen? Nachdem bekannt war, wie es für ihn ausging, musste Helena annehmen, dass er nicht damit gerechnet hatte, dass Mona und Axel Eichberger ein Versprechen von ihm nicht genügte. Für Helena bestand der Verdacht, dass auch Lui eine vergleichbare Lösung für sich im Sinn hatte. Nur dass die Deutschen entschlossener und schneller damit waren.

62
Henrik

Helena sprach nicht darüber, was aus den Nordiren draußen in Cascais geworden war. Henrik ging davon aus, dass sie vermutlich alles Erdenkliche angestellt hatte, aber trotz allem keinen Zugriff auf die Akten der Bundespolizei zu diesem Fall erhalten hatte. Alles, was sie gehört und ihm weitererzählt hatte, war, dass diese Kellnerin namens Rachel und der junge Bursche, der auf sie geschossen hatte, zurück in ihre Heimat verwiesen wurden.

Etwa einen Monat nach den Morden an Nadine Weimer und Lui machten sie zusammen mit Sara und ihren Großeltern, António und Fátima, einen Spaziergang durch Cascais. Auf ihrem Weg zum Strand kamen sie am O'Learys vorbei. Dabei erwähnte Helena beiläufig, dass das Irish Pub einen neuen Besitzer hatte. Eine Information, die Henrik aber sogleich wieder vergaß, weil er sich darauf konzentrierte, die Pistazieneiskugel schnell genug von der Waffeltüte zu schlecken, bevor sie ihm in der Sommerhitze wegschmolz und auf seine Hand tropfte. Wenn er eines absolut nicht leiden konnte, waren das klebrige Finger.

Seit jenem Frühsommertag, an dem ihn seine Rettungsmission für Helena hier heraus ans Kap geführt hatte, schluckte er brav jeden Tag seine Psychopille. Abgesehen von der Müdigkeit, mit der er stärker und häufiger zu kämpfen hatte, blieben die Nebenwirkungen nichts als eine vage Ahnung. Henrik wusste sehr wohl, dass die Angst weiterhin in seinem Nacken hing wie eine überdimensionale Zecke, die statt Blut seinen Willen aus ihm herauszusaugen versuchte. Doch das Medikament sorgte dafür, dass dies nicht mehr in derselben Form und Heftigkeit geschah wie noch vor wenigen Wochen. Was seine Konstitution bis hierhin deutlich verbesserte. Helena verlangte allerdings noch mehr von ihm. Seit sie am Beispiel von Axel und Mona Eichberger miterlebt hatte, wie wesensverändernd ein dramatischer Schicksalsschlag auf die Psyche von Menschen wirken konnte, bestand sie immer nachdringlicher darauf, dass er endlich mit einer Therapie begann. Es reichte ihr nicht, dass er mit einem Medikament nur die Auswirkung seines Traumas auf seinen Seelenzustand dämpfte. Er sollte sich auch endlich der Ursache stellen. Darauf würde es zu seinem Unwillen wohl oder übel hinauslaufen. Denn er wollte auch keinesfalls vor die Wahl gestellt werden, sich zwischen ihr und seinen Panikattacken entscheiden zu müssen.

Sie überquerten die Küstenstraße, und danach war Sara nicht mehr zu halten. Die Kleine stürmte auf den Strand zu und landete mit einem weiten Satz im weichen Sand des Praia da Ribeira. Noch gab es ausreichend Platz, um die Strandmatten ausbreiten zu können. António, Helenas Vater, pflanzte seinen ausgeblichenen und wahrscheinlich vierzig Jahre alten Sonnenschirm in den Sand. Und gleich darauf kauerten sie mit nackten Füßen in dessen Schatten, António und Fátima auf der einen Bastmatte, Helena und er auf der anderen, und beobachteten, wie Sara über die schäumenden Wellen hüpfte.

Es war heiß, doch in der steten Meeresbrise und unter dem archaischen Sonnenschirm ließ es sich aushalten. Mit Helenas warmer Hand auf seinem Rücken und dem Rauschen der Brandung im Ohr verfiel er wieder in seine Gedanken. Bis heute hatte er Helena nicht gebeichtet, dass er sich im Antiquariat immer noch mit den beiden Fällen beschäftigte, die ihre Ermittlungen vor einem Monat angestoßen hatten. Der Vergangenheit des Hotels *Pequeno Paraíso* und *den Machenschaften von Henrique*

Rebocho. Er hatte es versucht, aber es war ihm nicht gelungen, diese Sache auf sich beruhen zu lassen. Auch darum nicht, weil ihm Martins Botschaften dazu nicht aus dem Kopf gingen. Unter anderem dieses *Lavadouro*. Oder hieß es *La vo dou*? Was so viel bedeutet wie: *Da gehe ich hin*. *Douro* hingegen bedeutete golden. Hatte Martin etwas davon mit der Verschlüsselung gemeint, die er in dem kleinen Reiseführer hinterließ? Wie auch immer, Henriks Ehrgeiz war groß, auch dieses Rätsel irgendwann zu knacken. Selbst wenn es bedeutete, sich einem aus seiner Sicht gefährlichen Menschen wie Rebocho erneut nähern zu müssen.

Wobei der Hotelier nicht die einzige Person war, in der er ein fortwährendes Risiko sah. Schließlich gab es da auch immer noch diesen durchtriebenen Senhor namens Lobo, von dem er mit Gewissheit sagen konnte, dass er ihn nicht einfacher loswerden würde als sein posttraumatisches Stresssyndrom.

Und nicht zuletzt rumorte ein neuer, ziemlich dorniger Gedanke durch seinen Schädel. Helenas letzter Fall, bei dem der lange Lui sein Leben verlor, hatte auch in Henrik etwas hochgekocht, von dem er glaubte, dass es längst erledigt war. Doch seit er wusste, dass Martin im Auftrag von Axel Eichberger über das Verbrechen an dessen Tochter recherchiert hatte, wurde er diese Überlegung nicht mehr los. Die Ereignisse, die zum Tod von Nadine und Lui führten, konnten rückblickend nur bedeuten, dass Martin vor etwa fünf Jahren herausgefunden haben musste, was die beiden Franziska Eichberger während ihrer Studienzeit damals angetan hatten. Was, wenn Lui dahintergekommen war, dass Martin von dieser Sünde aus seiner Vergangenheit wusste? Musste Henrik dann nicht schlussfolgern, dass Helenas Kollege großes Interesse daran hatte, Martins Wissen darüber für immer zu begraben? Am besten zusammen mit ihm selbst? Immerhin hatte Henrik bislang nie hundertprozentige Gewissheit darüber, ob es der Bankier José

Marques gewesen war, der seinen ehemaligen Mieter Renato dazu benutzt hatte, Martin das Gift zu verabreichen, das zu dessen Herzstillstand führte.

Auch darüber hatte er bisher nicht gewagt, mit Helena zu sprechen. Obwohl sie Lui nie wirklich leiden konnte, knabberte sie immer noch daran, dass er ermordet worden war. Und jetzt, da er ohnehin tot war, hatte auch er keine Eile damit, diese Theorie näher zu durchleuchten. Es gab eine wesentlich dringlichere Sache, um die er sich zuallererst kümmern musste. Und zwar um sich selbst. Mittlerweile hatte er eine ziemlich genaue Vorstellung, wie der nächste Schritt hin zu seiner Heilung aussah.

»Bist du in Ordnung?«, fragte Helena, deren Kopf seit ein paar Minuten auf seiner Brust lag, nachdem er sich vom Bauch auf den Rücken gedreht hatte. Mit dem Zeigefinger strich sie dabei sanft über die Narbe oberhalb seines Herzens.

»Ich werde mit Catia sprechen«, sagte er.

»Warum, merda?«

»Damit ich endlich heilen kann.«